최약무패의
신장기룡
바하무트
© 2018 Ayumu Kasuga

CONTENTS

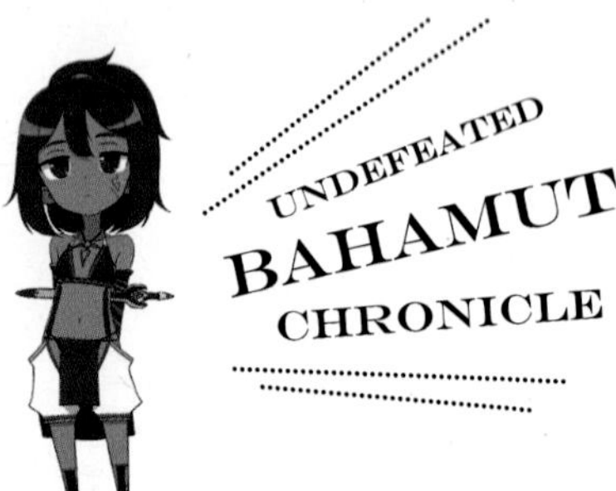
UNDEFEATED
BAHAMUT
CHRONICLE

최약무패의
신장기룡
바하무트
16
아카츠키 센리 지음
카스가 아유무 일러스트
원성민 옮김

Character

룩스 아카디아

멸망한 아카디아 제국의 왕자.
『무패의 최약』 이라고 불리는 기룡사.

리즈샤르테 아티스마타

아티스마타 신왕국의 왕녀. 붉은 전희(戰姬)라고 불린다.
신장기룡 《티아마트》의 파일럿.

피르히 아인그람

아인그람 재벌의 차녀. 룩스의 소꿉친구이며 학원장의 여동생.
신장기룡 《티폰》의 파일럿.

크루루시퍼 에인폴크

북쪽의 대국, 유미르 교국에서 온 유학생 클래스메이트.
신장기룡 《파프니르》의 파일럿.

아이리 아카디아

구제국 황족의 생존자.
1학년이며 룩스의 친여동생.

세리스티아 라르그리스

『기사단(시바레스)』의 단장, 학원 최강의 3학년. 사대 귀족인 공작가 영애
이며, 신장기룡 《린드부름》의 파일럿.

키리히메 요루카

『제국의 흉인』이라고 불리던 암살자 소녀.
룩스를 주인으로 인정하고 섬기고 있다.
신장기룡 《야토노카미》의 파일럿.

후길 아카디아

라피 여왕을 섬기며 『세계 개변』을 완수하고자 암약한다.
개변기룡 《우로보로스》를 다루는 수수께끼의 강자.

World

장갑기룡《드래곤 라이드》

유적에서 발굴된 고대병기.
그중에서도 희소종이며, 높은 성능을 보유한 것은 신장기룡이라고 부른다.
또한, 장갑기룡의 파일럿은 기룡사《드래곤 나이트》라고 부른다.

유적《루인》

전 세계에서 발견된 일곱 개의 고대유적. 장갑기룡《드래곤 라이드》이 발굴된 이후, 국력을 좌우하는 중요한 거점으로써 각국 간에 세력 다툼이 일어나고 있다.

환신수《어비스》

유적에서 나타나는 수수께끼의 환수. 인류를 위협하는 존재이며, 기룡사만이 대항할 수 있다.

종언신수《라그라뢰크》

한 유적에 단 한 마리만이 존재한다는 초현실적인 힘을 숨긴 일곱 마리의 환신수.

『검은 영웅』

정체불명의 장갑기룡《드래곤 라이드》을 사용하여 단신으로 약 1,200기에 달하는 제국 장갑기룡을 쓰러뜨렸다고 하는 전설의 영웅.

아티스마타 신왕국

리즈샤르테의 아버지인 아티스마타 백작이 아카디아 제국에 대항하여 일으킨 쿠데타가 성공하며 5년 전에 건국된 나라.

아카디아 구제국

세계의 5분의 1을 지배했던 대국. 세계최강이라고 일컬어지던 압도적인 군사력을 바탕으로 압정을 펼쳤으나, 쿠데타로 인해 멸망하였다.
룩스와 아이리는, 이 제국 황족의 생존자.

칠용기성

갈수록 늘어나는 환신수의 위협에 대항하여, 세계협정에 가맹한 각국에서 선출한 대표 기룡사들. 『대성역』에서 벌어진 최종 결전에 패배하여 와해됐다.

Prologue 반역의 싹

'아무도 나를 도와주지 않았어…….'

'아무도 나를— 찾으러 와주지 않았어…….'

'그 두 사람은, 나를 배신했어…….'

해가 아직 다 뜨지 않은 아침노을 속에서 환옥철강(미스릴다이트)으로 벼려낸 중형 기룡아검(블레이드)이 허공을 가른다.

허물어진 폐가의 지하실은 이 왕도의 시가지에 있는 절호의 은신처라 잠입 임무 중에도 훈련할 수 있었다.

다만 특장형 《드레이크》의 레이더에 잡히지 않는 것은 아니므로 완전히 안심할 순 없다.

그래도 기본적으론 집중해서 일과를 보낼 수 있었다.

"후, 하앗……!"

허리의 기공각검(소드 디바이스)에 잠시 손을 댄 직후, 기룡의 우측 장갑팔의 트리거를 당겨 육체 조작과 정신 조작을 동시에 시도한다.

두 가지 조작의 완전 동조.

찰나의 실수도 허용하지 않는 정밀함과 집중력이 불가결하다.

눈으로 좇을 수 없는 속도까지는 아니다.

베었다는 걸 나중에 확인할 수 있을 정도로 신속한 움직임은, 현재 자신으로선 대략 열 번에 한 번뿐.

그래도 큰 진보였다.

반년 전까지는 1백 번에 한 번꼴.

1년 전에는 1천 번에 한 번이 될까 말까 했다.

“크……! 후우……!”

5백 번째 휘두르기를 마치자 장의 속이 땀으로 푹 젖어 끈적거렸다.

멈춘 순간 일시에 밀어닥친 피로에 균형을 잃고 폐가의 더러운 벽에 등을 기댔다.

빈혈처럼 현기증이 일어나면서 의식이 멀어졌다.

“후, 후후후후후후…….”

아직 완성까지는 갈 길이 멀었다.

실전에서는 난도가 훨씬 오른다는 것을 똑똑히 알고 있다.

하지만 확실하게 다가가고 있었다.

그 기분 좋은 실감이 어떤 인물의 전신을 가득 채웠다.

“—이걸 백발백중으로 성공하다니, 『검은 영웅』은 정말 대단한걸.”

땀에 젖어 달라붙은 금색 앞머리를 쓸어 올리며 두려움과 동경심을 담아 중얼거린다.

"아마도 나보다 훨씬 연상이겠지만, 아직 그— 어쩌면 그녀를 뛰어넘는 건 요원해 보이네."

본 적도 없는 전설의 기룡사(드래곤 나이트).

그 기술을 배움으로써 편린에 닿은 듯한 기분이 들어 고양감을 느꼈다.

폐가 지하에서 장의를 벗고, 젖은 수건을 짜내 땀을 닦는다.

조금씩.

'조금씩, 나도 같은 괴물이 되어가고 있을— 거야.'

그 사실이 주체할 수 없을 만큼 즐겁고, 기뻤다.

절망에 잠겨 반평생을 보낸 이에게 이 이상의 보람은 없었다.

이 세계 개변되었다는 상황에서도 그건 변하지 않았다.

무엇보다도 전설이라 생각했던 『검은 영웅』과— 실제로는 남자인지 여자인지도 모르는 동경하던 존재와 드디어 만날 수 있을지도 모른다.

'나를 구해주신 그분과 만날 수 있어.'

그렇게 생각하는 것만으로도 훈련 성과 따위와는 비교할 수 없을 정도의 고양감에 가슴이 세차게 뛰었다.

"—윽."

그때, 불현듯 폐가 밖에서 잡음이 들려 경계 태세를 취했다.

"아르마 님. 여기 계셨습니까?"

"—무슨 일이지? 코드부터 말해라."

"옛! 죄송합니다!"

젊은 남성 연락원이 정해진 코드를 대답하는 동안 아르마는 장의를 다시 입었다.

코드란 어떤 상회에 속한 자들 사이에서 통용되는 말이다.

『킬조레이크 패밀리』.

마르카팔 왕국 최대의 세력을 자랑하는 마기알카 젠 반프리크 상회 다음으로 거대한 시장을 좌우하는 집단이며, 대외적으로는 상회라지만 거의 마피아나 다름없다.

기룡사를 위시한 무력, 인신매매, 약물, 성매매 등의 위법 상품이나 서비스를 취급하고 팔아치우는 집단.

신왕국 내에서는 그리 유명하지 않았지만, 인근 국가에서는 위협적이라고 판단하여 경계하고 있다.

정체불명의 보스가 지배하고 있으며, 이 아르마라는 소녀야말로 그 심복 부하였다.

『아르마 킬조레이크』라는 코드 네임으로 불리는 신예 기룡사.

약관 14세에 《엑스 와이번》을 다뤄낼 정도의 실력자로 탐욕스럽게 승리를 추구하는 과격한 전투법이 특징인데, 그 내력과 정체는 보스 외에는 아무도 모른다.

단정한 이목구비와 짧은 포니테일로 정리한 금발. 챙 있는 모자를 쓴 모습은 아직 앳된 티가 남은 소년으로 보였다.

그 아르마를 찾아온 남성이 입을 열었다.

"그게, 보스께서 전언을 보내셨는데— 슬슬 그와 접촉해보시라는군요. 그 은발 날품팔이 왕자…… 아니, 『대성역(아발론)』에서 승리에 크게 공헌한 신왕국의 영웅이라고 해야 할까요."

"그렇군. 드디어 녀석을 움직일 때가 온 건가."

그 말을 들은 아르마의 입가에 오만한 미소가 걸렸다.

'나는…… 이 세계가 거짓이라는 사실을 알아.'

어린 시절에 정체를 알 수 없는 인물에게 『세례』를 받았다.

그리고 그녀의 『보스』를 통해 사흘 간의 퍼레이드가 세 번에 걸쳐 반복되었다는 사실을 알고 있다.

국민을 속이고 과거의 죄를 묻어버리려 하는 여왕과 아무것도 모르는 공주.

자신은 그 두 사람의 기억 속에서 사라졌으며, 버림받은 존재다.

'마침내 복수할 때가 왔어!'

아르마는 현재의 신왕국과 어떤 깊은 인연으로 얽혀 있었다.

"후, 후후후후……."

연락원이 떠난 후 입술 사이로 웃음소리가 흘러나왔다.

이렇게 그 인물은 움직이기 시작했다.

자신의 불우한 운명에 종지부를 찍으러 가는 망령으로서.

Episode 1 칠흑과 정적

"또 얘기를 들어줄까? 라고 말했어. 못 들었느냐, 룩스."

"당신은—."

7년 전. 아카디아 제국 왕성 부지 안.

싱그러운 초목으로 꾸며진 왕성 안뜰 분수 옆에서 한 남성이 룩스에게 말을 걸었다.

당시 룩스는 궁지에 몰려 있었다.

황제를 향한 간언이 밉보인 룩스의 조부가 투옥, 처형된 뒤에 모친마저 마차 사고로 잃고 절망에 빠진 룩스는 피르히에게 구원받았다.

그 이후 룩스는 정당한 방법으로 구제국을 변혁하고자 했다.

황자의 권력은 갖지 못했지만, 이 시대의 중핵인 기룡사로서의 실력을 연마하고 다른 성과를 거두어 인정받고자 했다.

황제에게 인정받고, 동료를 늘려 발언권을 얻고, 내부에서 서서히 이 압정과 남존여비 풍조를 바꾸고 싶었다.

소중한 여동생과 소꿉친구가 안심하고 살 수 있는 나라를 만들겠다고 맹세했다.

—그러나 실제로 장갑기룡(드래곤 라이드) 사용 허가를 받는 과정부터가 룩스에게는 쉽지 않았다.

계승권과 거리가 먼 막내인 룩스에게 병기를 줄 수는 없다.

성내 사람들이 그렇게 주장하는 통에 후길이 허가를 받아 줄 때까지는 기공각검을 건드리는 것조차 여의치 않았다.

그리고 그 이후로도 지옥은 계속되었다.

기룡 사용 적성치가 높긴 해도, 아직 어리고 미숙한 신체를 괴롭히는 작업이 시작되었으며 매일같이 힘이 다해 의식을 잃었다.

천부적인 재능에 필사적인 노력을 더한 룩스는 실력 있는 기룡사로 거듭나 환신수(어비스)를 토벌하며 성과를 거두었지만 아무것도 인정받지 못했다.

그런 것으로 자신을 보는 시선이 바뀌리라고 믿었던 것이 얼마나 어리숙한 생각이었는지 뼈저리게 깨달았다.

기적이나 다름없는 확률로 힘을 얻었지만 이전처럼— 아니, 성내에서는 룩스를 더욱 미워하는 무리가 나타나 그를 배제하려고 했다.

백성들을 구하겠다는 룩스의 이념에 찬동하는 사람은 이 성내에 존재하지 않았다.

단 한 명, 이 장남을 제외하면.

"형님은 어째서 제 얘기를 들어주시는 거죠?"

룩스는 냉정한 표정을 유지한 채 되물었다.

아카디아 제국 황제의 적통인 후길.

전쟁에서 입은 상처로 일선에서 물러났다고 알려진 전 기룡사.

황족 중 하나라는 지위상 대외적인 활동을 하긴 하지만, 과묵해서 사람들과 거의 엮이지 않는 독특한 남자.

압도적인 권력을 휘두를 수 있는 자리에 있으면서도 방탕하지 않으며, 정치와 거리를 둔 존재.

그것이 배다른 막내인 룩스가 느낀 첫인상이었다.

룩스는 그가 어째서 자신에게 관심을 갖고 도와주는 것인지 의문스러웠다.

"—이 정원은 낡았어. 겉보기엔 잘 손질된 것처럼 보이지만, 쓸데없이 옮겨 심어댄 탓에 엉망진창이지."

후길은 시선을 정원으로 옮기며 대답을 겸한 말을 꺼냈다.

"땅이 나쁘면 초목도 병들지. 그건 사람이 사는 세계도 똑같아. 그러니 국가도 길게 뻗어 얽힌 뿌리를 전부 끊어버리고, 초목과 흙을 갈아치우는 것 말고는 방법이 없겠지. 그 기한이 다가오고 있어."

"……."

그건 권유였다.

함께 손을 잡고 이 세계를— 이 나라를 뿌리부터 바꿔보지 않겠냐는 권유.

성내 사람들에게 모든 의견을 묵살당한 룩스에게 남은 유일한 희망.

아이리와 피르히.

룩스에게 남은 사랑하는 사람들을 지키기 위한 구원의 손길을 내밀어주었다.

장갑기룡을 조작법을 배울 기회를 받아 각고의 노력 끝에 힘을 얻었다.

"……조금만 더, 생각해봐도 될까요?"

맏형의 의도를 헤아리면서도 룩스는 대답을 망설였다.

아는 바였다.

뿌리부터 모든 것을 바꾸기 위해서는 땅속에서 뽑아낸 초목.

지배자들과 그들에게 가담한 자들이 돌아올 수 있는 가능성이 없다는 걸.

"괜찮아. 하지만 모든 일에는 알맞은 시기가 있지. 지나가버린 시간은 두 번 다시 원래대로 되돌릴 수 없어. 네가 할아버지와 어머니를 잃은 것처럼."

"앞으로 사흘만 더, 생각할 시간을 주세요. 한 번만 더 생각해보겠습니다. 사람들을 설득할 방법을—."

룩스는 이미 무엇을 선택할지 내심 정해두었다.

그래도 시간이 필요했다.

누군가에게서 무언가를 빼앗겠다는 각오를 할 만큼의 시간이.

"그러려무나. 나는 언제까지든 기다리겠다."

그러자 룩스를 절망의 늪에서 꺼내준 사내는 다정하게 웃으며 말했다.

"나는 계속 기다리겠다. 영웅이라고 부를 수 있는 이를—그 뜻을 품은 이가 나타나는 것을. 그것이야 말로—."

"후길, 형님……."

그로부터 사흘 후, 룩스는 움직였다.

그리고 혁명 계획이 시동됐다.

†

"『성식』, 인가……! 저건—?"

아티스마타 신왕국, 왕도 로드갈리아.

퍼레이드 **첫날**의 떠들썩한 분위기에 휩싸인 성문 부근에서 룩스는 왕성을 둘러싼 흉벽을 올려다보았다.

불길한 독기를 두르고 서 있는 것은 새하얀 드레스를 입은 소녀처럼 생긴 인간형 종언신수(라그나로크)—『성식』.

돌출된 테라스에는 짐승 같은 안광을 빛내는 키가 크고 마른 남성— 후길 아카디아가 서 있었다.

—모순.

마르카팔 왕국의 폐도 게르니카에서 사투를 벌인 후, 에이릴은 『대성역』을 제어하는 데 성공했다.

그리고 시스템에 접속해서 『성식』의 활동을 정지시켰다.

남은 『창조주(로드)』와 후길은 『칠용기성』에게 패하여 사망했다.

그런 현실일 터다.

그러나 룩스의 인식은 아니라고 말하고 있었다.

눈앞에 존재하는 두 개의 위협이야말로 꿈도 환상도 아닌 진짜라고.

『대성역』과 후길이 그들의 기억 자체를 수정한 것이라고—.

적어도 마기알카와 싱글렌, 에이릴은 이 왕도에 없었다.

『칠용기성』은 후길과 싸워 패하였고, 세계는 재편성되었다.

그 뒤로 2주가 흘렀으며, 사흘에 걸친 왕도의 퍼레이드가 되풀이되고 있다.

엄밀하게 따지자면 시간 자체가 역행하는 것은 아니다.

사흘 간의 기억— 이 나라에 존재하는 모든 인간의 인식이 사흘이 지날 때마다 퍼레이드 첫날로 **되감기는** 것이다.

세계 규모의 인식 조작.

모순이나 특정한 사실과 현상에 대해서만 눈치채지 못하는 형태로 사람들은 속고 있었다.

그것이 룩스가 알아차린 진상이다.

개변기룡(아티팩트) 《우로보로스》의 신장, 《영겁회귀(엔드리스)》에 의한 세계 개변의 정체.

'그럼 『성식』은 멈추지 않은 건가? 세계 멸망 카운트다운이 계속되고 있다면 앞으로 남은 며칠이나 남은 거지?!'

룩스가 전율하며 왕성을 올려다본 순간 테라스에 있는 후길과 시선이 맞았다.

상대를 꿰뚫어 보는 것만 같은 날카로운 안광.

마주 보는 룩스도 이에 지지 않도록 마음을 강하게 다잡았다.

일촉즉발의 긴장감 속에서 불현듯 그 균형이 무너졌다.

"—훗."

후길은 별다른 행동에 나서지 않고 발걸음을 돌려 왕성 안으로 들어갔다.

'어……?! 내가 눈치챘다는 걸 모르나? 아니, 모르는 척하는 건가……? 하지만 아직 『성식』이—.'

당황한 룩스의 표정이 바뀌자 성문 근처에 있던 위병이 말을 걸었다.

"음……? 무슨 일 있으십니까, 룩스 공."

"지금 막 퍼레이드가 끝나 여왕 폐하께서는 쉬고 계십니다. 오늘은 이제 아무도 들이지 말라고 하셨습니다만, 급한 용건이십니까?"

잠시 눈을 뗀 사이에 흉벽에 서 있던 『성식』은 홀연히 사라졌다.

"……."

뒤를 쫓으려 해도 흔적조차 남기지 않았다.

그리고 이 자리에서 그 존재를 알아차린 사람은 룩스 혼자인 듯했다.

—모두가, 지금 이 나라에 있는 모든 이들이 세계가 평화로워졌다는 거짓된 인식에 사로잡혀 있다.

『대성역』과 《우로보로스》가 공명하여 만들어낸 허구 세계.

그 현실에 다시금 전율한 룩스의 얼굴이 파랗게 질렸다.

"아뇨……. 아무것도, 아닙니다."

지금으로선 『성식』은 아직 폭주하지 않은 것으로 보였다.

그렇다면 아직 유예가 있었다.

당장 공격해서 자극하는 것보다는 상황을 파악하는 쪽이

먼저라고 판단했다.

어차피 『대성역』의 시스템과 접속해서 정지시키지 않는 한 『성식』은 무한히 부활하니까.

그렇게 생각하고 왔던 길을 되돌아가 왕립 사관(아카데미) 학원 사람들이 묵고 있는 숙소로 향했다.

오늘 퍼레이드에서 룩스가 할 일은 다 끝났다.

남은 예정은 저녁 전까지 숙소에서 피로를 풀고 학원 사람들과 술집에서 실컷 즐기는 것뿐이지만—.

'잠깐만. **그러고 보니 어떻게 된 거지**?!'

『칠용기성』과 후길의 격돌.

2주 이상 전에 치른 전투에서 후길은 『성식』의 존재 이유에 대해 언급했다.

그 목적은 약자의 구제.

그리고 일방적인 지배 체제를 바꿀 수 있는 반항 세력의 핵심에게 힘을 빌려주는 것.

"……."

불길한 예감이 룩스의 내면에 흙탕물처럼 퍼져나갔다.

『성식』이 왕성에 있다. 그렇다면 **들러붙을 만한 대상이 그곳에 있다는 뜻일까**?

어쨌거나 신왕국의 전복을 꾀하던 『구제국파』에 가담하던 귀족, 웨이블러와 지그 크로이처는 제거당했다.

이 퍼레이드를 되풀이하는 주모자와 그 목은 무엇인가—.

먼저 그것을 밝혀내야만 한다.

현 시점에서 룩스만이 그 사실을 알아낼 수 있다면, 리샤 일행의 협력을 받아 해결해야만—.

'……그런데 누가 이런 짓을 하는 거지? 후길과 『성식』은 대체 누구에게 협력하는 걸까? 웨이블러 일당은, 대체 어떤 정보를 알고 있었기에 살해당한 거고?'

『귀공은 정말로 현 여왕 폐하가 신왕국을 통치하기에 걸맞은 그릇이라고 생각하나? 우리의 미래를 맡길 수 있다고 생각하나? 만약 내가 다른 누군가를 추대한다면—.』

"큭……?!"

문득 이 퍼레이드 기간의 루프가 시작되기 직전에 세리스의 부친, 디스트에게 들은 말이 뇌리에서 되살아났다.

연이어 터진 사건 탓에 흔들리기 시작한 신왕국의 기반을 바로잡기 위하여 디스트가 룩스에게 꺼낸 말은, 구제국의 사상을 지지하는 원로 집정관들—『구제국파』의 생각이 아니었다.

사대귀족 디스트가 여왕을 대신할 누군가를 새로운 국왕으로 추대하겠다— 틀림없이 그런 말을 했다.

당시에는 변함없이 라피 여왕을 지지하겠다는 내용으로 대화를 끝냈지만, 결국 『여왕을 대신할 누군가』의 정체는 여전히 베일에 감싸인 채다.

혹시 모를 정보 유출과 향후 관계를 고려하여 그때는 굳이 디스트에게 물어보지 않았지만, 대강 짐작 가는 인물은 있었다.

나르프 재상은 원래 아티스마타파다.

라피 여왕의 측근으로서 그녀를 보좌해온 그 외에 다른 후보는 없다.

모종의 정보를 이용하여 신왕국의 체제를 흔들려고 한 웨이블러와 지그 크로이처를 묻어버리려고 움직였다면—.

'아니…… 나르프 재상이라고 단정하긴 아직 일러.'

어쨌거나 이 사건의 진상을 파악하려면 모든 걸 알 필요가 있다.

『구제국파』의 중심인물이 쥐고 있던 신왕국의 체제를 뒤흔들만한 비밀이란 대체 무엇인가?

그 비밀이 밝혀지는 것을 우려하여 묻어버리기 위해 자동인형(오토마타)에게 암살을 지시한 자는 대체 누구인가?

만약에 그것을 실행한 인물이 상상대로 신왕국 진영의 사람이었을 경우, 룩스는 돌이킬 수 없는 싸움에 몸을 던지게 된다.

룩스 혼자라면 몰라도 아이리나 학원 동료들에게까지 피해가 미칠지도 모른다.

그저 적을 쓰러뜨리기만 하면 모든 것이 해결되던 예전과는 상황이 완전히 달랐다.

"어떻게 된 거야. 이래선 마치—."

룩스는 머리를 감싸며 무심코 한숨을 내쉬었다.

물밑에서 소용돌이치는 사건.

숨 쉬는 것마저 꺼려지는 긴장감은 이미 5년 이상 지난 구제국 시절을 떠올리게 했다.

"……구제국, 시절 같다고?"

룩스는 자신의 뇌리에 떠오른 망상에 쓴웃음을 지어버렸다.

—말도 안 돼.

이미 그때와는 다른 나라다.

왕후 귀족의 표정을 살피고, 마음을 억누른 채 타인의 표정을 살피던 시대는 끝났다.

그런 세계를 만들었을 터다.

만들었을…… 터였다.

그렇지 않다면 5년 전, 황족과 신하의 희생은—.

"—길을 걸을 땐 앞을 잘 봐야 하지 않겠니? 그러다 아무것도 없는 데서 넘어져도 모른다."

"앗……."

누군가가 어깨를 살짝 찌르는 느낌에 룩스는 퍼뜩 정신을 차렸다.

그리고 인파로 혼잡한 큰길에서 반가운 소녀의 모습을 발견했다.

"오랜만이야, 룩스 군. 잘 지냈니?"

친애를 담은 표정으로, 교복을 입은 크루루시퍼가 인사했다.

첫 번째와 **두 번째** 퍼레이드 때는 전부 이틀째에 유미르 교국의 메르, 그리고 교황 니아스와 함께 왕성에서 재회했기 때문에 지금 여기서 만날 줄은 몰랐다.

"크루루시퍼 씨?! 여긴 어떻게—?"

따라서 룩스가 놀라며 물어보자 크루루시퍼가 쓴웃음을 지으며 손으로 입가를 가렸다.

소녀는 살짝 웃음소리를 흘린 후 큰길의 노점 쪽으로 시선을 보냈다.

“그녀들을 호위하는 중이야. 노점 음식이 신경 쓰인다고 마음대로 돌아다녀서 말이지.”

룩스가 그 시선을 따라가자 노점에서 산 꼬치구이를 볼이 터지도록 넣은 소피스와 종이로 싼 치즈케이크를 손에 든 메르가 보였다.

아무래도 둘 다 공식적인 방문 전에 한발 먼저 퍼레이드를 즐기고 있던 듯했다.

하지만 이렇게 소란스러운 와중에도 막 나눈 대화를 확실하게 들었는지 메르가 어이없어하는 표정으로 성큼성큼 다가왔다.

“지금 말 다 했어? 네가 오빠의 멋진 모습을 보고 싶다면서 억지로 외출 허가를 받은 거잖아?!”

“그런 일이 있었던가? 기억이 살짝 애매하네.”

크루루시퍼가 장난스럽게 대꾸하자 소피스도 곧바로 따져댔다.

“나는 그렇게까지 먹보가 아니야. 룩스 앞에서 정정해.”

꼬치구이를 들고 있는 탓에 전혀 설득력이 느껴지지 않는 소피스를 보고 룩스는 저도 모르게 웃어버렸다.

몸집이 작은 백금색 머리카락의 소녀— 유미르 교국의 『칠용기성』 메르 기잘트.

갈색 피부와 까만 머리카락, 독특한 이국풍 복장이 특징인 토르키메스 연방 대표—『칠용기성』 소피스 엑스퍼.

룩스가 정상적인 인식을 되찾은 이 상황에서도 그녀들은 여기에 존재했다.

다시 말해 적어도 두 사람은 살아 있다.

"다행이다! 둘 다 무사했구나!"

그 사실을 확인한 순간 가슴속에서 격렬한 기쁨이 치솟아 무의식적으로 두 사람의 손을 잡고 끌어안았다.

퍼레이드 도중에 본 싱글렌이나 마기알카, 에이릴처럼 『대성역』의 인식 조작이 만들어낸 환영이 아닌 확실한 존재감에 안도했다.

"잠깐, 오빠. 사람들이 쳐다보잖아. 기쁘지만."

"소년은 보기와는 다르게 대담."

룩스가 양팔로 두 소녀의 허리를 끌어안자 사정을 모르는 메르와 소피스가 놀라면서 뺨을 빨갛게 물들였다.

'역시, 메르랑 소피스도 여전히 인식 조작의 주박에 걸려있는 모양이야…….'

그렇다면 달리 누가 또 알고 있을까?

룩스는 그 문제가 신경 쓰였지만, 갑자기 뒤쪽에서 형용하기 힘든 험악한 기척이 피어오르는 것을 느꼈다.

퍼뜩 놀란 룩스가 크루루시퍼를 돌아보자 그녀는 어째서인지 눈을 옆으로 돌리면서 심경이 복잡한 듯이 고개를 숙였다.

"하아……. 내가 알던 룩스 군은 이젠 어디에도 없나 보네. 아무리 오랜만에 재회한 친구라지만, 연인도 아닌 여자아이를 태연하게 껴안는 사람은 아니었을 텐데."

크루루시퍼는 드물게도 심기 불편한 표정으로 룩스를 싸늘하게 쏘아보았다.

당황한 룩스는 급히 두 사람을 놓고 양손을 좌우로 파닥파닥 흔들면서 부인했다.

"그, 그런 게 아냐, 크루루시퍼 씨! 이건 그, 딱히 깊은 뜻이 있는 게 아니라, 그러니까―."

"소년의 숨겨진 호의를 눈치채지 못했어……. 설마 크루루시퍼보다 호감도가 훨씬 높았다니, 이건 솔직히 고민돼. 키스까지라면 OK."

"크루루시퍼, 패배는 부끄러운 게 아냐. 그저 상대가 너무 강했을 뿐이라구."

진지한 표정으로 당황하는 소피스와 짐짓 일부러 놀리는 메르.

유미르 교국과 『열쇠 관리자(엑스퍼)』라는 인연이 있는 두 사람의 말에 룩스는 더욱 당황했다.

"아무래도 실수한 것 같네. 룩스 군이 너무 심각해 보이길래 무심코 아는 척했는데, 생각보다 훨씬 여유로워 보이는걸?"

크루루시퍼는 탄식과 함께 등을 돌려 룩스를 외면했다.

그리고 그대로 북적이는 인파 속으로 걸어갔다.

"잠깐만, 오해라고 크루루시퍼 씨! 그리고 둘 다 그만 좀 부추기면 안 될까?!"

"하아……. 어쩔 수 없지. 그럼 따로 움직일까? 그런 약속이었으니까."

"재미없지만, 약속은 약속. 내일 또 봐, 룩스."

상황을 헤아려주기로 했는지 메르와 소피스는 룩스를 놓아주었다.

급하게 크루루시퍼를 쫓아간 룩스는 필사적으로 그녀를 설득한 끝에 중앙공원에서 잠시 쉬기로 했다.

†

"자, 크루루시퍼 씨! 간식 사 왔어!"

어떻게든 크루루시퍼를 달랜 후, 룩스는 노점에서 크레이프를 사와 그녀에게 건넸다.

크루루시퍼는 그것을 받아들긴 했지만, 눈빛은 여전히 싸늘한 채였다.

"룩스 군. 나는 공주님이나 네 소꿉친구랑은 달라. 이깟 크레이프로 무마할 수 있으리라고 생각한다면 큰 착각이야."

"미안해……."

룩스는 선 채로 고개를 푹 숙였다.

그 모습을 바라보던 크루루시퍼는 이윽고 한숨을 한 번 푹 쉬고는 표정을 원래대로 돌렸다.

"하아……. 아까 고뇌하는 표정을 봤을 땐 놀랐는데, 아무래도 평소의 룩스 군 같네. 안심했어."

"……."

크루루시퍼는 여느 때처럼 쿨한 태도로 말하며 미소 지었다.

보아하니 직전까지 보인 태도는 룩스를 떠보기 위한 작전이었다고 말하고 싶은 것 같았지만—.

'무진장 진심으로 화난 것 같던데. 연기가 아니라……!'

룩스는 자신이 여심에 둔하다는 사실을 자각하고 있지만, 아무리 그래도 이 정도는 충분히 이해할 수 있었다.

"그래서, 무슨 일이길래 그러니? 내게도 얘기할 수 있는 일이라면 기쁠 텐데."

"그건—."

크루루시퍼가 눈을 빤히 바라보자 룩스는 갈등했다.

자신이 알고 있는 무시무시한 진상을 그녀에게 알려줘도 되는 것일까.

아마도 룩스 말고는 그때 『대성역』에서 일어난 일을 기억하지 못할 것이다.

눈 딱 감고 알려준다면 기억해낼 수 있을지도 모른다.

하지만 도대체 무슨 일이 일어나고 있는 것인지 룩스 자신도 미처 파악하지 못한 상태다.

마르카팔 왕국의 폐도 게르니카에서 『대성역』의 주도권을 쥐기 위해 싸운 『칠용기성』은 후길에게 패배했고, 『세계 재편성』이 실행됐다.

그리고 현실 시간으로 2주하고도 며칠이 지나 왕도에서 펴레이드가 개최됐다.

『대성역』을 조종하는 누군가가, 혹은 그 인물을 돕는 후길이 이 사흘간 이어지는 퍼레이드를 최소한 두 번은 첫날로 되돌렸다.

초기화되어 퍼레이드 첫날로 돌아가는 것은 사람들의 기억뿐이며, 실제 시간은 제대로 흐르고 있다.

또한 이로 인해 생겨난 모순점은 인식 조작 때문에 이상하다고 느끼는 일이 없다.

그리고 루프 할 때마다 신왕국에 해악을 끼칠 적대 세력으로 여겨지는 이들이 쥐도 새도 모르게 제거당하고 있다.

첫 번째 퍼레이드 마지막 날에는 신왕국의 비밀을 쥐고 있는 웨이블러라는 『구제국파』 남성이 죽었다.

두 번째 퍼레이드 때는 웨이블러와 손잡은 사대귀족 지그크로이처가 마찬가지로 살해당했다.

즉 현재 『대성역』을 사용하는 이는 신왕국 측 인물로 예상할 수 있었다.

그리고 그자에게 인간형 라그나뢰크 『성식』이 들러붙었을 가능성이 있다.

『성식』은 세계를 멸망시킨다는 최대 최강의 라그나뢰크이며, 쓰러뜨려도 시간이 지나면 부활한다. 저지할 방법은 『대성역』을 지배하는 것뿐이다.

'—상황을 정리해보니 더욱 모르겠어.'

다만 이 상황에 후길이 협력하고 있다는 것.

이 루프가 언제까지 계속될지 알 수 없다는 것만은 파악했다.

루프를 총괄하는 자의 정체를 밝혀내지 못하면 또 누군가가 희생될 가능성이 있다.

인식 조작의 주박을 깨뜨릴 수 있는 것은 『세례』 혹은 엘릭시르를 받은 경험이 있고, 허구 세계에 강한 위화감을 느끼는 사람뿐인 듯했다.

따라서 크루루시퍼에게 지금 사실대로 얘기한다 해도 과연 이해해줄 것인지 미심쩍었다.

"—말할 수 없나 보네."

룩스가 머뭇거리는 모습을 보며 크루루시퍼가 살짝 미소 지었다.

결국 룩스는 말하지 못했다.

아무것도 모른 채 섣불리 도움을 요청하면, 원래 타국 유학생인 그녀가 신왕국의 분쟁에 말려들어 다치게 되리라.

5년 전 혁명 때 아이리가 말려든 것처럼.

"미안. 아직 잘 모르겠어. 뭘 해야 하는지. 어떻게 설명해야 좋을지. 하지만 나는—."

말로 잘 표현할 수 없었다.

에인폴크 가문과 화해하여 행복해진 크루루시퍼에게 얘기해도 괜찮은지 알 수 없었다.

적어도 적의 정체가 확실해질 때까지는 관여하게 해선 안 된다는 생각이 들었다.

"그래? 그렇다면 지금부터 널 지켜봐야겠네."

그러자 크루루시퍼는 아름다운 푸른 머리카락을 쓸어올린 후 룩스 쪽으로 고개를 슬쩍 내밀었다.

그녀의 장난기 섞인 어른스러운 미소를 본 룩스의 가슴이 세차게 요동쳤다.

"뭐……?"

"내가 만약 룩스 군이라면, 그런 표정을 짓고 있는 나를 내버려 둘리가 없으니까. 설령 할 수 있는 게 아무것도 없다 해도, 힘이 되어주려고 할 거야. 분명."

"……."

그런 대답을 듣고 룩스는 순간적으로 말문이 막혔다.

그녀가 말려들지 않게끔 거리를 두려고 했는데, 곧바로 도망갈 길이 차단당했다.

크루루시퍼는 개변된 현실에 대해 아무것도 모른다.

그런데도 룩스의 힘이 되어주겠다고 했다.

그렇다면 더는 내밀어준 손을 붙잡는 것을 망설일 필요는 없었다.

"고마워……. 아직 확실하게 얘기할 순 없지만, 조사해보고 싶은 게 있어. 이 퍼레이드의 이면에서 일어나는 사건에 대한 거야."

"그럼 좀 더 인기척이 없는 곳으로 갈까? 네 행동을 숨길 필요가 있다면, 자연스러운 일상을 보내는 게 제일이니까."

크루루시퍼는 즐거운 듯이 말하며 한 손에 크레이프를 들고 다른 손으로는 룩스의 손을 잡아당겼다.

자못 그녀다운 제안에 룩스도 편승했고, 그길로 두 사람은 어떤 구획으로 이동했다.

†

—세 시간 후.

룩스는 퍼레이드로 혼잡한 거리를 크루루시퍼와 함께 돌아본 후, 휴식 차 중앙공원으로 돌아와 나무 그늘에 앉았다.

우연히도 첫 번째 퍼레이드 때 세리스에게 고백받은 커다란 나무 아래였다.

"후우, 연인인 척하면서 조사하는 건 생각보다 많이 지치는구나."

"그건 처음 듣는 설정인걸……."

크루루시퍼의 우격다짐에 쓴웃음을 지으며 룩스는 옆자리에 앉았다.

옷가게에서 서로 한 벌씩 사복을 구입했다.

조금 이른 감은 있지만 봄옷이다.

그리고 길거리 퀴즈 대회에 함께 참가해서 준우승한 것도 즐거웠다.

하지만 무엇보다도 신경 쓰인 점은—.

"그러고 보니 마지막에 지난 길, 거기 맞지? 크루루시퍼 씨랑 예전에 같이 갔던."

"맞아. 기억해줘서 기쁘네. 룩스 군이랑 처음으로 데이트한 코스니까."

크루루시퍼가 살짝 미소 지으며 말했다.

그녀가 즐거워하는 목소리를 들으니 룩스는 왠지 모르게 낯간지러운 기분이 들었다.

솔직히 말해서 조사라는 명분을 거의 잊고 돌아다녔다.

함께 돌아다니기 시작했을 때만 해도 바짝 긴장했지만, 지금은 두근거리는 동시에 신기한 안도감이 느껴졌다.

평소 다른 학생들 사이에서는 쿨하고 완벽하다는 평판을 듣는 크루루시퍼. 하지만 의외로 장난기 있고 농담도 종종 하는 등 어린애 같은 일면도 있다.

아니, 그것이야말로 그녀의 진짜 모습이라고 룩스는 생각했다.

어렸을 때부터 자기 자신을 속이는 것이 몸에 배어 완벽함을 가장하던 그녀가 허물없는 모습을 보여준다. 그만큼 경계심을 풀고 있다는 증거이리라.

지금 자신이 처한 긴박한 상황을 깜빡 잊어버릴 정도로 그녀와 함께 하는 시간에 몰두했다.

"룩스 군, 이제 숙소로 돌아가서 학원 연회에 참가할 거지? 그 전에 성과를 확인해볼까. 알테리제."

갑자기 크루루시퍼가 목소리를 낮게 깔더니 등을 기대고 있던 나무 뒤로 시선을 보냈다.

그러자 검은 집사복을 입은 영리한 인상의 여성이 슬그머니 두 사람 앞에 모습을 드러냈다.

유미르 교국 에인폴크 가문의 집사이자 기룡사인 알테리제 메이클레어.

여느 때라면 룩스와 크루루시퍼의 화기애애한 모습을 지켜보았을 테지만, 오늘만큼은 상황이 조금 달랐다.

표면적으로는 순수하게 퍼레이드를 즐기던 두 사람 가까이에서 약 세 시간 전부터 어떤 임무를— 룩스와 크루루시퍼의 동향을 감시하는 사람이 있는지 없는지 조사하는 임무를 수행하고 있었다.

"현재 주위에는 수상한 사람이 없으므로 일단 보고하는 게 낫겠다고 생각했습니다. 아가씨와 룩스 님 사이가 얼마나 발전했는지 확인하지 못한 건 조금 아쉽습니다만."

"아니, 그건…… 그 얘기는 넘어가죠. 뭔가 알아내신 게 있나요?"

룩스가 복잡한 표정으로 묻자 알테리제가 등허리를 곧게 폈다.

그리고 목소리를 한층 낮추며 조용히 말하기 시작했다.

"결론부터 말씀드리자면, 룩스 님께서 예상하신 대로입니다. 당신과 아가씨를 감시하던 건, 신왕국 무관이 확실해 보입니다."

"……."

반쯤 예상한 대답이었지만, 룩스는 보고 내용을 듣고 인상을 찌푸렸다.

그렇다면 이전 퍼레이드 때도 감시당하고 있었던 게 아닐까?

그렇게 생각한 이유는, 이 반복되는 퍼레이드의 등장인물은 기본적으로 매번 같은 행동을 되풀이한다는 법칙을 깨달았기 때문이다.

첫 번째와 두 번째 때, 요루카는 룩스 근처에 수상한 인물이 접근했다는 걸 알아차렸다.

수상한 인물은 그 후 왕성으로 향했기 때문에 결국 정체를 확인하진 못했지만, 이것으로 판명되었다.

하지만 기껏 감시까지 했으면서 왜 바로 떠나버린 것일까.

그건 아마도 룩스의 사정을 꿰고 있는 인물이 파견한 사람이기 때문이라고 생각했다.

요루카에 대해 잘 안다면 그녀의 날카로운 감을 경계해서 필요 이상으로 접근하지 않았으리라.

'요루카가 내 곁에 있다고 판단했을 경우, 즉시 조사를 중단하고 돌아오라는 명령을 받은 건가?'

상상의 범주이긴 하지만 대강 그럴 것이다.

그 예상은 정확히 적중했고, 그 덕분에 유미르 교국 사람인 알테리제는 오히려 노마크 상태로 움직일 수 있었다.

"그럼, 구체적으로 누구인지까지 알아냈니?"

"네, 대략은요……. 『창조주』와 싸우기 위해 폐도 게르니카에 갔을 때 본 적 있는 얼굴이었습니다. 나르프 재상의 측근이라고 생각합니다."

"——."

긴장감 서린 알테리제의 대답을 듣고 룩스는 눈살을 찌푸렸다.

어떤 면에서는 예상했던 대답.

하지만 적중하길 원치 않았던 사실이다.

나르프 재상이 후길의 도움에 힘입어 신왕국의 적을 배제하고 있다면 심상치 않은 사태다.

'하지만 어째서지? 그것과는 별개로 뭔가가 석연찮아. 최초로 온 사람과 두 번째에 온 사람은 정말로 동일 인물일까?'

룩스의 마음속에 생긴 기묘한 위화감.

하지만 그것을 적절하게 언어로 표현할 만한 정보는 갖춰지지 않았다.

"나르프 재상이? 뭘 위해서일까?"

"아무래도 그것까진 잘 모르겠습니다만…… 제 생각을 말씀드리자면 룩스 님께 해를 끼치거나, 무언가 정보를 얻고자 하는 움직임으로 보이진 않았습니다. 꽤나 소극적인 감시였으니까요."

"……."

표면상 세 시간이나 크루루시퍼와 함께 퍼레이드를 즐겼음에도 불구하고 특별히 접근하지 않았다.

그 사실이 가리키는 바는—.

"첩보라기보다는 관찰이려나? 룩스 군의 안전을 확보하고 싶었든지, 아니면—."

"내가 평소처럼 아무것도 눈치채지 못했다는 걸 확인할 생각이었을지도 몰라."

그렇게 중얼거린 룩스 본인조차 예상 못 한 가설이었지만, 그거라면 아귀가 맞았다. 소극적인 감시는 그렇게 할 수 밖에 없는 상황에서만 하는 법이다.

룩스는 5년 전 혁명 당시에 황족 몇 명을 기룡으로 직접 감시해본 경험을 미루어 그렇게 예상했다.

"과연, 그럴지도 모르겠군요. 그렇다면 나르프 재상은 당신이 수상한 행동을 하지 못하게끔 지켜보고 있었던 걸까요?"

"……제 생각은 그래요. 제가 누군가에게 습격당하지 않게끔 조치한 걸지도 모르겠네요. 고생하셨습니다, 알테리제 씨."

룩스는 긴장감을 풀고 알테리제에게 고마움을 표했다.

표면적으로는 이번 일이 해결됐다고 말한 셈이었다.

"문제없다면 다행이네요. 그럼 안심하고 아가씨와 퍼레이드를 즐기실 수 있겠군요."

"네……?!"

"자 아가씨. 예정대로 룩스 님을 확실하게 사로잡으셔야 합니다? 그럼 저는 이만 실례하지요."

"그래. 너도 고생했어. 이 빚은 나중에 갚을게."

놀란 룩스가 눈을 동그랗게 뜨고 멍하니 있는 사이에 알테리제는 총총히 그 자리를 떠나버렸다.

저녁놀이 드리운 공원 나무 아래에는 룩스와 크루루시퍼만 남았다.

알테리제의 뒷모습이 시야에서 사라지자 룩스는 조심스럽게 입을 열었다.

"크루루시퍼 씨. 그러고 보니까, 알테리제 씨에게 뭐라고 부탁한 거야?"

룩스는 크루루시퍼를 통해 알테리제에게 부탁했지만 자세한 내용까지는 듣지 못했다.

"딱히 특별한 건 없어. 나랑 룩스 군이 슬슬 맺어질 것 같으니까, 유미르 교국에서 지시한 일을 뒤로 미루고 도와주길 바란다고 했을 뿐이지."

"……."

오해받을 만한 안건이 하나 더 생겨버렸다.

"있잖아, 크루루시퍼 씨. 에인폴크 가문에는 우리 사이를 뭐라고 얘기해 뒀어? 결혼 얘기가 오해라는 건 확실하게 알렸지?"

"어머, 룩스 군은 나랑 결혼하는 게 싫나 보네?"

룩스가 당황한 목소리로 묻자 크루루시퍼는 장난스러운 투로 대꾸했다.

평소에는 냉정한 크루루시퍼가 보여주는 천진난만한 표정에 룩스는 뺨을 붉게 물들이고 시선을 돌렸다.

"그, 그런 문제가 아니라. 뭐냐, 일단 나는 죄인이라, 결혼은 불가능하니까―."

"그렇지. 하지만 어차피 곧 그 목걸이에서 벗어나게 될걸?"

"――."

크루루시퍼가 진지한 표정으로 대답하자 룩스는 말문이 막혔다.

확실히 마지막 날에 목걸이에서 해방되고, 리샤도 그렇게 얘기했다.

하지만 이번에는 아직 그 사실을 모를 터인 그녀가 맞춰버리자 룩스는 놀라움을 금하지 못했다.

“그렇게 이상한 얘길 한 것 같진 않은데? 당연한 결과라고 생각해. 『칠용기성』의 일원이자 이번 전투에서 큰 무훈을 세운 너를 계속 죄인으로 취급할 순 없지. 평범한 정치가라면 누구든 그렇게 생각할걸?”

“……그런, 걸까.”

지지난 퍼레이드 때 리샤가 얘기해줄 때까지 상상도 못 했다고 대답할 수는 없었다.

“그렇고말고. 그러니까 생각해두는 게 좋을 거야. 만약 죄인의 목걸이를 벗고 결혼할 수 있게 된다면 어떻게 할지. 아니면, 이미 마음에 둔 사람이 있는 거니?”

“그건—.”

그런 거였구나.

룩스는 내심 이해가 갔다.

지난번에는 접촉하지 않았던 크루루시퍼가 어째서 이번에는 이렇게나 적극적인지.

어쩌면 세리스나 요루카와 사랑을 맹세했을 때 근처에 있었던 것일지도 모른다.

죄인의 목걸이가 벗겨질 때를 기다리느라 지난 두 번의 퍼레이드 때는 기회를 살피고 있었던 거라면—.

‘설마, 그럴 리가…….’

“그럼, 지금 예약만이라도 하게 해줘. 죄인의 목걸이에서 풀려날 때, 가장 먼저 내게 와주겠니……?”

그녀들에게 고백받은 지금이라면 똑똑히 알 수 있다.

크루루시퍼가 오래전부터 어떤 마음으로 룩스를 대해 왔는지.

룩스의 마음속 벽이 무너지고, 죄인의 목걸이에서 풀려나는 때를 기다려 왔음을—.

‘크루루시퍼 씨…….’

친애하는 소녀를 향한 마음을 거듭 확인한 찰나.

“—윽?!”

어떤 존재를 깨닫고 심장이 세차게 뛰었다.

공원에서 멀리 떨어진 건물.

석양이 만들어낸 건물 그늘에서 자동인형 소녀를 발견했다.

장의 위에 가운을 걸친 그 소녀의 머리에는 기계로 구성된 개미 더듬이 같은 것이 돋아나 있었다.

제1 유적(루인) 『탑(바벨)』에서 싱글렌이 산산이 파괴한 자동인형이 분명했다.

이름조차 모르는 그 존재가 멀리서 지켜보는 대상은—.

‘……나를 보고 있는 게 아니잖아? 감시 대상은, 크루루시퍼 씨인가?’

“룩스 군, 왜 그래?”

갑자기 입을 다문 룩스의 낌새가 이상함을 눈치챈 크루루시퍼가 뒤를 돌아보았다.

“아무도 없는데, 뭐 신경 쓰이는 거라도 있니?”

"아니……. 아무것도 아니야."

하지만 크루루시퍼는 자동인형을 눈치채지 못했는지 고개를 갸웃할 뿐이었다.

역시 『대성역』의 인식 조작 탓에 자동인형의 존재 자체를 파악하지 못하는 것이리라.

흑막의 목적이 무엇인지는 알 수 없지만, 역시 이번에도 남들 몰래 행동할 심산인 듯했다.

룩스가 이 루프를 간파했다는 사실을 상대가 알아차려서는 안 된다.

따라서 룩스는 여기서 아무 말도 할 수 없었다.

크루루시퍼가 이 거짓된 현실을 깨부수지 못한 이상, 룩스가 알고 있는 진실을 가르쳐 주더라도 뾰족한 수가 없다.

"그럼, 내일 『칠용기성』 연회 때 봐. 마지막 날까지, 죄인의 목걸이가 벗겨진 다음에 어떻게 할지 생각해둘 테니까—."

"……그래. 내일 보자, 룩스 군."

크루루시퍼는 왠지 모르게 태도가 이상한 룩스의 기척을 살피면서 얘기를 더 끌지 않고 대화를 마무리 지었다.

그리고 그대로 헤어지려다가 다시 한 번 룩스를 돌아보며 입을 열었다.

"룩스 군. 한 가지만은 잊지 말아줘. 무슨 일이 있어도 우리는— 나는 네 편이야."

"……고마워, 크루루시퍼 씨."

석양을 등진 크루루시퍼의 미소를 보고 룩스도 따스한 미소를 돌려주었다.

아직 아무것도 모른다.

사실을 알려줄 수도 없다.

그런 고독한 상황에서 한 줄기 광명이 보인 것만 같았다.

"……."

Episode 2 두 사람의 마음

퍼레이드 첫째 날 저녁.

석양빛으로 물든 왕도 거리를 룩스는 홀로 걷고 있었다.

예정대로라면 이제 술집에서 학원 학생들의 파티가 열릴 터다.

첫 번째 연회 때 룩스는 술집에서 빠져나온 후 공원에서 세리스에게 고백받았고, 그녀의 마음에 응해주기 위해 고백했다.

두 번째 때는 요루카와 단둘이 야시장을 돌았고, 그녀의 진심을 듣고서 연인이 되었다.

하지만 세 번째인 이번에는 어느 쪽도 고를 수 없다.

이 반복되는 사흘의 진상을 밝혀낼 때까지 그녀들의 마음에 부응할 여유는 없었다.

'지금은 자동인형으로 날 감시하진 않는 것 같네……. 처음부터 크루루시퍼 씨를 노린 건가? 뭘 위해서?'

그 점도 수수께끼지만, 우선은 자신을 마크하지 않는다는 점을 활용해야 했다.

가령 나르프 재상이 『대성역』의 루프를 일으킨 원흉이라면, 이 퍼레이드 기간 내에 그 증거를 확보해서 추궁하는 것 외에는 방법이 없다.

동시에 후길과 자동인형 아샤리아의 목적이 무엇인지도 파악해야만 한다.

물론 흑막이 알아차리지 못하도록 은밀하게.

룩스 자신이 이 퍼레이드의 주역임을 생각하면 대단히 어려운 일이다.

그래도 할 수밖에 없었다.

적어도 누군가가 쥐도 새도 모르게 살해당하는 이 현실을 간과할 수는 없었다.

하다못해 룩스 외에도 이 상황을 이해할 수 있는 동료가 있다면 좋겠지만—.

"야호~ 루크찌, 늦었네? 곧 연회가 시작한다구~."

숙소 입구 앞에 있던 티르파가 룩스를 발견하고 손을 흔들었다.

옆에는 같은 삼화음(트라이어드) 멤버 샤리스와 녹트도 서 있었다.

"그 행진 뒤에 바로 외출하다니 너도 참 기운이 넘치는걸. 아니면, 또 여자애랑 즐거운 시간을 보내고 왔나?"

"죄송합니다. 잠깐 나갔을 때 크루루시퍼 씨랑 마주쳤거든요."

"……."

룩스가 태연하게 대답하자 티르파와 샤리스가 입을 다물었다.

그뿐만이 아니라 표정까지 딱딱하게 굳어버렸다.

"어라? 둘 다 왜 그래요?"

"Yes. 룩스 씨는 신경 쓰지 마세요. 각오는 하고 있었지만, 실제로 이렇게 돼서 새삼스럽게 충격받았을 뿐이니까요."

녹트가 룩스의 어깨에 살짝 손을 올리며 평소처럼 도끼눈을 떴다.

"자 그럼, 저도 아이리에게 보고해야겠군요. 룩스 씨가 드디어 연인을 정했다고—."

"……아니, 그런 거 아니거든?! 순전히 우연히 마주쳐서 얘기 좀 했을 뿐인데?!"

그제야 자신이 오해받는다는 걸 알아차리는 룩스는 황급히 부정했다.

"정말인가 몰라~. 낮에 행진하느라 피곤할 텐데, 숙소에 안 돌아오고 곧장 데이트하다니 너~무 수상한걸?"

"아니라니까. 오랜만에 만나서 그런 거라고, 정말."

티르파의 의심스러운 시선을 뿌리치고 룩스는 일단 객실로 돌아갔다.

아이리와 그녀를 호위하는 요루카를 만나 간단한 대화를 나누었다.

"어서 오세요. 무사하셔서 다행이옵니다, 주인님."

"……하아, 저 혼자 숙소에 남겨두고 데이트하셨다구요? 영웅은 호색한이라더니 정말 맞는 말이네요. 너무 밝히는 것 같지만요."

요루카는 여느 때처럼 평온하게 웃으며 반겨주었지만, 아이리는 입을 열기가 무섭게 독설을 퍼부었다.

무언가 이상한 일은 없었는지 확인부터 해본 뒤에 모두와 함께 술집으로 자리를 옮길 생각이었지만—.

“……”

“음? 피이, 왜 그래?”

마지막까지 방에 남아 멍하니 창밖을 바라보는 피르히를 눈치챈 룩스가 말을 걸었다.

과묵하고 표정에 변화가 없다 보니 남들에게는 평소랑 똑같아 보이겠지만, 소꿉친구인 룩스의 눈에는 어쩐지 상태가 이상해 보였다.

컨디션이 나쁜 게 아니라 무언가를 신경 쓰고 있는 것처럼—.

“조금, 지친 걸지도. 아까 밖을 돌아다니다가, 환영을 보았어.”

“환영이라니, 설마 과자라도 봤어?”

룩스가 가벼운 말투로 농담하자 피르히는 진지한 표정으로 대답했다.

“자동인형(오토마타). 『방주(아크)』에서 만난, 라 클루셰.”

“뭐?!”

—두근.

룩스의 심장이 크게 요동치고 전율이 일었다.

머릿속이 순식간에 하얗게 변해서 그대로 몇 초 정도 우두커니 서 있었다.

“루우, 왜 그래?”

그러고 보니 피르히도 오늘 아침에 폭죽 소리를 못 들었다고 했다.

퍼레이드의 개막을 알리는 폭죽 소리.

『대성역』의 인식 조작 기능으로 이 사흘간의 기억이 루프하고 있다 해도 물질까지 원래대로 돌아가는 것은 아니다.

멋대로 시체가 사라지는 일은 없으며, 음식도 돌아오지 않는다.

그저 며칠간의 기억이 되감길 뿐이며, 그 모순을 깨닫지 못하는 것에 불과하다.

인식 조작의 주박에 걸려들면 터지지 않은 폭죽 소리도 들었다고 생각하게 된다.

퍼레이드 옆에서 일어난 전투도 행인들은 인지하지 못했다.

뒤집어 생각해서 폭죽이 터지지 않았다는 것을 깨닫고, 자동인형도 보았다면—.

'그래, 『세례』 때문인가……!'

피르히는 헤이즈의 인체 실험 대상이 되었을 때 육체에 라그나로크의 종자가 심어졌다.

그 충격으로 가사 상태에 빠졌을 때, 룩스는 피르히가 죽었다고 착각해서 혁명을 내팽개치고 복수하러 뛰쳐나갔다.

그러나 사실은 그 직후에 『성식』의 생명력을 나눠 받고, 엘릭시르를 투여한 덕분에 며칠 뒤에 되살아났다.

5년 전 당시의 기억은 후길과 《우로보로스》에 의해 되감겨 인식이 수정되었지만, 피르히는 그때 『세례』를 받은 것이다.

싱글렌은 『세례』를 받으면 『대성역』의 인식 조작에 대한 저항력이 강해진다고 했다.

거기에 더하여 심장에 심어진 위그드라실의 종자에도 영향받았을 것이다.

"……그렇구나. 환영이, 아니었구나."

굳은 채 서 있는 룩스를 보며 피르히가 중얼거렸다.

"피이는 어디까지 알고 있어? 이 퍼레이드에 대해서."

"……."

룩스의 막연한 질문을 받고 피르히는 잠시 생각한 후, 이윽고 자신의 기억을 확인하는 것처럼 띄엄띄엄 중얼거렸다.

"몰라. 하지만 무슨 일이 일어나고 있다는 것만은…… 알고 있어. 우리가, 그 싸움에서 졌다는 것도."

대답을 마친 피르히는 아득한 시선으로 창밖을 바라보았다.

자신이 납치당하고, 룩스가 통곡했던 과거의 기억을 떠올리는 것처럼도 보였다.

"피이. 몸은 괜찮아? 어디 안 좋은 데는—."

룩스는 『세례』에 영향받는 그녀의 몸이 걱정됐지만, 피르히는 살짝 고개를 저으며 미소 지었다.

"괜찮아. 그러니까 걱정하지 마. 그보다, 무슨 일이 일어나고 있는지, 얘기해줘."

"……."

"나는 루우의 보디가드, 이니까."

그녀의 배려심에 룩스는 말문이 막혔다.

이 이상한 현실의 이면을 알고, 룩스가 어떻게 움직일 생각인지까지 이해하고서 꺼낸 말이었다.

그녀가 말려들지도 모른다는 생각에 주저했지만, 피르히는 그런 망설임까지도 꿰뚫어 보았다.

"오빠도 참, 안에서 뭐 하는 거예요? 얼른 나오세요."

그때 문 너머에서 아이리가 재촉하는 목소리를 듣고 금방 가겠다고 대답한 후 피르히와 간단히 다음 일정을 약속했다.

그리고 학원 학생들과 함께 퍼레이드 첫날의 연회에 참가했다.

†

"어, 피르히? 왜 그러니?"

통째로 빌린 술집에서 파티를 시작한 지 몇 시간 후, 꾸벅꾸벅 졸기 시작한 피르히를 보고 렐리가 놀란 목소리로 물었다.

연회를 세 번씩이나 반복해보니 아무래도 흐름을 빠삭하게 꿰게 되었다.

룩스는 자신에게 들러붙는 트라이어드를 비롯한 여학생들에게 능숙하게 대처하고 최대한 음주를 자제하면서 그녀들을 차근차근 취하게 만들었다.

그녀들의 요망에 한바탕 대응한 룩스가 문득 연회장 구석 쪽으로 시선을 돌리자 취한 것처럼 몸을 제대로 못 가누는 피르히가 보였다.

"……왠지, 기분 나빠. 토할 것 같아."

피르히가 그렇게 말하며 힘없이 헐떡이자 렐리가 재빨리 일어나 달려갔다.

"피이, 괜찮니?! 누가 의사 좀 불러줘요! 어서!"

“아니, 그렇게 심각하진 않은 것 같은데요…….”

지금까지 거나하게 취해 있던 주제에 갑자기 척척 움직이는 학원장을 보고 룩스는 어이가 없었다.

여전히 여동생을 무척 아끼는 모습이었다.

그리고 사실 피르히는 취하지 않았다.

피르히는 그럭저럭 술이 센 편이고, 이번에도 취한 척했을 뿐이었다.

즉 이 연회 자리에서 빠져나가기 위해 룩스가 부탁한 연기였고, 렐리가 이 미끼를 덥석 물리라는 것도 예상 범주 안이었다.

“렐리 씨. 제가 돌볼 테니까 진정하세요. 나아질 때까지 붙어 있을게요.”

“그, 그래? 룩스 군이 돌봐준다니 마침 잘됐— 아니, 안심되네! 부디 피이를 덮쳐— 아니, 잘 부탁할게!”

룩스는 온갖 진심을 질질 흘려대는 렐리에게 복잡한 미소를 보낸 후에 피르히를 부축해서 술집 밖으로 나갔다.

아이리, 트라이어드를 포함해서 그 행동에 불평하는 학생은 없었다.

룩스가 피르히를 데려가면 렐리도 얌전해지리라는 잘 알기 때문이다.

이미 모두를 한 번씩 상대했으니 연회의 주역이 사라져도 문제는 없었다.

요루카에게는 술집 주위를 경계해달라고 부탁해뒀다.

즉 지금까진 계획대로 완벽하게 진행되었다.

"피이, 불편하면 바로 얘기해."

"……응. 고마워."

일단 이목이 완전히 사라질 때까지 피르히를 부축하면서 이동— 했는데, 그 도중에 풍만한 가슴이 자연스럽게 몸에 닿아서 룩스는 내심 가슴이 뛰었다.

세면장에 들른 후, 술을 깨기 위해서라는 명목으로 큰길로 나갔다.

낮에는 활기와 열기로 가득해서 몰랐는데, 밤이 되자 1월의 한기가 몸에 스며들었다.

반복되는 사흘간의 퍼레이드.

다른 사람들과 기억을 공유하지 못하는 고독 속에서, 피르히가 곁에 있다는 것만으로 말로 표현할 수 없는 온기를 느꼈다.

오래전부터 룩스에게 그녀는 그런 존재였다.

어렸을 때부터 룩스와 알고 지낸 몇 안 되는 친한 친구이며, 아이리와는 다른 의미로 가족에 가까운 친애의 감정을 품고 있었다.

고립되었던 구제국 시절 룩스가 유일하게 편히 쉴 수 있는 양지 같은 존재였다.

야시장도 거의 파하여 인파가 차츰 줄어드는 큰길을 걸으며 룩스는 퍼뜩 이성을 다잡고 황급히 물어보았다.

"피이. 언제부터 이 퍼레이드가 이상하다는 걸 눈치챘어?"

"조금 전부터……. 두 번째 때까지는, 몰랐어. 루우랑 똑같이."

웨이블러가 살해당한 첫 번째와 지그 크로이처가 당한 두 번째 때는 피르히도 루프를 눈치채지 못한 모양이었다.

하지만 룩스가 간혹 이상한 모습을 보이는 것에 위화감을 느꼈고, 그것이 계기가 되어 인식 조작의 주박에서 벗어난 듯했다.

"루우는, 앞으로 어떻게 할 거야?"

"음, 이 사흘간 누가 뭘 하고 있는지 조사해야……."

누가, 무슨 목적으로『대성역』을 써서 이 루프를 발생시키고 다른 이를 죽이고 있는가.

그 목적을 알아낸 다음 어떻게든 저지해야만 한다.

"퍼레이드 때 나르프 재상이 어땠는지는 기억하지? 두 번째랑 세 번째 때, 뭔가 수상한 모습을 보이진 않았어? 특이한 일이 있었다거나—."

룩스의 질문에 피르히는 살짝 고개를 저었다.

"파티 때 보긴 했지만, 이상한 점은 없었어."

"그럼 그 주변 인물부터 조사해야 하는 건가……."

이 루프를 만들어낸 원인이 신왕국 관계자라는 점은 틀림없다.

제1 후보는 나르프 재상, 혹은 그와 가까운 인물일 것으로 판단했다.

기본적으로는 성에 있을 테니, 직접 물어보려면 성내에 숨어들어야 한다.

이튿날이나 마지막 날 연회 때 만날 수 있긴 하지만, 그 전에 먼저 조사해둬야 하는 점이 몇 가지 있다.

룩스를 감시하던 건 나르프 재상의 부하일 가능성이 크지만, 이 상황에서 성에 뛰어든다 한들 별 효과는 없을 것이다.

'잠깐만. 애초에 왜 이런 루프가 일어난 걸까? 어째서 몇 번이나 되감을 필요가 있는 거지?'

피르히와 함께 왕성으로 가는 길에 룩스는 불현듯 의문에 사로잡혔다.

5년 전 그때, 후길은 구제국이 멸망하는 미래로 이끌기 위해 혁명을 방해하는 요소를 배제했다.

이번 루프는 웨이블러를 비롯하여 신왕국의 근간을 뒤흔드는 반란 분자를 찾으려는 것이겠지만.

'하지만, 5년 전 혁명에서 후길이 《우로보로스》를 썼을 땐 상당히 긴박한 상황이었어.'

첫 번째는 피르히가 죽었다고 착각한 룩스가 절망에 빠져 사명을 내던졌을 때.

두 번째는 아이리를 인질로 잡혔을 때.

그대로 두면 혁명에 실패하게 될 두 번의 치명적인 위기를 회피하기 위해 기억을 되돌렸다.

그렇다면 이번엔 웨이블러와 지그가 기록해뒀다는 비밀 영상이 신왕국을 전복시킬 만한 정보— 개변할 수밖에 없는 원인이라는 것은 확실하다.

그들의 부하는 두 번째 퍼레이드 때 자동인형에게 살해당했지만, 몇 명은 도망쳤을 터다.

아니…… 이 경우엔 놓아주었다고 해야 할까.

이 세계 개변을 이룩한 흑막이 웨이블러와 지그 이외에 신왕국에 적대하는 세력을 파악하기 위해서, 이 세 번째 루프 때도 탐색할 가능성이 크다.

'잠깐만. 살해당한 웨이블러와 지그는 지금 이 세계에선 어떻게 된 거지?'

일단 그 사실을 확인하기 위해 룩스는 어떤 인물을 만나보기로 했다.

†

"이런 야심한 시간에 찾아오다니 뜻밖이로군. 자네가 아니었다면 거절했을 걸세. 무슨 일로 날 찾아왔는가?"

룩스가 찾아간 곳은 왕도에 있는 청사— 사대귀족의 일각이자 세리스의 아버지인 디스트가 머무는 방이었는데, 방문한 사실은 숨겨달라고 부탁할 생각이었다.

퍼레이드의 루프가 시작되기 전날에 룩스에게 웨이블러와 지그 크로이처, 그리고 『구제국파』에 대해 알려준 인물. 그리고 현재 그들의 거취를 알아내기 위한 유일한 실마리다.

"분위기를 보아하니 딸 문제는 아닌 듯한데. 그렇다면 정치 이야기인가? 오래 있으면 괜한 소문이 돌 테니 짧게 부탁하지."

응접실 소파에 앉은 채 디스트는 부드럽게 재촉했다.

세리스 얘기가 아니라는 건 함께 온 피르히를 보고 유추했으리라.

딸과의 관계에 관해 얘기할 때, 소꿉친구 여자아이를 동반할 거라고 생각하지는 않을 것이다.

세로로 길쭉한 테이블을 사이에 두고 마주 앉은 룩스는 작은 목소리로 물었다.

"전날 하신 말씀과 관련 있는 내용입니다만…… 오늘 퍼레이드 때 웨이블러와 지그 크로이처가 무얼 하고 있었는지 혹시 아십니까?"

"……."

솔직한 질문에 디스트는 엄격한 눈매를 찌푸리며 대답을 망설였다.

기묘한 질문이었으니 무리도 아니리라.

질문의 의미와 진의가 파악되지 않는다.

장년 남성은 그런 반응과 표정을 보였다.

"이 청사에서 할 얘기는 아니군. 어제, 지하 술집에서 만난 이유를 자네라면 이해하리라고 생각했는데—."

사대 귀족 디스트와 이제는 신왕국의 영웅이 된 룩스가 여왕에게서 정권을 빼앗을 계략을 꾸미는 『구제국파』에 대해 얘기한다.

왕도 청사에서 그런 행위를 하는 것이 얼마나 위험한지 돌려서 언급하자 피르히가 조용히 고개를 들고 중얼거렸다.

"괜찮아, 요. 지금은 주위에 아무도 없으니까. 냄새랑 소리로 알 수 있어."

기척을 감지하는 요루카처럼 피르히도 체내에 심어진 라그나뢰크에 의해 신체가 강화되어 일반인과 비교할 수 없을 정도로 오감이 예민했다.

룩스는 그 사실을 디스트에게 설명해서 안전을 보증한 다음 재차 부탁했다.

"무례하게 굴어서 죄송합니다. 하지만 중요한 문제입니다. 부디 가르쳐주실 수 없을까요?"

룩스가 의자에 앉은 채 고개를 숙이자 디스트는 약하게 한숨을 쉬고 끄덕였다.

그리고 시녀를 불러 홍차를 내오게끔 지시한 후 재차 사람들을 물렸다.

"고개 들게. 아무래도 절박한 사정이 있는 모양이군. 질문 내용에 따라 다르겠지만 협력하도록 하지."

"감사합니다."

룩스는 다시 고개를 숙인 후 천천히 고개를 들었다.

그리고 웨이블러와 지그의 동향에 대해 재차 물어보았다.

디스트 본인은 웨이블러가 『구제국파』에 의탁하려 하고 있다는 것을 알 뿐이지, 퍼레이드 때 무얼 하고 있었는지는 모른다고 했다.

그리고 지그 크로이처 쪽은 디스트처럼 사병을 동원해서 행진을 경비했고, 지금은 다른 청사에 묵고 있다고 했다.

"……."

즉 디스트의 시점대로라면 지그 크로이처는 아직 죽지 않았으며, 퍼레이드 경비 임무를 마치고 쉬는 중일 것이다.

하지만 실제로는 진작에 죽었으므로 현재 그에게 배정된 청사는 텅 비어 있을 터다.

"그럼, 그가 어떤 청사에 묵고 있는지 말씀해주실 수 없을까요?"

그러나 지그에게는 살아남은 부하가 몇 명 있다.

그게 공식적으로 등록된 정규 사병인지, 아니면 고용한 용병인지는 알 수 없다. 하지만 그들은 이번에도 지그와 접촉했을 터다.

두 번째 자동인형이 지그의 부하 몇 명을 놓아주었으니, 이번 루프에서 그들의 뒤를 쫓으려 할 가능성이 크다.

룩스도 그렇게 할 심산이었다.

"……『구제국파』와 교섭해보려는 건가? 지금 자네의 입장은 대단히 복잡하네. 섣불리 그 자들에게 접근하는 건 좋은 생각이 아니야."

"알고 있습니다."

디스트의 조언은 지당했지만 룩스는 물러서지 않았다.

"무턱대고 관여할 생각은 없습니다. 하지만 어떻게든 밝혀내야만 하는 문제가 있어요. 이 나라에, 아니— 세계에 위기가 닥쳐오고 있습니다."

"그런가……."

짤막하게 중얼거린 디스트는 한숨을 내쉬며 책상으로 다가가서 지도 한 장을 꺼내 가리켰다.

룩스가 감사 인사를 하고 청사를 떠나려는 찰나, 문을 열기 직전에 디스트가 불러세웠다.

"다른 쪽은 안 물어봐도 괜찮겠나? 내게 협력을 요청한 남자가 누구인지—."

그것은 퍼레이드 전날에 들은 이야기다.

라피 여왕 대신에 신왕국을 통치하고자 하는 인물이 있으며, 그 인물이 디스트에게 협력을 요청했다고 했다.

"그건 괜찮습니다. 알고 있으니까요. 그 사람이라는 걸……."

굳이 입 밖으로 내진 않았지만, 나르프 재상이라는 사실은 알고 있었다.

그러나 만약 후길과 손잡고 『대성역』의 힘으로 루프를 일으킨 사람이 그라면, 더욱 그 이름을 언급해서는 안 된다.

피르히의 말에 따르면 지금도 주위에 자동인형의 기척은 없는 듯했지만, 세리스의 아버지를 이 이상 위험한 일에 끌어들일 순 없었다.

룩스의 기억대로라면 나르프 재상은 원래 반 구제국파 귀족이자 아티스마타 백작의 직속 부하였던 사내다.

신왕국 정권을 수립할 때 그 수완을 살려서 라피 여왕의 측근으로 활약했다.

디스트가 추대할 차대 국왕 후보에 걸맞은 유일한 인물이라는 건 확실하다.

따라서 웨이블러나 지그의 꿍꿍이를 막으려 할 가능성이 대단히 컸고, 룩스도 그 점을 경계하고 있었다.

룩스는 디스트에게 인사한 후 피르히와 함께 청사를 뒤로 했다.

그리고 외투 후드를 깊이 눌러써서 이목을 피하며 지그가 묵고 있다는 다른 청사로 이동했다.

“피이. 뭔가 이상한 기척은 없어?”

“잠깐만, 곧 눈이 익숙해질 거야.”

피르히의 뛰어난 시력은 어두운 밤에도 유효한 것 같았다.

현재로선 지그가 묵고 있을 터인 청사에 이상은 없는듯싶었지만—.

“어떻게 들어가지……. 보초도 있는데…….”

아무래도 청사 주위에 있는 것은 지그의 사병이 아니라 신왕국의 위병으로 보였다.

기룡을 사용하면 옥상으로 진입할 수 있지만 위병에게 발각당할 우려가 있다.

《영겁회귀(엔드리스)》에 의한 인식의 주박에 사로잡힌 사람들은 이해할 수 없는 현상에도 반응하지 않지만, 그건 어디까지나 사용자의 의지에 좌우된다.

예를 들어 사용자인 흑막이 누군가를 죽이더라도 주위 사람들은 모르겠지만, 두 사람이 부자연스럽게 행동하면 즉시 알아차릴 것이다.

즉 평범하게 방문해서 안으로 들어갈 수도 없었다.

“맨몸으로 다가가 볼까? 벽, 탈 수 있을 것 같아.”

“뭐?”

방법을 찾아 고심하는 사이에 피르히가 진지한 표정으로 그런 말을 했다.

청사 벽은 울퉁불퉁한 벽돌로 돼 있어서 요철이 있긴 하지만 벽을 타고 오르기엔 무리가 있었다.

그래서 룩스는 역시 잘못 들은 거라고 생각했지만—.

"스승님께 훈련받았으니까, 저 정도는 괜찮아. 내가 갈게."

"피이, 잠깐만?!"

룩스가 말릴 새도 없이 피르히는 청사에 다가가 담을 넘어 부지 안으로 들어갔다.

1분 후. 옥상 가장자리에서 OK라는 것처럼 손을 살짝 흔들었다.

'아니, 나는 기룡 없이 벽을 타는 건 무리인데…….'

"……."

룩스의 손짓으로 의미가 전달됐는지 피르히는 다시 청사 안으로 들어갔다.

그리고 잠시 후 옥상으로 돌아와 어디서 찾았는지 모를 밧줄을 내려주었고, 룩스는 그걸 타고 올라갔다.

옥상에는 건물 안으로 들어가는 계단이 있었나.

"여기로 들어가면 되려나?"

"아마도. 안에서는 기척도 소리도, 느껴지지 않지만."

"……."

역시 지그의 부대는 이미 전멸한 것일까.

청사 부지는 가옥 십여 채가 들어설 수 있을 정도로 넓었다.

지그의 부대를 수용하기 위해 통째로 빌린 것일 텐데—.

룩스는 그런 생각을 하며 계단을 내려가 청사를 탐색했다.

그러나—.

"……아무도 없잖아? 하지만 청사 주위에 있는 사람들에게 지그의 부대가 존재하는 것처럼 보일 거야."

"루우. 비 냄새가, 나기 시작했어."

안뜰과 마주한 천장 없는 복도로 나온 순간, 피르히가 하늘을 올려다보며 중얼거렸다.

비—.

분명 첫 번째와 두 번째 퍼레이드 때는 내리지 않았다.

역시 추측은 틀림없었다. 사람들의 인식이 리셋 될 뿐, 시간은 확실하게 흐르고 있었다.

이번 비로 냄새 같은 흔적을 지울 수 있다면, 다소 과감하게 움직여도 문제없을지도 모른다.

"……뒷문을 찾아보자. 웨이블러가 갖고 있었던 비밀 정보를 기록한 기룡사가 온다면, 아마 거기로 올 거야."

"안뜰, 일지도 몰라. 《드레이크》라면, 투명화 할 수 있으니까."

"……그렇구나!"

기록 영상 정보를 갖고 있던 사병은 특장형 《드레이크》를 착용 중이었으니 꼭 뒷문으로 오리라는 보장은 없다.

요는 장갑기룡이 몰래 들어올 공간만 확보하면 되므로 옥상, 뒷문, 안뜰 총 세 루트가 있다.

"나뉘어서, 찾는 게 좋을지도."

"그러자. 피이는 뒷문을 맡아줘. 나는 안뜰을 찾아볼게. —조심해."

고개를 끄덕이는 피르히와 헤어져서 룩스는 청사 안을 걸었다.

안뜰을 향해 일직선으로 가는 길에 기척을 느끼고 멈춰 섰다.

"헙—?!"

룩스는 무의식중에 소리를 낼 뻔했지만 오른손으로 간신히 입을 막았다.

안뜰에는 광학 위장을 해제한 《드레이크》와 대치하는 것처럼 한 소녀가 서 있다.

신왕국 군복을 입은 흑발 소녀— 사니아 레미스트가.

'뭐야?! 어떻게 여기 있는 거지?'

헤이부르그 공화국의 헤이즈가 거느린 세 명의 직속 부하—『케르베로스』.

그 리더라고 할 수 있으며, 한때 왕립 사관 학원에 잠입해서 스파이로 활동했던 소녀.

『그랑 포스』를 빼앗은 후에는 신왕국 습격—『제도 탈환 계획』 때 세리스와 다시 맞붙고, 패배해서 투옥당했을 터다.

헤이부르그 공화국의 교섭재료로 쓰려고 했지만, 헤이즈의 독단적인 행동이었다는 공식 발표 후에 도마뱀 꼬리처럼 버림받아 오갈 데 없어진 그녀가 어째서—.

"지그 경. 어떻게 하실 겁니까? 영상 확인은—."

"응? 아아, 됐다. 그보다 네가 마지막인가? 내 부하는."

"옛! 왠지는 모르겠지만 합류 지점에 온 건 저 하나뿐이었습니다. 달리 많이 있었을 텐데, 그 어디에도—.”

《드레이크》를 착용한 사병 부대 일원은 사니아를 『지그 경』이라고 불렀다.

‘어떻게 된 거야? 왜 그녀를 지그 경이라고 부르는 거지?’

룩스는 잠시 고개를 갸웃하다가 깨달았다.

여기는 이미 허구 세계이며, 룩스나 피르히를 제외한 모두가 흑막이 만들어낸 인식에 사로잡혀 있음을.

실제로 룩스도 마기알카나 싱글렌, 에이릴의 존재를 착각했었다.

즉 저 사병도— 사니아를 진짜 지그라고 믿는 인식 조작을 받은 것이다.

‘하지만 왜 그런 짓을……? 사니아도 자기 자신을 지그라고 생각하는 건가? 아니면 누군가에게 명령 받고 이런 짓을—.’

룩스가 그렇게 생각하는 동안에도 대화는 계속되었다.

“그렇군, 다른 병사와 못 만났단 말이지. 그렇다면 네가 마지막이겠군. 먼저 온 녀석들에게 들은 숫자와 일치해. 네가 가진 기록 영상을 받아야겠다. 따라와.”

“옛!”

남자는 《드레이크》의 장갑을 해제하고 사니아 뒤를 따라갔다.

넓은 복도를 걸어가는 그 두 사람의 뒤를 룩스도 숨을 죽이고 미행했다.

그리고 가장 안쪽에 있는 집무실 문이 열린 순간 이상한 광경이 눈에 들어왔다.

"지그 경? 뭔가 하실 말씀이라도 있으십니까?"

"—흡?!"

문 너머에는 피의 바다가 펼쳐져 있었다.

이미 목이 떨어져 나간 시체 몇 구가 집무실의 화려한 붉은 융단을 검게 물들이고 있었다.

농밀한 죽음의 냄새가 자욱한 방에 들어간 사병의 표정에는 어떠한 변화도 없었다.

그것은 거리를 두고 지켜보는 룩스에게도 무섭도록 기이한 광경이었다.

"아니, 없어. 지금까지 수고 많았다."

지그 크로이처…… 아니, 그로 위장한 사니아가 남자에게서 건네받은 《드레이크》의 기공각검을 들어 올렸다.

매섭게 내려친 직후, 비스듬하게 잘린 남자의 머리가 융단 위에 떨어졌다.

"헉—?!"

"나는 말이지, 함정이었다고."

사니아는 바닥에 떨어진 남자의 머리를 내려다보며 중얼거렸다.

퍼레이드 때, 지그의 부하는 기록 영상이 저장된 《드레이크》를 이곳으로 가져왔다.

그것을 하나도 남김없이 없애기 위해, 인식 조작으로 지그의 대역이 되어 이곳에서 남은 사병을 기다렸다는 건가.

'늦었나? 그런데 사니아는 누구랑 결탁한 거지? 흑막은 대체—.'

중대한 범죄를 저질러 감옥에 갇힌 사니아를 꺼낼 수 있는 사람은 한정적이다.

설령 집정관이라고 해도 어지간해서는 불가능에 가깝다.

그렇다면 간수장, 혹은 더 높은 자리에 있는

인물이—.

"그건 그렇고 네가 올 줄은 몰랐다, 룩스 아카디아. 위험한 일에 대가리를 디미는 성격은 여전한가 보군."

"크……?!"

갑자기 뒤에서 들려온 목소리에 룩스는 흠칫했다.

반사적으로 청사 복도로 뛰쳐나가다시피 구른 직후, 남자가 휘두른 기공각검이 허공을 갈랐다.

"……넌, 이그니드?!"

거꾸로 솟은 앞머리가 특징적인 빨간 머리 사내.

마찬가지로 『케르베로스』의 일원이며, 그 역시 감옥에 갇혔을 터다.

"오, 잊지 않았다니 다정도 하시구만. 아니면, 기사의 의무라는 거냐?"

"우리의 정체를 인식할 수 있다니, 지금은 《영겁회귀》의 주박에 걸려있지 않은 모양이군."

집무실 안에 있었던 사니아가 룩스 쪽을 보며 중얼거리더니 들고 있던 기공각검을 바닥에 던졌다.

그리고 자신의 검대에서 새 기공각검을 뽑아 룩스에게 달려들었다.

"크……!"

이렇게 좁은 장소에서는 장갑기룡을 불러낸다 해도 자유롭게 움직일 만한 여유가 없다.

필연적으로 이곳에서 싸울 때는 검술 및 체술을 활용한 백병전이 효과적이다.

룩스도 수련을 쌓긴 했으나 사관후보생 중에서 상위일 뿐, 기룡사로서의 실력에 비해 백병전의 실력은 확연히 부족하다.

헤이부르그 공화국에서 밀정으로 훈련받았을 두 사람에게는 견줄 바가 아니었다.

'하지만 여기서 도망칠 순 없어! 어떻게든 두 사람을 생포해야……!'

룩스도 그들에게 호응하듯이 기공각검을 뽑으며 자세를 잡았다.

사니아는 조금 전에 자기 자신을 『함정』이라고 했다.

그 함정은 이중으로 준비되어 있었다.

아마도 이 세 번째 퍼레이드에서 사니아는 지그 크로이처의 대역이 되어 그의 부하에게서 기록 영상을 빼앗는 역할을 맡았을 것이다.

그리고 룩스처럼 인식의 주박에서 벗어난 사람을 찾기 위해 이그니드가 잠복하고 있었다.

'우리처럼 세계 개변을 알아차리고 진실을 밝히려 하는 존재를, 적의 흑막도 예측했다는 건가?'

필연적으로 그럴 가능성이 컸다.

룩스 자신이 흑막이어도 이 루프와 거짓된 현실을 눈치챈 사람을 살려두지 않을 테니까.

"어째서 너희가 여기 있는 거지?! 감옥은 어떻게 탈출했어?!"

룩스는 견제하는 겸 정보를 얻어내기 위해 말을 무기로 삼았다.

하지만 돌아온 것은 사니아와 이그니드의 말 없는 검이었다.

최단, 최속. 룩스의 옆구리를 노리고 육박하는 기공각검.

룩스가 대화를 유도하며 생긴 의식의 틈을 놓치지 않고 사니아가 돌진한다.

"크……?!"

몸을 비틀어 가까스로 피한 찰나에 쉴 틈을 주지 않고 이그니드가 검을 휘둘렀다.

—빨라!

간신히 검을 쳐내긴 했지만 묵직한 통증이 두 팔을 관통했다.

그들이 백병전에 능하다는 것만으로는 설명할 수 없는 심상찮은 완력이었다.

"이 힘은 대체……?!"

"—감이 좋은걸? 영웅 양반."

이그니드의 두 눈이 기이한 빛을 발하고 뺨에는 기하학적인 문양이 떠올랐다.

들고 있던 기공각검을 내던진 이그니드는 온몸으로 룩스에게 달려들어 집무실에 밀어 넣었다.

"……?!"

방 한복판 바닥에 깔려 누운 룩스는 꼼짝도 할 수 없었다.

체격적으로는 룩스보다 약간 키가 큰 정도인 이그니드에게 깔렸을 뿐인데 미동조차 할 수 없었다.

사니아가 그 즉시 룩스의 손에서 기공각검을 빼앗았다.

그것으로 승패가 결정되었다.

자세히 보니 사니아의 뺨에도 똑같은 기하학적인 문양이 떠올라 있었다. 소피스의 문신과 비슷해 보이면서— 무언가 다른 것 같았다.

"널 죽이지 말라는 명령을 받았다. 운 좋은 줄 알아."

"그게 무슨 소리지? 너희 주인은 내가 여기에 올 걸 예측했다는 거냐?"

"설마."

사니아는 어깨를 으쓱하고 룩스를 구속하기 위해 로프를 찾았다.

"우리는 이곳에 누가 오든 **눈치챈 존재라면** 처리하라는 명령을 받았다. 네가 목숨을 건진 건, 여기서 죽으면 곤란하기 때문이지."

"……."

사니아와 이그니드.

그들의 말은 추상적이었지만 룩스가 지금까지 한 추리에 힘을 실어주었다.

신왕국의 중신이 그들을 감옥에서 꺼내주었다면 예상한 흑막과 일치한다.

『창조주』 황녀 리스테르카는 예전에 룩스를 비롯한 『칠용기성』을 세뇌해서 회유하려고 했다.

즉 신탁의 무녀인 리스테르카는 알고 있던 것이다.

『대성역』을 손에 넣는다면 배신할 일 없는 부하를 얻을 수 있음을.

그리고 사니아와 이그니드가 보여준 심상치 않은 힘.

아마도 이 두 사람에게는 『대성역』이나 자동인형에게 지배당해 절대 배신하지 못하는 제약이 걸려 있는 것이리라.

"흑막에게 조종당하는 거냐. 어쩌다가 그렇게……!"

신왕국의 파멸을 꾀한 적이긴 하지만 가슴 아팠다.

그러나 룩스의 그런 낌새를 파악한 사니아는 우습다는 것처럼 어깨를 들썩거렸다.

"하하하하하……! 적에게 동정받을 정도는 아니라고. 어차피 정점을 제외한 인간은 누군가의 가여운 꼭두각시에 불과해. 그 사람의 입맛에 맞게 놀아나고, 조종당하고, 이용당하는 비참한 존재에 불과하다고. 너조차도 예외는 아니야. 이제부터 『신왕국의 영웅』이라는 도구로 이용당하게 될 거다."

사니아는 인간을 벗어난 생물체로서가 아닌 사람의 표정과 어조로 말한다.

"얼마나 잘된 일이냐. 너희들의 활약으로 우리는 불행해졌다. 하지만 그 누구 탓도 아냐. 우리가 진 게 잘못이지. 나는 아무리 기를 쓰고 노력해도, 제멋대로 구는 너희 귀족들의 속박에서 벗어날 수 없었다."

"……."

사니아와 이그니드는 군이 거둔 헤이부르그 공화국의 전쟁고아로 가혹한 훈련을 견뎌낸 끝에 정예 기룡사가 되었다.

그러나 종국에는『제도 탈환 계획』에 실패해서 버림받는 운명에 이르렀다.

"그래도 그 감옥에서 평생 썩는 것보다는 나아. 나는 그분께 감사하고 있어. 끊임없이 단련해온 나의 긍지를 간직한 채 기룡사로 전장에 나서서 인생을 끝마칠 수 있게 됐으니까. 이 자리에서 네놈을 이길 수 있으니까!"

"……아니야! 그런 것을……!"

그런 것을 진정 승리라고 할 수 있을까?

룩스는 도저히 동의할 수 없었다.

"자신의 의지가 아니라 누군가가 강제한 운명에 안주하는 주제에, 그럼에도 가슴에 긍지를 품고 살고 있다고 할 수 있어? 너는《우로보로스》의 주박에 의해, 흑막에 의해 그렇게 믿게 됐을 뿐이야!"

그 마음이 가슴속에서 치밀어 올라 말이 되어 튀어나왔다.

"마음대로 되지 않는 세상일지라도 자신이 믿는 길을 가는 것. 그것이야말로 진정한 삶 아니냐고! 사니아!"

"……이해 못 해. 너처럼 축복받은 인간은."

룩스의 외침에 사니아가 아니라 이그니드가 대꾸했다.

엘릭시르에 잠식된 환마(녹터널)인 같은 열에 들뜬 어조가 아니라—원래 어조에 가까운 체념한 듯한 느낌이었다.

"너는 자신이 이상하다는 걸 몰라. 계속해서 승리하는 자신의 재능이, 그 경지에 이르기까지 노력한 게 이상하다는 걸 모른다고. 그러니까 우리를 구원하는 건 불가능해. 이해할 수 없으니까, 절대로—."

"……."

"동정 따윈 필요 없어. 곧 있으면 너도 우리처럼 『단말』이 될 거니까. 우리처럼 적당히 쓰고 버리는 부품이 아니라 『신왕국의 영웅』으로서, 최고의 도구가 될 테니까—."

"……큭!"

사니아가 그렇게 말한 직후, 이그니드는 룩스의 의식을 빼앗고자 목을 졸랐다.

머리로 흐르는 혈류가 차단당해 의식이 멀어지던 찰나, 불현듯 방의 공기가 흔들렸다.

"루우는, 이상하지, 않아."

온화하고 담담한 목소리.

여느 때와 다름없이 느릿한 그녀의 어조에 룩스는 숨을 삼켰다.

룩스에게서 빼앗은 기공각검을 재빨리 주워든 사니아 레미스트가 용수철처럼 도약했다.

도약 방향은 방의 출입구.

룩스가 알아차린 대로 피르히가 방 안에 들어와 있었다.

사니아가 내찌른 기공각검을 몸을 비틀어서 피한 후 순식간에 사니아의 팔을 붙잡아 꺾어 올렸다.

챙그랑!

"크, 아아아아악……?!"

오른쪽 팔꿈치가 부서진 사니아가 고통으로 표정을 일그러뜨리며 신음했다.

그 광경을 본 이그니드가 자신의 기공각검에 손을 뻗은 찰나, 손등에 《티폰》의 단검이 꽂혔다.

"크허억?!"

피르히가 지닌 《티폰》의 기공각검은 단검 형태라 무기를 맞대고 힘겨루기하기에는 적합하지 않았지만, 투척 및 근접전 상황에서는 유용했다.

마기알카에게 배운 체술을 구사하여 접근전에 능한 피르히이기에 가능한 행동이었다.

"에잇."

이그니드가 주춤한 순간을 놓치지 않고 피르히가 번개처럼 앞차기를 날렸다.

발차기의 반동을 이용해서 도약하며 팔이 부러진 사니아의 연수를 손날로 가격했다.

단 두 번의 공격으로 두 사람은 눈 깜빡할 사이에 제압당했다.

"젠, 장……. 이, 괴물, 자식……!"

바닥에 쓰러진 사니아가 분노에 물든 험악한 얼굴로 씹어내뱉듯이 말하며 두 사람을 노려보았다.

그 말을 들은 룩스의 머릿속은 한순간 새하얗게 질렸다.

“——.”

“루우. 안 돼.”

피르히가 제지하는 목소리를 듣고 룩스는 퍼뜩 정신을 차렸다.

당장이라도 사니아를 후려칠 것처럼 그녀의 머리 위에서 주먹을 힘껏 쥐고 있었다.

그 이유는 분명— 아니, 생각해볼 것도 없이 확실했다.

피르히를 야유하는 말을 듣고 몸이 저절로 반응한 것이다.

“두 사람이 누구의 명령을 따르는지 알아내야 해. 기절시키면, 안 돼.”

“그렇……지.”

룩스는 흥분을 가라앉히기 위해 한차례 심호흡한 후, 사니아에게 빼앗겼던 《바하무트》의 기공각검을 돌려받으며 고개를 끄덕였다.

누군가에게 제어 당하는 것으로 보이는 두 사람이 이 상황에서 쉽게 자백할 것 같지는 않았지만, 그래도 흑막과 연결된 중요한 단서가 있다는 것만은 분명했다.

“그러고 보니 피이 쪽은 괜찮았어? 뒷문에서 누군가가 매복하고 있었다거나—.”

피가 끓어오른 머리를 식히며 룩스는 사니아를 밧줄로 묶었다.

느긋한 손놀림으로 이그니드를 묶던 피르히의 입에서 뜻밖의 대답이 돌아왔다.

“응. 누군가 있었어. 어둡고, 후드를 쓰고 있어서 얼굴은 못 봤지만. 몸집이 작은 사람이었어.”

"뭐라고?!"

의문의 인물이 이곳을 감시하고 있었다.

그렇다면 이 상황도 이미 파악해서 동료를 불렀을지도 모른다.

지난번 퍼레이드 루프 때 살해당한 지그 크로이처의 모습이 뇌리를 스쳐 지나가 룩스는 전율했다.

"걱정하지 마. 잠깐 관찰했는데, 사람 냄새가 났으니까 자동인형은 아니고, 아직 눈치채지 못한 것 같아. 그러니까 급하게 도망치지 않아도 괜찮을 거야."

"……."

이런 상황에서도 동요하지 않는 피르히를 보고 룩스는 감탄을 넘어 기가 막힐 지경이었다.

어떻게 해야 이렇게까지 침착함을 유지할 수 있는 걸까.

어떻게 보면 자신보다도 훨씬 왕의 자질이 있는 게 아닐까.

룩스는 문득 그런 농담 같은 생각이 들어 자기도 모르게 웃어버렸다.

"다행이야. 피이랑 함께 와서."

사실은 이런 위험한 사건에 그녀를 끌어들이고 싶지 않았지만, 피르히가 없었다면 조금 전에 사니아에게 당했을 것이다.

홀로 고독하게 혁명을 실행하던 옛날과는 다르다.

신뢰할 수 있는 동료의 존재에 룩스가 새삼스럽게 안도하고 있자—.

"……지금 우리를 죽이지 않은 걸 후회하게 될 거다."

손이 뒤로 묶인 사니아가 당당한 표정으로 룩스를 올려다보았다.

"무슨 일이 있어도, 흑막의 정체를 털어놓지 않겠다는 거냐?"

"—아니. 기한이 곧 끝나거든. 나라는 존재의."

"……뭐?!"

상대를 포박해서 주위에 대한 경계가 느슨해진 잠깐의 틈.

방심이라고 할 정도도 안 되는 그 잠깐 사이에 사니아의 얼굴이 변했다.

"으, 어……! —끄, 아아아아아아아악……!"

사니아의 얼굴에 새겨진 기하학적 문양이 빨갛게 빛나더니 육체가 변형되기 시작했다.

몸뚱어리가 흐물흐물 무너지며 내부에 있던 게 드러났다.

내장 냄새와 색을 발하는 살덩이 슬라임이 두 사람의 몸에서 소환됐다.

†

"누군가가 그물에 걸렸어요……. 조만간 우리 차례도 오겠네요."

지그 크로이처가 머물던 청사에서 사건이 진행되던 무렵.

왕도 거리가 한눈에 들어오는 높은 전망대에 한 소녀가 서 있었다.

푸른 가운을 걸치고 후드로 머리의 토끼 귀를 감춘 자동인형(오토마타)의 정체는 『방주(아크)』의 통괄자(기어 리더) 라 클루셰.

그 곁에 신장기룡을 장착한 다른 소녀 하나가 내려섰다.

그녀 또한 주인의 명령을 따라 암약하는 자동인형(오토마타)—『갱도(홀)』의 네이 루슈였다.

그 얼굴에는 유미르 교국에서 크루루시퍼와 사이좋게 지냈을 적의 면모가 남아 있었다.

"도움이 필요한 겁니까? 한가하니 도와줄 수도 있는데요? 후후후, 이 로봇은 꽤 멍청하니까 공적을 가로챌 수 있을지도 모르지 말입니다~."

"사람을 바보 취급하기 전에 자기 속내부터 숨기라는 거예요. 참견은 필요 없으니까 제자리로 돌아가세요. 마스터에겐 제가 보고할 거예요."

"산통 깨졌지 말입니다. 그건 그렇고 편리하네요. 당신의 『기생충(패러사이트)』은 정말 악마가 따로 없어요."

"……."

자동인형은 유적을 제어하는 통괄자로서의 공통 능력 외에도 나노머신을 이용한 개별적인 특수 능력을 지니고 있다.

라 클루셰가 지닌 나노머신 『패러사이트』는 생물의 체내에 일정량을 직접 주입함으로써 어떤 지시를 내릴 수 있다.

인간의 체내에 투여한 기생충형 환신수에게 명령을 보내 그 생명을 먹고 성장하게끔 할 수 있다.

반항 의지를 품으면 그 순간에 부화시키는 것도 가능하다.

요컨대 현재 사니아와 이그니드는 라 클루셰의 꼭두각시라고 할 수 있었다.

"하지만 이것도 인간을 구하기 위해서인 거죠? 지금 마스터가 그렇게 말씀하셨지 말입니다."

"—네, 맞아요. 이것도 평화를 위해서인 거예요. 그럴 거예요."

대화를 나누는 두 사람의 머릿속에 동일한 풍경이 되살아났다.

약품 냄새가 자욱한 새하얀 병동.

『열쇠 관리자』의 일족이자 부모를 잃은 일곱 자매.

난치병에 걸려 살 가망성이 없어진 그녀들은 『대성역』의 기술을 발전시킨 아샤리아라는 과학자 소녀의 손에 개조 받아 각각 『유적』의 관리자로 임명되었다.

영원한 수명을 얻었고, 그 대신 인간으로서의 삶을 잃었다.

그래도 자신의 인격을 남긴 채 삶을 얻었다는 사실에 그녀들은 고마워했다.

인간의 삶의 의미란 무언가를 이루고자 하는 것.

지금은 새로운 주인의 명령을 따르면서도 근저에는 여전히 그 유지를 품고 있었다.

그렇기에.

"이뤄야만 하는 거예요. 설령 그들을 이용하고 버리게 된다 해도—."

무감정한 프로그램에 등을 떠밀려 실행한다.

현재의 주인이 준비한 악마의 수법을.

†

"장갑기룡, 부르는 게 좋을지도. 안 그러면 못 쓰러뜨려."

룩스도 피르히의 지적을 수긍했다.

방에서 뛰쳐나온 두 사람은 천장이 없는 복도를 달려 도넛 형태로 된 청사 안뜰로 나갔다.

우선 장소부터 확보한 후 두 사람은 동시에 신장기룡을 소환했다.

"—현현하라, 신들의 혈육을 삼키는 폭룡. 흑운으로 뒤덮인 하늘을 가르거라, 《바하무트》."

"시동하라, 별을 꿰뚫고 바수어 신을 죽인 거룡. 백 개의 머리에서 송곳니를 드러내 전능을 죽이거라, 《티폰》."

기공각검(소드 디바이스) 자루에 붙은 버튼을 누르고 각자 영창부(패스 코드)를 읊으며 강하게 생각했다.

눈앞에서 연한 빛의 입자가 소용돌이치며 두 기의 거룡이 형태를 갖추었다.

"『접속 개시(커넥트 온)』."

이어서 두 사람이 동시에 읊조리자 기계 거룡이 분해되어 무수한 장갑으로 변하고 전신에 장착됐다.

신왕국 최강에 가까운 두 기룡사의 임전 태세가 갖춰졌다.

안뜰로 빠져나와 준비를 마치기까지 십여 초.

그로부터 고작 3초 후에 나타난 두 마리의 악귀가 두 사람에게 달려들었다.

조금 전에 본 살덩이 슬라임 같은 형태가 아니라 마치 거대한 지네를 연상케 하는 무시무시한 괴물로 변모한 뒤였다.

"으가아아아아악!"

"크오오오오오……!"

기합성이 아닌 괴물의 포효.

혹은 절규 같은 기이한 소리를 지르며 비죽 솟은 날카로운 발톱을 휘두른다.

공격 자체는 환신수 중에서는 상위에 들어갈 정도의 위력이었다.

그러나 대검으로 방어한 룩스는 순간적으로 정신이 아득해졌다.

"뭐, 야. 이건……."

"히히히, 왜 그러셔?! 날품팔이 왕자!"

일그러진 불협화음 같은 이그니드의 목소리가 룩스의 고막을 찔러댔다.

전신을 엄습하는 탈력감과 격심한 현기증.

아마도 『대성역』에서 벌인 격전의 영향이 아직 몸에 남아 있는 듯했다.

육체에 심하게 부담을 주는 《바하무트》를 불러낸 탓에 피로감이 강해진 것일까.

그 틈을 놓치지 않은 후려치기에 맞고 룩스는 뒤로 나가떨어졌다.

"큭!"

하지만 아무리 컨디션에 문제가 있다 해도 이런 중대한 국면에서 당할 수는 없었다.

룩스가 어떻게든 자세를 가다듬으려는 동안 보라색 독기가 주위를 뒤덮었다.

"루우. 숨, 쉬면 안 돼."

"으……?! 독인가!"

탁 트인 안뜰과 면한 덕에 이그니드가 토해낸 독 안개는 순식간에 흩어졌다.

그러나 이미 빨아들인 것인지 몸이 저려 제대로 움직일 수 없었다.

"뭐야, 뭐야! 어떻게 된 거냐?!"

거대한 낫처럼 휜 손톱을 휘두르는 이그니드의 공격을 룩스는 가까스로 검을 들어 방어했다.

하지만 완벽하게 막진 못했다.

갑자기 치솟은 고열이 집중력을 빼앗아 전체적인 동작을 한 호흡 늦추었다.

기룡사로서 파격적인 실력을 자랑하는 룩스도 독 앞에서는 별다른 수가 없었다.

어떤 의미로는 지금까지 겪은 전투 중에서도 상당히 열세라고 할 수 있었다.

"하하하하! 꼴 좀 보라지! 이거 참 편해서 좋은걸! 저 계집 같은 괴물보다 훨씬 편하다고…….”

지네형 환신수가 조소를 흘리며 더욱 매섭게 손톱을 휘둘렀다.

그 기다란 몸을 비틀어서 채찍처럼 룩스를 강타했다.

그러나—.

“—닥쳐.”

지금까지 숨을 쉬는 것조차 여의치 않았던 룩스의 마음속에서 열화 같은 분노가 치솟았다.

다시 피르히를 깎아내리는 말을 듣고 전신의 감각이 불이 붙은 것처럼 뜨거워졌다.

그 직후 기룡포효(하울링 로어)가 만들어낸 충격파의 소용돌이가 지네 환신수로 변한 이그니드에게 엄습했다.

“큭?!”

직격을 피하려고 몸을 비튼 탓에 이그니드의 공격 타이밍이 0.1초 가량 늦어졌다.

다음 순간, 신속제어(퀵 드로우)의 일섬이 카운터로 들어가며 동체를 절단했다.

“끄, 에에에에에엑?!”

동체가 양단된 이그니드가 절규했다.

검을 회수하며 그 머리까지 쪼개버리려고 자세를 잡았을 때 대검을 쥐고 있던 장갑팔의 움직임이 멈췄다.

“……루우. 이미, 해치웠어. 이 사람.”

뒤에서 그의 팔을 붙잡아 제지한 것은 피르히의 《티폰》이었다.

"……."

룩스는 심호흡을 한 번 하고 난 다음 붕괴한 이그니드의 잔해를 보았다.

직전의 일격에 핵이 손상되는 치명상을 입은 것일까. 움찔움찔 경련하는 신체 가장자리부터 재로 변해가고 있었다.

"훌륭해. 요행이 아니로군. 우리를 몇 번이나 쓰러뜨린 너희의 힘은—."

한편, 마찬가지로 환신수로 변모한 사니아도 피르히에게 패해 쓰러져 있었다.

그쪽도 핵이 파괴되었는지 가루처럼 부스러져 내리며 마지막으로 그런 말을 했다.

만족한 표정을 짓고, 그리고—.

"잠깐만! 너희를 그런 몸으로 만든 건 누구야?! 이 퍼레이드를 루프시키는 건 누구지?! 가르쳐 줘, 부탁이야!"

대답은 기대하지 않았다.

하지만 의외로 즉각 대답이 돌아왔다.

"나르프 재상, 이다……. 날품팔이 왕자, 네 실력이라면 진실에 도달할 수 있겠지……."

"——."

나르프 재상.

신왕국 라피 여왕의 측근.

역시 그가 『대성역』을 손에 넣어 이 루프를 만들어낸 장본인.

눈앞의 소녀는 그것이 정답이라고 고백했다.

“하지만, 잊지 마라. 너도 결국은 우리와 다를 게 없는 도구라고. 그 사실을—.”

그 말을 끝으로 사니아의 신체는 완전히 붕괴했다.

그리고 주위에는 다시 정적이 돌아왔다.

“으……?!”

대강이나마 답을 알게 되어 안도한 탓인지 갑자기 피로가 확 밀려와 룩스는 《바하무트》를 해제했다.

마찬가지로 옆에서 장갑을 해제한 피르히에게 피곤한 기색을 숨기고 물었다.

“피, 이. 혹시 주위에서 적의 기척이 느껴져?”

“근처에는…… 없는 것 같아.”

피르히는 여전히 느릿한 어조로 대답했다.

“두 사람이 한 말이, 진짜라고 생각해?”

“모르겠어. 하지만—.”

살짝 말끝을 흐린 피르히는 이지러진 달을 조용히 올려다보며 남은 말을 이었다.

“마지막에는, 사니아의 감정이 조금, 나왔다고 생각해.”

“…….”

룩스와 피르히는 힘을 합쳐 안뜰의 흙을 파냈다.

두 사람의 잔해를 기룡과 함께 땅에 묻은 후, 청사 집무실을 시작으로 실내를 샅샅이 뒤져보았다.

그리고 조금 전 사니아가 지그의 사병에게서 입수한 《드레이크》의 기공각검을 찾아냈다.

소유자는…… 이미 숨이 끊어진 뒤였다.

"사용자가 죽었다면, 역시나—."

조금 전에 목이 떨어져 나간 지그 크로이처의 사병 중 하나.

신왕국의 근간을 뒤흔들 정보가 기록되어 있다고 판단할 수 있었다.

"루우, 이제 어떻게 할 거야?"

두 사람은 《와이번》을 소환해서 청사 밖으로 빠져나온 후 뒷골목에서 의논했다.

소유자가 없는 기공각검은 대응하는 장갑기룡을 찾아 기룡 앞에서 재기동하는 과정을 통해 새로운 소유자를 등록할 수 있다.

그러므로 이 기공각검과 계약한 《드레이크》만 찾아내면 조작할 수 있을 테지만, 아마도 이 지그의 사병대는 신왕국의 기룡 격납고를 사용하지 않았을 것이다.

원점으로 돌아간 것까지는 아니지만, 지그의 사유지를 뒤져 보는 것 외에는 뾰족한 수가 없다.

"일단 숙소로 돌아가자."

결국 알 만한 사람에게 물어볼 수밖에 없었다.

따라서 룩스는 이 타이밍에서 한번 정리하는 편이 좋다고 판단하고 숙소로 돌아가기로 했다.

"응. 그럼 여기서 헤어질까?"

"어……?"

흔치 않은 피르히의 제안에 룩스는 한순간 당황했다.

그녀는 자신의 보디가드를 자처하는 만큼 영락없이 함께 돌아갈 거라고 생각했으니까.

"볼일이, 생각났어. 천천히 돌아가고 싶어."

"그렇구나……. 그럼 숙소에서 봐."

"루우. 정말로 괜찮아?"

피르히의 올곧은 시선이 룩스를 응시했다.

이 이상 그녀에게 걱정 끼칠 수는 없었다.

"응. 괜찮아. 조금 지쳤을 뿐이니까—."

"알았어. 조심해야 해."

강한 척하며 웃는 얼굴로 피르히와 헤어진 룩스는 큰길로 향했다.

그 순간 피로가 한꺼번에 몰려오는 바람에 현기증을 느끼고 가까이에 있던 벤치에 주저앉았다.

"크……. 몸, 이……."

긴장이 풀리기가 무섭게 전신이 뜨겁게 달아오르고, 격통이 몸 구석구석을 헤집었다.

숨을 힘겹게 헐떡거릴 때마다 눈앞의 광경이 흐릿하게 일그러졌다.

수중에 들어온 것은 유일한 실마리인 기공각검.

이 《드레이크》에 숨겨진 신왕국을 위태롭게 만들 비밀 영상을 확인하고 판단해야만 한다.

그리고 진실을 알아낸 다음 나르프 재상에게 접근해야 한다.

룩스의 계획은 순조롭게 진행되고 있었다.

—하지만 무언가를 놓친 듯한 기분이 들었다.

위화감이라고 부르기조차 모호한 이해할 수 없는 감각.

"……."

날카로운 두통에 의식이 멀어지고 현실이 불분명해졌다.

"—룩스 군. 정신 차려."

"으……."

정신이 들었을 때, 룩스는 달을 올려다보고 있었다.

석조 분수 광장.

그곳 벤치에서 누군가가 룩스를 내려다보며 말했다.

"딱 이런 달밤이었지? 너랑 처음 만났을 때도—."

"크루루시퍼, 씨?"

환상적인 달과 광장의 등불.

두 빛을 받아 분수에서 흩날리는 물줄기가 반짝인다.

교복 차림의 크루루시퍼는 룩스를 보고 안심한 것처럼 미소 지었다.

피르히와 헤어진 뒤로 몇 분이 지난 걸까?

기묘한 피로감을 못 이기고 잠시 의식을 잃은 모양이다.

"다행이야. 조금 아까 널 발견했는데, 벤치에서 잠들었더라구. 아무리 그래도 너무 무방비하잖아. 아니면— 어디 몸이라도 안 좋니?"

"이제, 괜찮아. 퍼레이드 때 좀 긴장해서 그런가 봐."

"그래? 그래도 무리하지 말고, 조금 더 쉬는 게 좋겠어."

그 말을 듣고서야 룩스는 깨달았다.

룩스는 지금 벤치에 앉은 그녀의 허벅지를 베개 삼아 누워 있었다.

크루루시퍼는 슬렌더한 스타일이지만, 이렇게 허벅지에 머리를 대고 있으니 그녀의 신체가 여성스럽게 부드럽다는 사실을 새삼 깨닫게 됐다.

그런 점을 의식한 룩스의 얼굴이 붉게 달아올랐다.

왕도의 밤을 밝히는 은은한 등불.

그 빛을 받으며 두 사람은 잠시 아무 말도 하지 않았다.

"신기하지. 너를 처음 만났을 땐, 이런 사이가 되는 날이 오리라곤 생각도 못 했는데 말이야—."

"그건 그러네."

그렇게 대답한 룩스는 무심코 쓴웃음을 흘렸다.

처음 크루루시퍼를 보고 그 미모에 넋을 잃었던 경험이 있는 만큼 솔직히 복잡한 기분이었다.

고백을 받아들이느냐 마느냐 고민하는 관계가 되리라고 예상치 못한 것은 피차일반이었지만.

"응. 그래도 그때 네가 학원에 들어오지 않았다면…… 하고 생각하면 조금 오싹해. 그랬으면 발제리드 경의 아내가 돼서 유적을 개방하기 위한 도구로 쓰이다가…… 끝내 쓰임새가 다해서— 살해당했을 테니까."

크루루시퍼는 산뜻한 표정으로 말하며 자신의 어깨를 살짝 끌어안았다.

그 사건으로부터 1년도 채 지나지 않았지만, 꽤 옛날 일인 것 같았다.

그만큼 그녀와 만난 뒤로 정말 많은 일이 있었다.

“그러고 보니까 그때 날 연인 역할로 고른 건 우연이야? 아니면—.”

학원에서 렐리가 벌인 못된 장난—『룩스 쟁탈전』에서 멋지게 승리한 크루루시퍼가 위장 연인이 되어달라고 의뢰했을 때 이야기다. 만약 그때 크루루시퍼가 승리하지 못했다면 어떻게 됐을까.

“《바하무트》 관련으로 널 주목하고 있었으니까, 그 이벤트가 아니었어도 다른 방법으로 의뢰했을 거야.”

“역시 빈틈없구나.”

“여자아이는 네가 생각하는 것보다 훨씬 타산적이거든.”

의미심장하게 웃는 크루루시퍼를 보면서 룩스는 내심 식은 땀을 흘렸다.

‘뭐, 굳이 얘기 안 해도 예전부터 꽤 타산적인 것 같다고 생각했지만…….’

그렇게 솔직하게 말하기는 꺼려졌다.

어쨌거나 설득력은 확실했다.

“나는, 계속 그렇게 살아왔으니까. 유미르 교국의 유적을 떠나 에인폴크가에서 살기 위해서 그렇게 할 수밖에 없었으니까.”

“…….”

유적『갱도』출신인 탓에 특수한 처지에 있던 크루루시퍼는 그 누구보다도 애정에 목말라했고, 인정받기 위해 열심히 노력했다.

그러나 너무나도 독보적인 실력을 발휘한 탓에 외려 가족들에게 경원시 당하여 고립된 과거가 있다.

하지만 지금은 그것이 오해임을 안다.

룩스가 크루루시퍼와 함께 귀향했을 때 터진 사건을 해결하는 과정에서 양아버지 스테일이 크루루시퍼를 이용하려 하는 무리로부터 그녀를 떼어놓기 위해 취한 행동이었다는 것을 알게 되었다.

집사 알테리제나 다른 가족들과도 지금은 양호한 관계를 쌓았을 터다.

"룩스 군은 언뜻 보기엔 어린애처럼 순진하고 허술하지만, 사실은 엄청난 실력을 숨기고 있다는 인상이었는데— 변했구나."

"인상, 변해버렸구나……."

충분히 좋은 인상이라고 생각하는데.

룩스가 이어서 무언가 말하려는 찰나에 그녀가 선수를 쳤다.

"옛날보다 훨씬 좋은 방향으로, 말이지."

크루루시퍼가 살짝 홍조 띤 얼굴로 장난스럽게 웃었다.

늘 냉정한 그녀가 보내는 정열적인 눈길에 룩스의 체온이 올라갔다.

"약혼 얘기 때도, 유미르 교국으로 귀향했을 때도, 너는 항상 곤경에 처한 날 버리지 않고 도와주었어. 내 정체도 집안도 신경쓰지 않고 힘이 되어주었지."

"……그건 크루루시퍼 씨도 똑같잖아."

수줍음을 감추려는 것처럼, 하지만 진심을 담아 룩스도 말했다.

"내 무모한 짓에 어울려줬고, 붙잡혔을 때 구하러 와주기도 했고."

학원 퇴학을 걸고 세리스와 싸웠을 때도, 『창조주』에게 붙잡혔을 때도, 그 외에 많은 상황에서 목숨을 걸어주었다.

그 점을 룩스가 지적하자 의외로 그녀는 쓸쓸하게 미소 지었다.

"미안하지만, 나는 조금 달라."

"뭐……?"

불빛을 반사하는 분수의 물줄기를 등지고 크루루시퍼가 룩스의 얼굴을 응시했다.

파란 눈동자의 아름다운 소녀는 처연하게 웃고 있었다.

"다른 애들은 어떨지 모르지만, 나는 오로지 너만을 위해서 싸웠어. 물론 의무나 입장상 동료를 구하기 위해 싸울 수밖에 없었던 상황도 있지만, 그런 말로는 표현할 수 없는 것을 위해 싸워왔다고 생각해."

크루루시퍼는 그렇게 말하며 자신의 허벅지를 베고 누워있는 룩스에게 더욱 얼굴을 가까이 가져다 댔다.

그리고 심장이 쿵쾅대는 룩스의 입가에 살며시 입을 맞추었다.

"――."

세계에서 몇 초 동안 분수 소리가 사라졌다.

단아하고 요염한 입술의 아련한 감촉.

소녀는 아주 살짝 대기만 하고 바로 고개를 들었다.

"……네가 돌아 봐주길 바라서, 네 마음을 사로잡고 싶어서, 네가 날 좋아해 주길 원해서, 그렇게 했어. 미안해."

분수를 바라보는 소녀의 뺨은 어둠 속에서도 확연히 느낄 수 있을 만큼 붉었다.

"크루루시퍼, 씨……."

너무나도 솔직한.

적나라하기까지 한 소녀의 고백에 룩스는 말을 잃었다.

"경멸, 하겠지? 하지만 이게 진짜 나야. 냉정한 척하지만, 그 누구보다도 다른 사람의 평가를 신경 쓰지. 어렸을 때부터 그런 생활 방식이 몸에 뱄어. 그래서 남들에겐 완벽한 모습을 보여주려고 허세를 부리고 말지. 좋은 모습만 보여주려고 집착하는 거야."

"……."

왜 크루루시퍼가 이런 타이밍에 자신의 마음을 토로하는 것인지 룩스는 알 수 없었다.

하지만 분명 절반은 룩스 때문이리라.

결혼이 허락되지 않는 죄인이라는 특수한 처지와.

룩스 자신의 특수한 성장 과정에서 비롯된 마음의 벽.

그로 인해 지금까지 그녀의 마음을 받아들이지 못한 탓이리라.

"……아니. 그렇지 않아."

반사적으로 반박이 튀어나온 이유는 룩스 자신도 억누르고 있었기 때문이다.

그녀들을— 크루루시퍼를 이성으로 좋아한다는 마음을 줄곧 억눌러왔다.

그렇기에 여기서 그녀의 마음에 응답해야 한다고 생각했다.

"나도 크루루시퍼 씨를 좋아하니까. 『기사단(시바레스)』이나 학급 친구로서만이 아닌, 한 여성으로서."

"룩스, 군?"

그녀의 허벅지에서 머리를 떼고 벤치에 똑바로 앉아 바로 옆에서 소녀의 얼굴을 바라보았다.

살짝 시선을 돌리고 있던 크루루시퍼의 눈이 크게 열렸다.

심장이 아플 정도로 빠르게 뛰고 머릿속이 뜨거워졌다.

사랑이라는 감정을 한껏 담아서, 룩스는 소녀의 입술을 재빨리 빼앗았다.

"——."

또다시 잡음과 풍경이 한동안 사라졌다.

환상적인 분수의 물줄기도, 퍼레이드가 남긴 밤의 열기도.

수많은 집에서 흘러나오는 떠들썩한 소리도 사라져서 단둘만의 세계가 되었다.

"……."

"어, 크루루시퍼 씨?"

입술을 떼고 몇 초가 흘렀는데도 미동조차 하지 않는 크루루시퍼를 보며 룩스는 당황했다.

해선 안 될 짓을 했나 싶어 안절부절못했지만—.

"헛……!"

다음 순간. 그녀는 룩스의 품에 파고들며 힘껏 끌어안았다.

"아……."

소녀의 목덜미에서 감도는 머리카락 냄새.

교복 너머로 느껴지는 체온과 부드러운 감촉에 흠뻑 빠져들었다.

"부탁이야. 놓지 말아줘. 이대로 조금만 더……."

소녀의 달콤한 속삭임이 룩스의 귓가를 간질였다.

두 사람의 마음은 그렇게 한동안 연결되어 있었다.

"그럼, 슬슬 돌아가자. 아이리도 걱정할 테니까. 오늘은 고마웠어."

"응, 그럴까. 내친김에 같이 내 방에 가는 건 어떠니?"

"뭐……?!"

은근한 색기가 느껴지는 곁눈질에 룩스는 순간적으로 굳어버렸다.

굉장히 매력적인 권유이긴 하지만 거절하기로 했다.

여기서 유혹에 넘어가면 틀림없이 고삐가 풀려버릴 것이다.

함께 방까지 들어가는 순간 룩스는 자기 자신을 제어할 수 없게 될 것이 분명했다.

다시 한 번 죄인의 목걸이가 풀릴 때까지 기다려달라고 말하자 크루루시퍼는 고개를 끄덕였다.

"아쉽지만 어쩔 수 없지. 조금만 더 기다려줄게."

룩스는 쓴웃음을 지으면서 그녀와 함께 큰길을 걸었다.

자연스럽게 붙잡은 손의 온기가 1월 밤의 한기를 날려버렸다.

"……."

크루루시퍼는 인식 조작의 주박 때문에 모르는 것 같았지만, 룩스는 자동인형의 그림자를 눈치챘다.

낮에 그랬듯이 공격하지 않고 그저 지켜보고만 있는 자동인형. 그 행동이 의미하는 바가 무엇인지 룩스는 차츰 이해하게 되었다.

아니, 단언하긴 아직 이르다.

지금 단계에서는 예상에 불과하다.

생각할 수 있는 거라면 룩스가 다른 사람과 있는 상황을 감시하는 것.

아마도 퍼레이드 마지막 날에 다시 《영겁회귀》를 발동할 기회를 살피고 있는 것이리라.

크루루시퍼는 『세례』를 받지 않았다. 엘릭시르를 약간 투여했을 뿐이다.

일찍이 『용비적』이 학원을 습격했을 때. 라그나뢰크 이블리스의 정신오염에 저항하기 위해서 에이릴이 엘릭시르를 건네주었고, 그중에서 미량만 사용했다.

『열쇠 관리자』인 크루루시퍼에게 룩스가 자초지종을 설명하면 세계를 개변하는 인식의 주박을 해제할 가능성이 있다—흑막은 그렇게 보는 것이리라.

그리고 『열쇠 관리자』 크루루시퍼를 경계하고 있다는 점에서 룩스는 어떤 가설을 떠올렸다.

룩스가 그녀에게 진상을 얘기하는 순간, 그 존재를 제거할 가능성이 있다는 걸.

앞으로 최소한 한 번은 《영겁회귀》에 의한 루프를 발동할 생각이라는 걸.

'아직, 마지막 마무리가 남아 있어……. 그렇다면—.'

그때까지 크루루시퍼를 위험에 빠뜨릴 수는 없다.

이대로 아무것도 눈치채지 못한 척하면서 그녀와 가까이 지내는 모습을 연출할 수밖에 없다.

룩스가 거절해버리면 첫 번째와 두 번째 루프를 자각했다는 사실을 알아차리게 될 테니까—.

'……하지만 이 마음은 거짓이 아니야.'

눈앞에 있는 소녀에 대한 감정은 결코 연기가 아니었다.

지금만큼은 자신의 감정을 솔직하게 받아들이며 그녀와의 밀회를 즐기기로 했다.

다음에 반복될 루프와 룩스가 예측한 진상에 대비해서.

"자동인형은, 내 존재를 깨닫지 못했군……. 그렇다면 슬슬 교섭할 때일지도 모르겠어."

두 사람과 조금 떨어져 있는 위치.

왕도에서 가장 높은 전망대에서 룩스와 크루루시퍼를 내려다보는 인물의 목소리는 들리지 않았다.

Episode 3 거짓된 진실

“정말이지…… 오빠 어젯밤에 대체 어딜 다녀오신 건가요? 심지어 이번엔 밤놀이까지 하다뇨. 오늘은 잔소리 좀 해야겠네요.”

“미안. 너무 많이 마셔서 머리 아프니까 살살 해줘.”

“No. 룩스 씨. 남성이 여성 관련 문제를 일으켰을 때는, 솔직하게 자백하는 쪽이 덜 다친다고 들었습니다.”

“…….”

세 번째 퍼레이드의 이튿날.

해가 막 떠오른 아침 댓바람부터 도끼눈을 뜬 아이리와 녹트에게 질문 공세를 받아 룩스는 쩔쩔매고 있었다.

룩스로서는 지그 크로이처가 묵고 있던 청사를 조사해서 진상을 알아낼 단서를 얻었으니 할 일은 다 한 셈이지만, 아무것도 모르는 두 사람 기준으로 생각하자면 그럴 만도 했다.

어젯밤에 피르히와 연회 중간에 빠져나간 데다가 시간 차이를 두고 숙소로 돌아왔다는 사실이 오해를 더욱 증폭시켰다.

그러나 아이리와 녹트에게 사실대로 얘기할 수는 없었다.

《영겁회귀》의 인식 주박에서 해방된 사람은 현재로선 피르히뿐이다.

신왕국의 깊은 내부 사정에 두 사람까지 끌어들일 수는 없었다.

"그러니까, 그런 게 아니래도 그러네. 혼자 산책하다가 잠깐 쉰다는 게 그대로 잠드는 바람에……."

"……녹트, 어떻게 생각하세요?"

"Yes. 거짓말이겠죠. 다른 세 가지 케이스가 예상됩니다."

녹트는 평소처럼 냉정한 표정으로 손가락을 세 개 세웠다.

'왜 그렇게까지 의욕적인 걸까…….'

"첫 번째는 룩스 씨가 피르히 씨와 맺어진 겁니다. 그대로 함께 알콩달콩한 시간을 보낸 거죠. 하지만 손잡고 나란히 돌아오면 남들이 놀릴 게 뻔하므로 위장했을 가능성이 있습니다."

"어떤가요?! 오빠!"

"그러니까 그런 거 아니랬잖아……."

얼굴을 들이대며 채근하는 여동생을 달래면서 첫 번째 공격을 피했다.

"룩스 씨 성격을 미루어 보았을 때 정곡을 찔린 반응은 아니로군요. 그럼 두 번째 가능성으로 넘어갈까요."

"이걸 더 계속할 생각이야……?"

턱에 손을 대며 담담하게 중얼거리는 녹트에게 딴죽을 걸었다.

"두 사람은 서로 좋은 분위기였지만, 맺어지기 전에 방해받은 거죠. 크루루시퍼 씨나 다른 누군가와 우연히 만났다고 생각해봄직 하겠군요."

룩스는 움찔하며 속으로 식은땀을 흘렸다.

크루루시퍼의 힘을 빌려 나르프 재상을 탐색하던 건 틀림없는 사실이니까.

게다가 어젯밤에도 그녀와 다시 만나 연인 사이가 된 것도—.

"보아하니 반쯤 맞춘 듯한 느낌이네요."

"아니, 뭐……."

"마지막으로 세 번째는…… 글쎄요, 잘 모르겠군요. 오늘 연회에서 만날 예정인 세리스 선배와 달콤한 시간을 보내진 않았을 것 같습니다만."

"아니, 무리해서 세 가지나 생각해볼 필요는 없잖아……."

십여 분 후에 어찌어찌 두 사람의 추궁에서 벗어난 룩스는 볼일이 있다고 둘러대며 외출했다.

우연이긴 하지만, 사실 그녀의 세 번째 추측은 오늘의 정답이었다.

어젯밤 룩스는 단서를— 지그 크로이처의 부하가 지니고 있던 《드레이크》의 기공각검을 손에 넣었지만, 인증 계약을 하지 않았기 때문에 소환할 수 없었다.

따라서 한시라도 빨리— 각국 귀빈이 모이는 오후 연회가 시작되기 전에 《드레이크》가 있는 장소를 찾아내 재인증을 마치고, 기록 영상을 재생해야만 한다.

그 영상에는 현재 신왕국의 체제를 위태롭게 만들 사실이 기록되어 있다.

그 내용을 확인하면 흑막의 정체에 크게 다가갈 수 있을 터다.

그래서 오전 중에 나르프 재상이 소유한 왕도 내의 영지를 전부 다 돌아볼 예정이었다.

어젯밤 시점에서 이미 세 사람과 교섭해서 협력을 요청해두었다.

우선— 경애하는 연상 소녀, 세리스티아부터다.

†

오전 여덟 시.

숙소에서 나온 룩스는 사대 귀족의 일각인 라르그리스 가문이 머물고 있는 청사를 방문했다.

표면적으로는 연회에서 만나기 전에 간단히 인사를 나누겠다는 명목이었다.

그러자 같은 청사에 묵고 있던 세리스가 놀란 모습으로 맞이해주었다.

"루, 룩스?! 웬일인가요? 오늘 연회는 분명 오후에 시작할 텐데, 설마 제게 볼일이라도……?"

"아뇨, 디스트 경과 할 얘기가 좀 있어서요."

"그, 그런가요……."

룩스의 모습을 보자마자 활짝 피었던 세리스의 표정이 미묘하게 가라앉았다.

한 번은 연인이 된 적이 있다는 사실을 떠올리니 마음이 아팠다.

하지만 지금은 연애에 신경 쓰고 있을 때가 아니었다.

어떻게든 흑막으로 이어질 증거를— 손에 넣은 기공각검의 《드레이크》가 있는 기룡 격납고를 찾아내서 기록 영상을 확인해야만 한다.

"들어오게나."

이른 아침에 느닷없이 방문했는데도 디스트 경은 흔쾌히 룩스를 응접실에서 환영해주었다.

그 엄격한 표정을 보면 이미 무언가를 파악한 것 같기도 했다.

"내가 전혀 모르는 곳에서, 무슨 일이 일어나고 있나 보군?"

세리스도 있으니 동석하면 안 되냐는 이야기가 나왔지만 룩스는 굳이 사양했다.

앞으로 어떤 일이 일어나느냐에 따라서는 전투를 치르게 될지도 모른다.

이 루프하는 퍼레이드를 인식하지 못한 세리스를 지금 끌어들여봤자 혼란스러워할 뿐이리라.

"네, 디스트 경께서 아시는 범위 내에서, 가르쳐주셨으면 하는 바가 있습니다."

같은 사대 귀족인 지그 크로이처가 왕도 내에 보유한 별장이나 땅에 문제의 《드레이크》가 잠들어 있을 가능성이 컸다.

—그러나 디스트 대답은 거부가 아닌 질문이었다.

"자네답지 않군. 선견지명이 있는 귀공 정도 되는 사람이 뭘 그리 초조해하는가?"

"……."

룩스의 말을 듣고 디스트 경은 미심쩍은 표정으로 되물었다.

여기까지 온 이상 망설일 수는 없었다.

곧바로 핵심을 꺼내기로 결심했다.

"어젯밤 어떤 장소에서, 이 《드레이크》의 기공각검을 주웠습니다. 소유주는 지그 크로이처의 사병 기룡사라고 생각합니다."

"그렇다면 오늘과 내일 있을 연회에 참석할 본인에게 물어보면 되잖나. —아니, 그럴 수 없는 사정이 있겠군. 굳이 날 만나러 왔으니까."

"시간이 없습니다. 이 기회를 놓치면 저는 진상에 다다를 기회를 영영 잃을지도 몰라요. 신왕국에 위기가 닥쳐오고 있을지도 모릅니다."

되풀이되는 퍼레이드의 기억.

그 진실은 밝히지 않은 채 룩스는 필사적으로 호소했다.

룩스는 자신이 무모한 소리를 한다는 걸 잘 알고 있었다.

명확한 증거도 제시하지 않은 채 나르프 재상을 의심하고, 지그를 조사하는 데 힘을 빌려달라고 얘기하는 거나 다름없기 때문이다.

애초에 개변된 세계의 인식대로라면 지그 크로이처는 아직 살아 있다.

"……."

당연히 같은 사대 귀족인 디스트가 이 부탁을 들어줄 리가 없었다.

만에 하나 그 사실이 상대방에게 유출된다면 전쟁의 불씨가 될 수도 있었다.

"—여기서만 하는 얘기인데, 우리 사대 귀족은 여왕 폐하의 소집을 받았다네. 퍼레이드가 끝난 직후, 『대성역』을 둘러싼 교섭이 본격적으로 시작되기 전에 계약하고 싶다면서."

"……네?"

대화의 방향이 생각지도 못한 방향으로 틀어지자 룩스는 당황했다.

사대 귀족의 필두 기룡사를 몇 년 동안 여왕 직속으로 빌리는 계약.

필연적으로 사대 귀족이 가신으로 거느린 기룡사도 그 수족이 돼서 약해진 군사력을 보충하게 될 터였다.

정치의 핵심이나 다름없는 부분이니만큼 룩스는 당연하게도 처음 들었다.

어쩌면 리샤는 알고 있을지도 모르지만—.

'이건 저번에는 못 들은 내용이야. 이 퍼레이드가 시작되기 전부터 그런 얘기가 진행되고 있었던 건가?'

"하지만 사대 귀족이 대영주로서 보유한 전력을 반감시키는 계약을 거저 맺어줄 수는 없지 않겠나. 상응하는 대가가 필요하지."

"신왕국에 요구할 대가……『대성역』의 기술이나 유산, 장갑기룡 같은 게 중심이겠죠?"

디스트는 말없이 고개를 끄덕였다.

"발안자는 나르프 재상이라네. 버글라이저 경도 조그와 경도, 크로이처가도 이를 받아들일 낌새를 보이고 있지. 열흘 뒤에 시작될 각국과의 교섭에서 유리한 위치를 점하게 되었을 때 얘기지만……."

"……."

일곱 자동인형들은 이미 되풀이되는 퍼레이드의 이면에서 암약하고 있다.

나르프 재상이 흑막이자 『대성역』을 차지한 게 확실하다면, 굳이 교섭에서 유리한 위치를 점하려고 애쓸 필요 없이 은밀하게 물자를 건네주기만 해도 문제없이 거래가 성사되리라.

"라피 여왕이 통치하는 신왕국 정권을 눈엣가시로 여기는 『구제국파』 집정관들은 교섭이 실패하기를 바라고 있다네. 역시 그녀는 신왕국을 견인할 그릇이 아니라고 생각하며, 온갖 수단을 동원해서 옥좌에서 끌어내리려고 할 터야."

나르프 재상이 라피 여왕을 지원하고 있다면 반대파의 그런 움직임을 찍어누르려고 하리라.

퍼레이드가 끝나 왕도에서 사람들이 빠져나가고, 『대성역』의 물자와 기술 분배에 관해 각국과 교섭하기 전인 지금 단계에서—.

"어째서 제게 그런 얘기를……?"

"귀공은 황자이긴 했지만, 지배자가 되어본 적은 없겠지. 일반적으로 지배자는 적대세력의 싹을 잘라버리려고 한다네. 모든 시대, 상황에서 그건 필연적이야."

"——."

"하지만……."

디스트는 그렇게 운을 떼더니 근처에 있는 서랍으로 손을 뻗었다.

"나는 그 행동이 무조건 옳다고는 생각하지 않는다네. 특히 수단을 가리지 않는 방식은, 종국에는 독재적인 체제로 변질되기 마련이거든."

과거에 구제국이 그랬던 것처럼.

룩스는 그런 말을 들은 것만 같았다.

열쇠가 잠긴 서랍을 열고 꺼낸 작은 상자를 탁자 위에 놓은 디스트는 응접실 소파에서 일어났다.

따라서 일어나려던 룩스를 손짓으로 제지하더니 그대로 안쪽에 있는 자료실에 들어갔다.

"귀공은 각오가 되었겠지? 설령 위험을 무릅쓰게 되더라도 정치라는 영역에 들어설 각오를. 그렇다면 그만 가보게나. 나는 자네를 도와줄 수 없어."

"디스트 경……."

자료실로 들어간 디스트는 문을 닫아버렸다.

응접실에는 룩스 혼자만 남았다.

"……."

현재의 룩스는 굳이 눈앞에 작은 상자를 두고 자리를 뜬 디스트의 의도를 깨닫지 못할 정도로 둔하지는 않았다.

사대 귀족이라는 입장과 나르프에 대한 의리를 지키기 위해서 디스트라는 개인은 그를 팔아넘길 수 없었다.

하지만 신왕국 자체의 앞날을 우려하는 사람으로서 룩스에게 실마리만은 남겨주었다.

요컨대 여기서 손을 뻗는 것은 자기책임.

무슨 일이 일어나든 룩스가 독단적으로 벌인 행동으로 취급하겠다는 뜻이다.

디스트 경에게 할 얘기가 있다면서 면회를 요청하고, 도중에 허점을 찔러 그가 가진 정보를 훔쳐냈다.

그런 것으로 해두겠다고 말한 거나 다름없었다.

"—감사, 합니다."

가슴속에 생겨난 망설임을 지우고 상자를 열었다.

여기서 그만둘 것 같았으면 애초에 지그가 묵고 있던 청사에 숨어들지도 않았을 것이다.

작은 상자 안에는 사대 귀족이 소유한 토지에 관한 자료가 있었다.

룩스는 왕도에 있는 지그의 별장을 추려내서 메모지에 옮겨 적은 후 청사를 떠났다.

아직 아침 여덟 시밖에 안 됐지만, 오후에는 왕성에서 각국 귀빈들을 맞이해야 한다는 걸 생각하면 시간이 넉넉하진 않았다.

게다가 심야라면 몰라도 한낮에 장갑기룡을 사용하면 누군가에게 목격당할 터다.

그렇다면 이번에는 피르히보다는 그녀의 힘을 빌리는 쪽이 좋을지도 모른다.

"—요루카. 지금은 괜찮아?"

"네. 일단 주위에 묘한 기척은 없사와요."

디스트가 체류하고 있는 청사에서 조금 멀어진 후 룩스가 이름을 부르는 동시에 그늘에서 소녀의 목소리가 들려왔다.

키리히메 요루카.

그녀 자신은 아직 세계 개변의 주박에 사로잡힌 채지만 여기까지 따라와주었다.

요루카가 소지한 특장형 신장기룡 《야토노카미》라면 퍼레이드가 열리는 낮 동안에도 광학 위장 기능으로 눈에 띄지 않고 행동할 수 있다.

그녀에게 사주경계를 맡기고 왕도에 있는 지그의 사유지로 곧장 들어갔다.

룩스의 목적지는 그의 부하가 담당하는 숲 근처의 개인 창고다.

원래는 기룡 격납고가 아니었지만, 부품 단위로는 장갑기룡을 두는 경우가 있었다.

따라서 사병의 장갑기룡을 숨겨두기에는 절호의 조건이라고 판단했다.

요루카가 보초를 양동으로 꾀어내고 광학 위장 기능으로 숨은 채 《야토노카미》로 룩스를 안고 도약해서 안으로 들어갔다.

아무도 없는 창고 안을 뒤지기를 몇 분. 너무나도 쉽게 대상을 발견했다.

예상대로.

즐비하게 놓여 있는 컨테이너 안쪽에서 《드레이크》 몇 기를 발견했다.

"틀림없사옵니다. 그 기공각검의 《드레이크》는 이것이어요."

"……응."

요루카가 주위를 레이더로 경계하면서 작은 목소리로 말하자 룩스는 고개를 끄덕였다.

장갑기룡이 일정 거리에 있는 상태에서 소유자의 사명을 인식했기 때문에 계약은 해제된 상태였다.

그래서 룩스가 다시 계약을 맺고 《드레이크》의 재기동을 시도했다.

순식간에 장갑을 착용하고 특장형의 기능인 기록 영상을 재생했다.

"역시, 이건—."

재생되는 영상을 보면서 룩스는 숨을 삼켰다.

『구제국파』가 쥐고 있던, 어떤 사건의 전말.

비장의 증거를 확인하자마자 요루카와 함께 창고에서 떠났다.

"직접, 물어볼 수밖에, 없나……."

이 허구 세계의 전모를 폭로하기 위해서 룩스는 작전 하나를 세우기로 했다.

†

"후우……."

룩스는 왕성에서 해야 할 일을 마치고 석조 회랑에서 한숨을 돌렸다.

퍼레이드 이튿날 정오. 룩스는 지난 두 번의 루프를 때와 똑같이 왕성으로 향하여, 성문에서 『칠용기성』을 포함한 각국 귀빈과 인사했다.

아니나 다를까 에이릴과 마기알카, 싱글렌은 존재하지 않았다.

다른 관계자들은 그들이 있는 것처럼 행동했지만, 룩스의 눈으로는 존재를 확인할 수 없었다.

즉 죽었거나, 어딘가에 사로잡혀 있을 가능성이 있지만 아마도 전자이리라.

다만 희망적인 관측까지 포함한 상상이긴 하지만, 에이릴은 아직 살아있을지도 모른다고 생각했다.

'……나는 지금, 진실에 점점 다가가고 있어.'

『대성역』을 조종해서 자신에게 해가 될 적대자를 모조리 없애버리는 흑막에게 증거를 내밀어 모든 것을 밝히고 이 사건을 저지해야 한다.

상황에 따라서는 후길을 상대하게 될지도 모르지만.

'이길 수 있을까? 이렇게 약해진 몸으로, 그 후길을—.'

룩스를 제외한 『칠용기성』의 모든 멤버와 싸우고, 그들을 상회한 최강의 기룡사.

그 남자를 쓰러뜨릴 방법이 있기는 한 것일까?

"여봐라, 룩스. 멍하니 뭐 하고 있느냐."

왕성 1층 복도. 그곳에 비치된 소파에 앉아 있는데 눈에 익은 금발 사이드테일이 흔들리는 모습이 보였다.

룩스가 기사로서 섬기는 왕녀, 리즈샤르테가 어느새 눈앞에 나타났다.

"아하하. 죄송해요, 리샤 님. 인사하러 다니느라 조금 지쳐서요."

"곤란한 녀석이로군. 이 정도로 지치다니. 공주인 내가 평소에 얼마나 고생하는지 알겠느냐?"

흐흥, 하고 웃으며 의기양양하게 팔짱을 끼고 가슴을 펴는 모습을 보니 흐뭇했다.

룩스도 그녀의 웃음에 이끌려 쓴웃음을 지었지만, 사실은 생각해야 할 문제가 너무 많아서 난처해하던 차였다.

퍼레이드가 반복되는 거짓된 현실.

어디까지가 진짜고, 누가 살아남은 것인가.

원흉이라 여겨지는 흑막이 룩스의 예상대로 중요 인물이라면.

그런 존재와 싸우게 된다면, 앞으로 신왕국은 어떻게 될까?

후길과 『성식』은— 대체 어떤 형태로 이 세계에 관여하고 존재하는 것일까?

마치 5년 전 혁명에 도전했을 때와 같은 생각이 복잡하게 뒤얽혀 룩스는 골머리를 앓고 있었다.

그리고 흑막의 흉계를 폭로해서 규탄하면, 최종적으로 룩스는 반역자 취급을 받아 아이리나 『기사단』의 모두에게 누를 끼치게 될지도 모른다.

'그런 선택을, 신왕국의 기사인 내가 해도 괜찮은 걸까…….'

"……룩스. 이봐, 룩스!"

"으……?! 네!"

리샤의 목소리에 정신을 차리고 황급히 대답했다.

어쩐지 초조해하는 것처럼 양손 손가락을 꼼지락거리며 리샤가 제안했다.

"파티가 시작되기 전까지 시간이 좀 있지……? 잠시 성내를 산책하지 않겠느냐? 하고 싶은 얘기도 좀…… 있고."

"—알겠습니다. 그렇게 할게요."

"음."

예정대로라면 흑막과 교섭하는 것은 연회가 끝난 다음이니 지금은 시간적인 여유가 있다.

아주 살짝 머뭇거린 직후에 그렇게 대답하자, 리샤의 표정이 확 밝아졌다.

누구에게도 알릴 수 없는 싸움 전의 짧은 한때. 그 시간을 공주인 리샤와 함께 보내기로 했다.

†

왕성 1층— 대식당.

우선 리샤는 기다란 테이블이 즐비한 그곳으로 룩스를 안

내했다.

"여봐라, 요리사. 특별 간식을 만들어다오. 공주와 그 기사가 먹을 것이니 잘 부탁한다."

"네네. 알겠습니다, 리샤 님."

왕성 요리장은 풍채 좋은 초로의 여성이었는데, 자못 인상이 푸근했다.

어조가 무척 친근한데, 언제 이렇게 성내의 사람들과 친해진 걸까?

"여기 요리장의 솜씨는 굉장하다고. 구제국 시절에는 여자라는 이유만으로 허드렛일만 했지만, 5년 전에 요리 실력을 인정받아 고용됐지."

"그래요?"

리샤가 설명하는 동안 룩스 앞에 과자가 준비되었다.

버터 향이 풍기는 갓구운 타르트 안에는 커스터드 크림과 설탕에 조린 사과 슬라이스가 들어 있었다.

그 옆에는 사과 껍질을 우려낸 애플티와 휘핑크림이 곁들여져 있었다.

"어떠냐 룩스, 이 맛은."

"……?! 진짜 맛있어요!"

씹을 때마다 바삭바삭 소리와 함께 입속에서 반죽이 부서지고, 달콤하고 크리미한 맛이 행복감으로 변해 마음을 채운다.

룩스도 미식에 일가견이 있는 편인데, 피르히가 만드는 과자와 좋은 승부가 될 것 같았다.

"요 2주 동안 공주님께서 얼마나 당부하셨는지 몰라요. 성채 도시(크로스 피드)에서 룩스 공에게 신세 졌으니, 이번에는 자기가 성을 안내하겠다며 엄청 열정적이셨다니까요. 이 과자도 꽤 예전에 부탁받았고요."

여성 요리사가 그렇게 말한 순간 리샤의 얼굴이 순식간에 홍당무로 변했다.

"으아악! 그 얘긴 하지 말라고 했잖느냐?! 비밀 유지 의무 위반이다!"

"어머나, 그랬었죠. 죄송합니다, 공주님."

그렇게 대답하며 웃는 여성의 얼굴은 더없이 밝았다.

"고맙습니다, 리샤 님."

초로의 여성은 일부러 그 얘기를 꺼냈으리라.

덕분에 리샤가 일부러 배려해준 거라는 사실을 알게 돼서 기뻤다.

"그 뭐냐, 첫 데이트 때는 지갑을 깜빡했잖느냐. 그래서 나도 공주로서 널 대접할 정도의 기량을 보여줘야만 한다고 생각했을 뿐이니라."

감사 인사를 듣고 기뻐하는 와중에도 왠지 강한 척하는 리샤를 보며 룩스는 쓴웃음을 지었다.

최고의 간식을 깨끗하게 비우고 나니 팽팽하게 당겨졌던 신경이 느슨해졌다.

"그, 그럼, 식후 휴식 겸 성 안을 돌아보자꾸나. 연회까진 아직 두 시간 정도 남았으니까!"

"……네. 잘 부탁드려요."

잠시 생각해본 후, 계속 리샤의 안내에 어울리기로 했다.

이 루프가 일어나고 있는 왕성 내부의 상황을— 특히 나르프 재상과 라피 여왕의 동태를 봐두고 싶었기 때문이다.

"좋아, 다음은 회관으로 가볼까!"

이어서 왕성 1층을 안내받았다.

호화로운 인테리어의 회관

부지 안에 갖춰진 마구간과 예배당.

잘 가꿔진 아름다운 안뜰 등은 룩스도 구제국 시절부터 알고 있었다.

당시에는 성에 거의 드나들지 않았지만, 이 근처는 비교적 기억이 나는 편이었다.

"오오, 공주님. 기사님과 함께 계시는 모습이 참 보기 좋은 걸요."

"퍼레이드 때는 참으로 훌륭하셨습니다. 앞으로도 여왕 폐하를 잘 보좌해주십시오."

여기저기 이동할 때마다 성에서 일하는 사용인이나 병사들이 웃는 얼굴로 두 사람을 반겨주었다.

룩스는 티 나지 않게 주의하며 리샤의 인식과 자신의 인식을 비교해보았지만, 성내에 있는 사람은 딱히 줄어들지 않은 듯했다.

세계 개변에 의한 인식의 주박에 걸린 리샤에게만 보이고, 룩스에게는 보이지 않는 사람은 지금까진 없었다.

즉 현재『대성역』을 사용하는 이는 역시 불특정 다수가 아닌 자신을 위협할 가능성이 있는 존재만을 특정해서 아무도 모르게 처리하고 있는 게 틀림없었다.

그리고 후길과『대성역』의 자동인형 아샤리아가 가담해 흑막에게 힘을 빌려주고 있는 것도 확실했다.

—하지만 그렇게 생각하니 한 가지 의문이 떠올랐다.

'에이릴이 이 자리에 없는데, 퍼레이드 전에 그녀가 학원에 편입한 건 어떻게 된 거지?'

흑막이 원한 설정이라고 생각하면 이해가 안 가는 것은 아니다.

퍼레이드 도중 신왕국의 적을 찾아내기 위해 표면상 타국과의 말썽을 최소한으로 줄이고, 국내 정치 정세적으로 움직이기 쉬운 상황을 만들 필요가 있기 때문이다.

그렇다면 그들은 지금 이곳에 없을 뿐이지 어딘가에 살아 있을지도 모른다.

실낱같은 희망.

아니, 차라리 망상에 불과한 수준이긴 해도 가망이 있을지도 모른다.

—그런 생각이 머릿속을 스쳤을 때, 누군가가 룩스의 등을 찰싹 때렸다.

"여봐라, 룩스. 그렇게 지루한 게냐? 정 그러면 병사들이 쓰는 수면실에 데려다줄까?"

뾰로통하게 뺨을 부풀린 리샤가 도끼눈을 뜨고 생각에 잠겨있던 룩스를 째려보았다.

"아, 아뇨, 그런 게 아니라……. 어쩐지 구제국 시절이 떠올라서요."

"그러냐……. 하긴, 너도 과거에 많은 일을 겪었으니."

리샤의 표정에 감회가 어렸다.

쾌활하고 자신만만한 평소의 리샤와는 대조적인, 우울함과 허무함이 감도는 표정이었다.

"요즘, 나도 그런 꿈을 꾼다……. 5년 전, 구제국의 혁명 전후의 꿈을."

"혁명, 꿈을요?"

룩스는 리샤도 세계 개변을 깨달았나 싶어 한순간 깜짝 놀랐다.

하지만 아니었다.

"예전에 내가 여동생 얘기를 한 걸 기억하느냐? 그 녀석의 모습이, 어째서인지 이제 와서 자꾸 떠오르는구나."

그리고 리샤는 잠시 여동생에 대한 추억을 룩스에게 들려주었다.

아르마티라는 이름의, 온화하지만 심지가 굳은 소녀에 대해서.

아버지인 아티스마타 백작과 리샤를 잘 따랐으며, 귀족으로서의 의식과 긍지를 강하게 가진 명랑한 소녀였다고.

"……."

리샤에게서 여동생 이야기를 듣는 것은 이번이 두 번째였다.

하지만 처음에 들었던 얘기도 룩스는 아직 기억하고 있었다.

혁명의 소란 속에서 행방불명이 되었다— 분명 그렇게 말했다.

실제로는 죽었다고 생각한다고.

아티스마타 백작이 살해당하고, 저택과 은신처까지 습격당했을 때 구제국 병사들에게—.

"지금 내 모습을 본다면 그 아이는 분명 용서하지 않겠지. 제 목숨이 아까워 아버지를 배신한 주제에 신왕국의 공주라는 자리를 꿰어 찬, 이런 나를—."

리샤의 눈동자가 후회와 슬픔으로 불안하게 흔들리고 몸이 미세하게 떨렸다.

그 모습을 본 룩스는 반사적으로 리샤의 몸을 끌어안았다.

"룩, 스……?"

깜짝 놀라는 앳된 느낌이 남은 얼굴.

진홍빛 두 눈이 크게 열리고, 뺨에는 홍조가 드리워졌다.

"걱정하지 마세요. 리샤 님은 제가 지켜드릴 테니까."

"아, 으……."

사랑스러운 공주는 부끄럽다는 듯 시선을 돌렸지만, 그래도 마주 안은 팔에는 힘을 꽉 주었다.

몸 깊은 곳에서 미지의 강렬한 충동이 솟구친 다음 순간, 회랑에 쿵 하는 소리가 울려 퍼졌다.

"헛—?!"

퍼뜩 이성을 되찾은 룩스와 리샤는 주위를 경계하며 몸을 뗐다.

위험했다.

하마터면 자신도 모르게 충동적으로 무언가를 해버릴 뻔했다.
하지만 소리는 결국 기분 탓이었던 모양이다.
'아니, 하지만 희미하게 기척이 났는데—.'
룩스는 고개를 갸웃했지만 결국 아무것도 알아낼 수 없었다.
"쳇……. 그, 그럼, 슬슬 다음 장소로 가볼까?"
뾰로통하게 뺨을 부풀린 리샤를 보고 룩스도 쓴웃음을 지으며 고개를 끄덕였다.

두 사람은 마지막 장소인 기룡 격납고로 향했다.
"오오, 공주님 아니십니까. 어서 오십시오!"
"기룡 정비는 완벽합니다. 시승하러 오셨습니까? 아니면 조정하러?"
리샤가 격납고 작업장에 들어가자 연배 있는 사람부터 젊은 수습생까지 많은 기술자들이 말을 걸었다.
그런 반응을 보고 지난 2주간 리샤가 어디에 중점을 두고 있었는지 유추할 수 있었다.
리샤는 왠진 몰라도 의기양양하게 손을 흔들면서 룩스를 데리고 돌아보기 시작했다.
"《드레이크》는 이 무장을 쓰지 않는 편이 좋지. 출력이 떨어지기 때문에 아까운 특장형의 기능을 활용하기 힘들어지거든. 아아, 그쪽은 반대야. 좀 더 장갑을 두껍게 하는 게—."
한 나라의 왕녀로서 이건 좀 아닌 것 같다는 기분이 안 드는 것도 아니었지만, 그래도 리샤다운 광경이었기 때문에 룩스는 흐뭇하게 미소 지었다.

"왜, 왜 히죽대는 게야?! 내가 지적하는 게 그렇게 우스우냐? 어쩔 수 없단 말이다……. 녀석들이 가르쳐달라고 하기도 했고."

리샤 자신도 공주로서 무언가 생각하는 바가 있는지 머쓱한 표정으로 변명했다.

하지만 룩스는 살짝 고개를 젓고 웃는 얼굴로 리샤를 보며 말했다.

"아뇨, 기뻐서 그래요. 리샤 님이 왕성 사람들에게 인정받으시는 게."

"으……?!"

그 순간 소녀의 얼굴이 증기를 뿜을 기세로 새빨갛게 물들었다.

"……그건, 그러니까, 많은 곳을 찾아다닌 덕이니라."

잠시 굳어 있던 리샤가 불쑥 입을 열었다.

"지난 2주 동안. 왕성 곳곳에 찾아가서 사람들을 도와줘 보았다. 다들 신왕국을 어떻게 생각하는지, 앞으로 어떻게 하고 싶은지, 우선 가까운 사람들 얘기부터 들어봐야 한다고 생각했거든."

리샤는 어조는 퉁명스러웠지만 룩스는 속으로 감탄했다.

자신의 입장에 불만을 품고 있던 리샤가 공주로서 사람들과 접촉하려고 했다는 사실에 감명받았다.

"훌륭하세요, 리샤 님. 저랑 떨어져 있는 동안에 그런 것까지 하고 계셨군요."

"……무슨 말을 하는 게야? 애초에 다 네 덕분인데."

"네?"

난처한 듯 시선을 돌리고 중얼거리는 리샤를 보며 룩스는 고개를 갸웃거렸다.

"너는 5년 전 혁명 이후로 죄인이 되어 날품팔이 왕자라고 경멸당하면서도 모두와 정면으로 마주하고 그들의 힘이 되어 주었지. 그리고 실제로 어떤 사람이든 차별하지 않고 사이좋게 지내지 않았느냐."

"……."

그 말을 듣고 룩스는 말문이 막혔다.

그녀가 그런 일을 시작하게 된 이유를 깨달았기 때문이다.

"그래. 널 본받아서 나도 내 쪽에서 먼저 말을 걸어보았다. 내 개인적인 감정이 어떻든지 간에 계속해서 나 자신을 외면할 수는 없으니까. 싸움도 일단락됐으니, 앞으로는 나도 성내 사람들과 사이좋게 지내고 국정에 참여하는 방법을 배워야지."

"——."

신기하게도 말이 나오지 않았다.

지금까지 머릿속을 온통 차지하고 있었던 세계 개변이라는 처참한 사건마저 잊었다.

무언가가 심금을 울려 흠뻑 취하고 말았다.

그것이 감동이라고 부르는 감정임을 룩스는 바로 깨닫지는 못했다.

"이봐, 묵묵히 있지 말고 아무 말이나 좀 해보아라. 이래 봬도 한계에 가깝단 말이다. 그렇게 무시해버리면 곤란하다만?!"

약간 당황한 모습으로 리샤가 양손을 파닥파닥 흔들었다.

룩스는 살며시 그 손을 붙잡더니 힘을 담아 세게 쥐었다.

"응?! 루, 룩스, 왜 그러느냐?!"

"아뇨— 좀 감동해서, 말이 잘 안 나오네요."

그건 룩스의 진심이었다.

신왕국 공주라는 자리에 쉬이 익숙해지지 못하던 리샤가, 자기 나름의 방식으로 공주로서 사는 법을 모색했다.

그러기 위해서 룩스가 살아가는 방식을 본보기로 삼았다.

다시 말해 지난 1년 동안 룩스가 살아가는 모습을 그 누구보다도 똑똑히 지켜보고 경애해주었다는 뜻이다.

구제국 시절에는 후길을 제외한 그 누구도 자신의 방식을 인정해주지 않았다.

황위 계승권에서 가장 거리가 먼 일곱 번째 황자이자 황제에게 간언한 교육 담당자의 손자라는 이유만으로 뭘 주장하든 콧방귀조차 뀌지 않았다.

하지만 이 사랑스럽고 자랑스러운 눈앞의 소녀는 자신의 부하를 소중히 여길 뿐만 아니라 그 사람에게서 무언가를 배우려 하고 있다.

룩스가 그토록 바랐지만 결국 되지 못한 이상적인 군주상이 바로 눈앞에 있었다.

지금은 미숙한 꽃봉오리에 불과하지만, 이대로 성장하면 아름답고 커다란 꽃으로 피어날 수 있으리라.

"고맙습니다, 리샤 님."

"가, 갑자기 왜 그러느냐? 나는, 그냥 날 위해서 한 일인데, 하지만 뭐, 칭찬해주겠다면—."

리샤의 선명한 진홍색 눈동자에 미소 짓는 룩스의 얼굴이 비친다.

말로는 표현할 수 없는 따스한 감정으로 가슴이 가득 찬 그 때—.

"휘익, 휘익! 두 분 다 참 뜨겁네요!"

"어럽쇼, 아직 결혼 퍼레이드 하긴 이른 것 아닙니까?"

"뭣?! 다들 입 다물지 못할까! 모처럼 좋은 분위기인데 망치지 마라! 싹 다 쫓아내 버린다!"

기술자들이 놀리자 리샤가 훌륭한 왕녀답지 않은 말을 했다.

그 모습을 보고 쓴웃음을 지으며 룩스는 그녀와 함께 격납고를 뒤로 했다.

"하아……. 참 골치 아픈 녀석들이로다. 한창때의 여자아이를 어떻게 대해야 하는지도 모르다니. 그 이전에, 나는 왕녀인데 말이다?!"

"그만큼 다들 친근하게 여기는 거죠. 리샤 님을."

격납고 기술자들이 왕족과 허물없이 농담을 나누다니 구제국 시절에는 상상조차 할 수 없던 광경이다.

요컨대 그만큼 리샤가 친근한 존재라는 뜻이리라.

하지만 칭찬받았음에도 불구하고 이 자그마한 왕녀는 영

불만스러운 모양이었다.

“모처럼 분위기가 좋았는데…… 뭐, 되었다. 곧 연회 시간이로군.”

“그러게요. 결국 라피 여왕 폐하는 못 만나 뵈었는데, 괜찮으신 건가요? 요즘 여러모로 피곤해 보이시기도 했고…….”

라피 여왕이 무사하다는 사실을 아는 룩스가 구태여 그렇게 말한 이유는, 리샤는 개변된 세계의 루프를 깨닫지 못했으므로 그 전제로 말을 맞추려는 의도였다.

사실 첫 번째 퍼레이드 마지막 날에 본 라피는 밝은 모습을 보여주었지만 그래도 무언가가 마음에 걸렸다.

그러나 의외로 그 질문을 들은 리샤의 표정은 확 밝아졌다.

“안심하거라, 룩스. 여왕 폐하는— 어마마마는 괜찮으시다. 이제 기운을 찾으셨고, 앞으로도 우리가 버팀목이 되어줄 테니까.”

주먹을 살짝 쥐며 리샤가 자신만만하게 말했다.

“그리고, 비밀로 해줄 수 있겠느냐? 어마마마 이야기인데…….”

리샤는 인기척 없는 회랑 구석으로 룩스를 데려가서 주위를 확인했다.

아무래도 남에게는 들려주고 싶지 않은 내용인 듯했다.

“2주간 여기서 지내는 동안 어마마마께 얘기를 들었다. 구제국 시절에 팽배하던 남존여비 사상— 그것 때문에 어렸을 때부터 얼마나 험한 꼴을 겪으셨는지…….”

“…….”

그렇게 말하기 시작한 리샤의 얼굴에 어두운 그림자가 드리워졌다.

어린 날의 라피 여왕은 영걸 아티스마타 백작의 그늘에 가려진 채 힘겹게 살아야 했다.

우수하고 고결했던 오빠와는 달리 여자인 까닭에 별다른 가치를 인정받지 못했고, 저택에 갇힌 채 없는 사람 취급 받았다.

그리고 어느 날 중병에 걸리게 됐고, 젊은 나이에 아이를 낳을 수 없다는 몸이 되었다는 선고를 받았다고 한다.

"그런, 일이……."

그 기구한 과거사를 듣고 룩스의 표정이 흐려졌다.

여성성 일부를 잃었다는 사실은 물론 애통했지만, 그 이상으로 당시 귀족의 사정을 잘 아는 룩스는 그녀에게 어떤 지옥이 펼쳐졌을지 충분히 예상할 수 있었다.

구제국 시절에 여성은 멸시받는 게 당연했지만, 귀족 영애로서 그나마 유일하게 인정받는 부분이 정략결혼 도구로서의 가치였다.

가문을 물려받을 장남을 낳는다는 임무를 완수해야 비로소 구원받을 수 있었다.

당시에는 아들을 낳지 못했다는 것만으로도 쓸모없다는 낙인이 찍혔는데, 애초에 아이를 낳을 수 없는 몸이 된 라피 여왕이 받았을 취급을 상상하기란 어렵지 않았다.

살아만 있지 아무짝에 쓸모없는 존재라며 가족이나 주변

사람들이 힐난하고 모멸하는 대상으로 여겼을 테니까.

당시 사이가 가까웠던 명문가의 부모는 당연히 그 사실을 알고 약혼을 일방적으로 파기했다.

그 뒤로 라피 여왕은 모든 희망을 잃고 거의 죽은 사람이나 다름없는 인생을 보냈다고 한다.

그러다가 그런 자신을 인정해주는 새로운 연인과 만나 모든 것을 바쳤지만, 그 사람은 다른 목적으로 그녀를 속였을 뿐이라고 한다.

"——."

이야기를 끝까지 들은 룩스는 아무 말도 할 수가 없었다.

혁명을 이룩한 영걸 아티스마타 백작의 친동생으로서 경외받는 라피 여왕이 그토록 가혹한 삶을 살았으리라곤 꿈에도 몰랐다.

시대와 사상.

태어난 순간에 이미 자신의 의지로 뒤집을 길 없는 상황에 처하고 좋은 기회조차 찾아오지 않은 불우함은 어떻게 보면 룩스나 리샤 이상일지도 모른다.

"나는, 나 자신이 부끄럽다. 고작 몇 달을 적에게 인질로 붙잡힌 정도로 공주로 살아가기를 망설였다는 게 부끄러워."

리샤의 표정은 더없이 진지했지만, 안타까워하는 듯이 눈꼬리가 내려가 있었다.

"어마마마께서 살아오신 삶에 비하면……. 어마마마는 자신의 고통을 억누르고 신왕국을 생각해서, 국민을 위해서 버텨

오셨다. 우리가 환신수나 『창조주』와 벌여온 사투와 똑같지. ……그러니까!"

리샤는 주먹을 힘껏 움켜쥐고 룩스 앞으로 들어 올렸다.

"함께 도와드리자, 룩스. 우리가 어마마마의 힘이 되어드리자. 그분도 지금의 나를 자랑스럽게 여기신다. 만약 아이를 낳을 수 있는 몸이었다면 나 같은 아이를 낳고 싶었다고 하셨지."

리샤는 약간 쑥스러워하는 듯한 표정으로 중얼거렸다.

"……."

어려서 어머니를 여의고 아버지에게 버림받았던 리샤. 그리고 애초에 아이를 낳는 게 불가능했던 라피 여왕.

두 사람은 과거의 아픔을 서로 나눔으로써 혈육 이상의 유대를 맺게 되었으리라.

그것이야말로 앞으로 신왕국을 부흥하는 데 필요한 것이라고 믿으며—.

"네! 저도 반드시 힘이 되어드리겠습니다, 리샤 님."

룩스는 힘을 담아 소녀의 손을 쥐었다.

그 자그마한 크기에서는 상상도 할 수 없는 열의와 기백이 체온을 통해 전해졌다.

"아, 그러고 보니 나르프 재상은—."

한동안 붙잡고 있던 손을 놓은 룩스는 문득 어떤 것을 떠올리고 자연스럽게 물었다.

"응? 그 남자에게 무슨 용건이라도 있느냐? 일단 예정대로 연회에는 참석할 텐데—."

"……아뇨, 딱히 없습니다."

리샤의 질문을 룩스는 자연스럽게 흘려넘겼다.

실제로 왕성을 안내받는 도중에 나르프 재상과 스쳐 지나갔는데, 그때 보기로는 평소와 다른 점이 없는 듯했다.

따라서 현재로서는 룩스가 그의 함정— 기생충형 환신수로 조종하던 사니아와 이그니드를 격파했다는 사실은 깨닫지 못한 것 같았다.

그리고 성내에서는 자동인형의 모습도 보이지 않았다.

'역시 연회가 끝나기 전까지는 조사하면 안 되려나…….'

가령 흑막의 정체가 룩스의 예상대로라면 어떻게 움직일지 모르는 이상 그렇게 할 수밖에 없다.

"룩스. 뭐 하고 있느냐. 곧 연회가 시작될 거다."

"……네, 리샤 님."

룩스는 고개를 끄덕이며 천천히 회관으로 향했다.

한편, 성내 비밀 통로의 어둠 속에서는 두 사람이 조용히 대화하고 있었다.

†

신왕국 왕성.

이 성에는 이곳에서 일하는 사람들도 모르는 비밀의 방이 있다.

구제국 시절에 만들어졌으며, 도주 경로나 밀담, 그 외에 감금 및 고문 등에 쓰인 역사를 가진 공간.

이제는 관리하는 사람조차 없는 이 장소를 그 인물이 알게 된 것은 순전히 우연이었다.

“그럼, 역시 세계의 재편성을 알아차리는 자가 나타날 거란 얘깁니까?”

두 사람 중 한 명.

호화로운 검은색 망토를 두르고 짐승 같은 안광을 발산하는 남자— 후길이 주인이라 할 수 있는 자의 질문에 대답했다.

“그건 저도 파악하기 어렵군요. 지금 이 순간 『성식』이 선택한 당신에게 역습할 권리가 돌아왔을 뿐입니다. 천지를 창조하는 『대성역』의 힘— 그것을 어떻게 쓸지는 당신의 자유입니다.”

“…….”

“저는 어디까지나 그 과정에서 소소하게 도움을 주려는 것일 뿐, 전면적으로 협력하는 건 아닙니다. 당신의 행동과 거기에서 비롯된 모든 일에 책임을 지는 건 아니죠.”

후길은 눈앞의 주인에게 의연한 어조로 말했다.

마주 서 있는 인물은 잠깐 망설인 후 확실하게 결단했다.

“그렇군요. 그럼 예정대로 준비하겠습니다. 모든 것은 당신이 바라는 대로 이루어질 겁니다.”

새로운 주인에게 그렇게 말하고 후길은 정중하게 인사했다.

그리고 시곗바늘이 움직이기 시작했다.

†

"이번에는 천운이 따라 그 대전에서 승리를 쟁취하였습니다. 이 자리에 참석해주신 여러분 가운데 단 한 사람만 부족했더라도 우리에게는 미래가 없었을 겁니다. 자, 우리의 승리를 축하하는 조촐한 연회를 시작합시다!"

라피 여왕의 인사와 나르프 재상의 축사가 끝나고 연회가 시작됐다.

각국 대표와 『칠용기성』이 전부 모이는 자리이건만 현재 에이릴, 마기알카, 싱글렌은 이 자리에 없었다.

참고로 나르프 재상은 현재의 룩스도 확인할 수 있었다.

의심할 바 없이 현재 시점에서는 살아있는 것이다.

그리고 룩스와 피르히를 제외한 다른 사람들에겐 역시나 모두 다 모인 것으로 보이는 모양이었고, 여기서 룩스는 어떤 가설을 세웠다.

'이 상황— 《우로보로스》에 의한 인식 주박은 앞으로 어떻게 될까?'

에이릴은 얼마 전까지 유적의 힘을 일부 이용한 인식 조작으로 코랄로 위장했다.

하지만 이는 에이릴이 『세례』로 인해 유적과 연결되어 그 힘을 계속 써왔기 때문에 가능한 일이었다.

거기다 에이릴 자신이 현장에서 연기했다는 점을 미루어 알 수 있듯이 인식 조작의 힘자체는 약한 편일 것이다.

반면에 《우로보로스》는 광범위 인식 조작 능력도 강력하다.

지금은 퍼레이드 기간으로 한정했기 때문에 심하진 않지만, 앞으로 시간이 흘러 다양한 인물들이 엮일수록 수많은 의문점이 발생하기 시작할 터다.

그리고 그 모순을 알아차리면 뇌가 또 다른 거짓말을 만들어서 보완해버린다.

『대성역』과 유적의 공명에 의한 무시무시한 힘이다— 라고 말하면 그만이지만, 무언가 약점이 있을 터였다.

"……."

룩스가 연회석 한쪽으로 시선을 돌리니 피르히와 렐리의 모습이 보였다.

수수께끼를 타개할 열쇠는 룩스 자신의 예전 기억에 있었다.

5년 전, 인체실험으로 죽었다고 생각한 피르히는 나중에 『성식』의 힘으로 소생했기 때문에 지금도 살아 있다.

하지만 정말로 죽어버렸다면 지금 이 자리에 없지 않을까?

왜냐하면 인식 조작이 영원히 계속된다면, 당시 혁명을 이룬 아티스마타 백작이 **지금도 살아있을 테니까.**

굳이 옥좌에 존재할 필요 없이 모두의 인식 속에서 살려두기만 하면 된다.

'요컨대 이 대규모 인식 조작— 세계 재편성은 그리 오래갈 수 없어.'

거짓말에 거짓말을 덮어씌우면 잠깐은 넘길 수 있겠지만 결국 모순이 다수 생겨나 붕괴한다.

『대성역』의 소유주에게 치명적인 문제 몇 가지를 제거하고 자신이 우위에 설 수 있게끔 궤도를 수정하기 위한 기간.

그것이 지금이라면, 이 루프가 해제된 뒤에 현재 이곳에 없는 마기알카, 싱글렌, 에이릴 세 사람은 죽었다는 사실로 수정되는 것일까?

하지만 그렇게 가정하면 의문점이 하나 생긴다.

'아니, 잠깐만. 왜 퍼레이드 전에 에이릴은 학원 교복을 입고 있었지? 추후 인식 개변의 영향으로 결국은 죽은 것으로 처리될 텐데, 대체 뭘 위해—.'

그렇게 생각한 순간 룩스는 헛숨을 삼켰다.

이 루프의 원흉일 터인 흑막의 의도를 깨달았기 때문이다.

사니아와 이그니드는 산채로 자동인형에게 개조되어 소모품으로 이용당했다.

살려둘 필요가 없었으니까.

만약『대성역』의 힘으로 에이릴을 조작해서 앞으로도 흑막이 그녀를 활용할 속셈이라면 각국을 돌아다니게 하는 편이 좋다.

'그래, 그런 건가……!'

그렇다면 에이릴은 아직 죽지 않았을 가능성이 크다.

붙잡아둔 채 인식 조작으로 깊은 암시를 걸어 신왕국에 유용한 도구로 개조한 후에 해방하면 된다.

하지만 그렇다면 시간이 없었다.

폐도 게르니카의 결전으로부터 2주가 지난 것을 생각하면 지금 이 자리에 없는 이유는 세뇌당하는 중이기 때문일지도 모른다.

"피이. 부탁할 게 있는데 괜찮을까?"

"……응."

룩스는 화제의 중심인물로서 자리를 계속 옮겨 다니는 사이사이에 피르히에게 귓속말했다.

언뜻 보기에는 여느 때와 다름없이 멍해 보이지만 제대로 듣고 있을 터다.

"어이, 왕자님. 뭘 멍하니 서 있는 거야? 에이릴이 쓸쓸해하잖냐."

"아하하, 미안해. 그라이퍼."

룩스에게는 이미 에이릴이 보이지 않았지만, 눈치채지 못한 동료와 자연스럽게 이야기를 맞추었다.

이 자리에 있는 사람이 흑막이라면, 이 시점에서 룩스가 루프를 깨달았다는 사실을 들켜서는 안 된다.

각국 대표들과 함께하는 연회 시간이 흘러간다.

그리고 그 중간에 나르프 재상이 슬그머니 사라지는 모습을 룩스는 놓치지 않았다.

†

"……어떻게 된 거지? 왜 녀석들이 안 오는 거야? 합류 시간은 진작 지났는데……."

연회장에서 빠져나온 나르프 재상은 왕성 지하 비밀 통로를 지나 도착한 살풍경한 창고에서 짜증스럽게 발을 굴렀다.

이곳은 신왕국 내에 있는 비밀 격납고.

구제국 시절에 건설된 도주, 피난용 비밀 통로를 개조해서 격납고 대용으로 만든 시설이다.

사용하지 않게 된 지 오래돼서 잊힌 그 장소에 나르프 재상이 있었다.

부하로 보이는 호위 기룡사 두 명을 거느리고 초조한 모습으로 손톱을 깨물었다.

"—죄송합니다만, 그들은 오지 않습니다."

"뭐라고?"

광원이라고는 화톳불 몇 개가 전부인 곰팡내 나는 격납고의 어둠 속에 녹아든 교복 차림의 룩스가 입을 열었다.

"사니아와 이그니드. 당신이 준비한 함정은 제가 쓰러뜨렸습니다."

"윽……?! 룩스 아카디아?! 네놈이 왜 여기 있는 거냐?!"

룩스의 말을 들은 나르프 재상의 안색이 바뀌었다.

이지적인 분위기가 사라지고 날카로운 살기가 뿜어져 나왔다.

"……당신은 웨이블러와 지그 크로이처를 살해하고, 빼앗은 《드레이크》의 기록 영상을 확인했죠."

거기에 찍힌 것은 나르프 재상이 일찍이 『용비적』과 접선해서 사욕을 채우기 위해 신왕국의 정보를 팔아넘기는 모습이었다.

이적 행위나 다름없는 그 악행을 『구제국파』인 웨이블러가 쥐고 있었기 때문에 여왕 하야 계획의 일환으로써 표적으로 삼았을 것이다.

그 영상이 공개된다면 나르프는 실각당해 재상 지위를 잃을 뿐 아니라 처형당하게 될 터다.

따라서 『대성역』의 힘으로 조작한 것이리라.

"솔직하게 말씀해주시겠습니까? 『대성역』에 대해서—."

"아, 아냐! 그 영상은 가짜다! 내가 그런 짓을 할 리가 없잖아! 그런 녀석들, 나는 몰라! 누군가가 날 함정에 빠뜨리려고—."

"그럼 어째서 이 퍼레이드에 **없는 사람들**과 시선을 맞추지 않으신 겁니까?"

"——."

룩스의 질문에 나르프 재상은 살짝 험악한 인상으로 침묵했다.

나는 『대성역』의 인식 조작에 걸리지 않았다.

룩스가 그 사실을 밝히자 더는 얼버무릴 수 없음을 깨달은 것이다.

"그렇군. 그걸 알아차렸다면 얘기가 빠르지. 하지만 룩스 아카디아. 이번 건은 귀공의 가슴에 묻어두지 않겠는가?"

갑자기 긴장을 풀고 온화한 어조로 나르프가 말했다.

"신왕국을 바로잡는 데 필요한 장치였어. 이제 라피 여왕에겐 짐이 버겁지. 아티스마타 백작의 위광에만 의지하는 단계는 이미 지나갔단 말이야."

나르프는 마치 연설하는 것처럼 조곤조곤하게 말했다.

귀에 쏙쏙 들어오는 맑은 목소리.

그런 한편으로는 체념한 듯한 느낌도 섞여 있었다.

기반이 무너지고 흔들리기 시작한 신왕국 정권을 이 기회에 자신의 손아귀에 넣으려는 작정이다.

"어째서 여왕 폐하는 안 되는 겁니까? 우리 모두가 힘을 모아 지탱해드리면, 아무리 그래도—."

"진심으로 그렇게 생각하나?"

올곧은 시선으로 바라보는 룩스의 질문에 나르프는 실소하며 눈길을 돌렸다.

그리고 뚜벅뚜벅 발소리를 내며 화톳불로 밝혀진 기룡 격납고를 돌아다니기 시작했다.

"그건 무리다, 룩스 아카디아. 나라고 처음부터 폐하를 끌어내리려는 생각을 했던 것은 아니야. 하지만 그녀에겐 불가능한 일이지. 그녀의 성향 자체가 독하지 못한 게 결정적인 문제야."

그것은 실제로 최근 1년간의 온갖 분쟁에 대처하는 라피 여왕의 생각을 곁에서 지켜본 남자의 의견이었다.

"교섭으로 유리한 조건을 끌어내서 이득을 취하고, 자신의 실태를 숨기고, 이것이야말로 올바른 길이라는 것처럼 행동하는, 권력자에게 필요한 그런 덕목과 담을 쌓았지. 그럼 어떻게 될 것 같나? 주위에서 공격하기 좋은 틈이 생길 뿐이야. 다른 위정자나 도적, 자기 잇속밖에 모르는 국민과 단체. 그런 족속들에게 휘둘린 끝에 국력이 피폐해지지."

"그럴 리가—."

없다.

룩스는 그렇게 단언하지 못했다.

지금이야 『창조주』에게 승리하여 온 나라가 기뻐하고 있지만, 그전에는 다양한 대응이 지지부진하여 불만이 많았고, 여왕을 책망하는 목소리도 심심찮게 들렸다.

하지만 그건 예상치 못한 일이 운 없게도 연달아 터진 탓이기도 하다.

결코 라피 여왕이 자질이 없다거나 노력이 부족했던 것은 아니다.

"그렇게 되니 구제국 방식이 옳았던 게 아닌가? 하고 떠벌리는 무리까지 나타나기 시작했지. 여왕 폐하께는 안 된 일이지만, 나쁜 인상은 그리 쉽게 지워지지 않는 법이야."

"그래서 내팽개치겠다는 겁니까?"

"폐하의 의지를 잇는다, 라고 말해줬으면 좋겠군."

"그건 거짓말입니다."

나르프 재상이 내세운 너무나도 그럴싸한 명분을 룩스는 단칼에 부정했다.

"폐하의 의지를 이을 거라면, 지금까지 해온 것처럼 아티스마타 백작의 위광을 빌리는 쪽이 좋아요. 조금 전에 얘기한 타산이 사실이라면 당신은 그렇게 했을 겁니다. 그러니— 무언가 다른 목적이 있겠죠. 아닙니까?"

"……."

나르프의 표정에는 변화가 없었다.

다만 젊고 기백 있는 그의 입술이 꽉 닫혀있는 것을 보고 룩스는 긍정이라고 판단했다.

"황족의 피는 못 속인다는 건가. 역시 대단한걸."

나르프 재상은 약하게 탄식하며 미소 지었다.

"말해야 할지 망설였지만, 여왕 폐하껜 치명적인 흠이 있어. 이번 기회에 그걸 처리하지 않으면 신왕국은 궁지에 몰리게 되지. 따라서…… 으, 크흑!"

그렇게 말을 이어가던 나르프가 갑자기 신음을 흘렸다.

맑은 두 눈동자가 흙탕물처럼 탁해지고 피부색이 변하기 시작했다.

온몸의 피부가 새까맣게 물들더니 몸 안쪽에서부터 뒤집히는 것처럼 조직이 변형됐다.

"이건! 이 증상은……!"

본 적이 있다.

어젯밤, 사니아와 이그니드에게 일어난 증상이었다.

심지어 그와 동시에 환마인으로의 변화도 시작됐다.

피부가 칠흑빛으로 물들고 두 눈이 진홍빛 광채를 띠었다.

"나르프 재상. 그를 죽이죠!"

"신왕국을 구한 영웅이지만, 이 사실을 알아버린 이상 제거할 수밖에 없습니다!"

나르프 곁을 지키고 있던 두 소녀가 동시에 기공각검을 뽑아 들었다.

두 사람 모두 나르프의 상황을 이해하고 있는지 동요한 기색은 없었지만—.

'이 위화감은 뭐지……?'

룩스의 머릿속에 생겨난 사소한 의문.

그것을 깊게 생각할 겨를도 없이 상황은 변해갔다.

"—오라, 힘을 상징하는 문장의 익룡. 나의 검을 따라 비상하라, 《와이번》!"

"—오라, 불사를 상징하는 용. 연쇄하는 대지의 송곳니가 되어라, 《와이엄》!"

"큭……!"

이를 본 룩스도 재빨리 자신의 기공각검을 뽑아 대응했다.

"—접속 개시!"

패스 코드와 함께 호위 두 사람이 장갑기룡 두 기를 소환하여 신속하게 장착했다.

이에 비해 룩스는 정신 조작으로 패스 코드를 생략하고 《와이번》을 소환한 후 간발의 차이로 장갑 전개를 마치고 두 사람의 공격을 블레이드로 받아냈다.

룩스는 어째서 신장기룡 《바하무트》를 소환하지 않았을까.

그 이유는 저번 전투 때 몸이 좋지 않음을 깨달았기 때문이다.

원인은 알 수 없지만, 현재 룩스는 신장기룡 사용 시 걸리는 부담을 감당할 수 있는 상태가 아니다.

따라서 《바하무트》가 아닌 범용형 《와이번》을 선택했다.

"지금입니다! 나르프 님!"

"저희가 시간을 버는 사이에 『대성역』의 힘을 쓰세요!"

'음……?! 이 감각은, 설마—.'

나르프 재상의 호위 두 사람은 각자의 무장을 힘차게 휘두르며 응전했다.

그러나 그녀들의 실력은 평균적인 기룡사 수준이라 룩스의 상대는 아니었고, 눈 깜빡할 사이에 장갑이 잘려 나갔다.

"큭……?!"

"나르프 님! 도망치세요!"

장갑이 해제된 장의 차림의 두 호위가 바닥을 뒹굴며 목소리를 쥐어짜냈다.

룩스가 나르프를 놓치지 않으려고 격납고 출입구 쪽으로 시선을 옮겼을 때, 눈앞에 이형의 존재가 나타났다.

"—그, 럴 필요는, 없, 다."

쿠오오!

갑작스러운 포효가 엄청난 충격파를 일으키며 비밀 기룡 격납고 내에 울려 퍼졌다.

그와 동시에 내부를 밝혀주던 화톳불이 꺼지고 시야가 칠흑으로 뒤덮였다.

"뭐지……?!"

그 직후, 예상치 못한 강렬한 충격파를 장벽으로 버티며 룩스는 빠르게 주위를 살폈다.

그러나 아무것도 보이지 않는 허무의 어둠 속에서 무지막지하게 강력한 타격이 그를 습격했다.

"크, 핫……?!"

반사적으로 블레이드를 방패 삼아 직격을 방어했다.

하지만 공성추 같은 흉악한 질량의 일격은 장갑을 꿰뚫는 충격으로 변해 뇌를 뒤흔들었다.

'침착해……! 아직이야. 눈이 어둠에 익숙해지면……!'

교차하는 순간에 살짝 보인 것은 《엑스 드레이크》를 장착한 나르프의 실루엣.

엘릭시르에 의해 환마인이 돼서 전신이 칠흑빛으로 변해 있었다.

—하지만 거기서 끝이 아니다.

육체가 장갑기룡 자체와 하나로 합쳐져 있었다.

"뭐야, 저 모습은……?!"

"네놈, 은, 진상에 도달했다. 살아, 서 돌아갈 생각은, 하지, 마, 라!"

탁하게 왜곡된 사람 같지 않은 목소리와 함께 농밀한 살기를 룩스를 향해 방출했다.

"큭, 거긴가! ……윽?!"

나르프가 난사하는 기룡식총(브레스 건)의 탄막을 피하면서 반격을 꾀하려던 룩스의 손이 멈추었다.

원래 격납고에 배치돼 있던 장갑기룡이 거치적거려 피하기가 마땅치 않았다.

'그런 거였나…….'

어둠에 눈이 약간 익숙해진 덕에 이 버려진 격납고의 함정을 깨달았다.

파손되어 버려진 수많은 장갑기룡이 장애물이 되어 비행을 방해했다.

즉 여기서는 레이더로 어둠 속에서도 볼 수 있는《엑스 드레이크》쪽이 압도적으로 유리하다.

"키힉! 캬아아아아아아……!"

포효를 지르며 마구잡이로 철퇴를 휘두르는, 기룡과 한 몸이 된 나르프 재상.

특장형 기룡이 지닌 광학 위장 기능은 공격에 에너지를 쏟으면 성능이 대폭 떨어지지만, 이 어둠 속에서 쓰기에는 충분한 효과를 발휘했다.

"죽어! 죽어! 죽, 어어어어어! 나, 의 패도(覇道), 를 방해하는 놈은, 죽어라앗!"

부서진 음색의 절규와 함께 살의를 담아 철퇴를 휘두른다.

"……큭?!"

라그나뢰크에 필적하는 무지막지한 타격은 검과 장벽으로 방어했음에도 위력을 완전히 죽이지 못했다.

더욱이 원인을 알 수 없는 컨디션 불량과 피로로 인해 변변히 반격조차 할 수 없었다.

―그러나 그런 열세에 놓였으면서도 룩스는 직격을 모조리 피해냈다.

그러기를 몇 분.

압도적으로 우세함에도 불구하고 공격이 통하지 않는 이상한 상황을 나르프도 차츰 깨닫기 시작했다.

"어째서, 냐……! 이 어둠 속에서, 광학 위장 기능, 까지 이용한 공격을, 어떻게 막, 는 거, 지?!"

나르프 재상이 『대성역』의 힘을 사용해서 강력한 능력을 얻은 것은 틀림없다.

하지만 기룡사로서는 삼류 이하이라 룩스와 격이 달랐다.

우선 격납고 끝까지 이동해서 벽을 등지면 상대의 공격 경로를 제한할 수 있다.

그리고 나르프의 《엑스 드레이크》가 한 번 철퇴를 휘두른 뒤에는 연속해서 같은 각도로 공격할 수 없다.

게다가 이 무기는 특성상 정밀한 연타에도 적합하지 않았다.

무엇보다도, 룩스에게는 날품팔이로 생활하는 한편 토너먼트에서 방어 실력을 꾸준히 연마한 경험이 있다.

호흡과 버릇.

그런 요소가 고스란히 남아있는 힘만 믿는 난타는 어둠 속에서도 간파할 수 있다.

싸움이 시작된 지 5분이 지났다.

그 잠깐 사이에 룩스는 승리로 향하는 시나리오를 완성했다.

"—하앗!"

드디어 완벽한 공격 타이밍을 파악한 룩스가 상대의 내려찍기에 맞춰 장벽아검(스케일 블레이드)을 휘둘렀다.

상대의 공격 기점을 한발 먼저 받아쳐서 그대로 위력을 적에게 돌려주는 카운터 일격.

기룡의 장벽을 블레이드로 전도시키는, 리샤가 만들어준 특수 무장을 이용한 룩스의 절기가 나르프 재상의 철퇴를 잘라냈다.

"크허억……?!"

연이은 충격이 《엑스 드레이크》의 장갑을 관통하자 주춤한 나르프가 뒤로 도약한 덕에 룩스에게도 확인할 여유가 생겼다.

'……있다!'

비록 어두운 탓에 눈으로 볼 수는 없었지만, 겨우 십여 메르 정도 떨어진 거리에 나르프 재상이 있음을 룩스는 확실하게 파악했다.

보이지 않는데 그 숨결과 거동까지 또렷하게 읽어낼 수 있었다.

다음에 나르프가 하려는 행동까지도, 어째서인지 알 수 있을 것 같았다.

'『대성역』에서 『세례』를 받은 탓인가? 이 감각은—.'

기척의 파장을 감지할 수 있는 요루카의 마안에 비하면 한참 부족했지만, 그럼에도 예전과는 다른 차원에서 상대의 행동을 읽어낼 수 있었다.

"—찾았다!"

망설임 없이 날아올라 블레이드로 어둠을 베어내자 확실한 감촉과 함께 장갑이 부서졌다.

"……크, 카아아아아아악!"

환창기핵(포스 코어)이 내장된 오른쪽 어깨가 아니라, 그 바로 아래에 있는 장갑팔을 절단했다.

환마인으로 변한 나르프 재상의 육체는 과도한 충격을 받으면 죽어버리기 때문에 힘을 조절했다.

파손된 장갑에서 불꽃을 튀기며 《엑스 드레이크》는 중심을 잃고 휘청거렸다.

"하아, 하아……!"

제아무리 상대의 공격을 간파했다지만 강력한 상대인 건 틀림없었다.

일부러 환창기핵이나 맨몸을 직접 파괴하진 않았으니 육체에 입은 대미지는 비교적 적을 테지만—.

"크, 헉……. 룩스 아카디아, 아니, 다……. 나, 는……!"

그러나 룩스의 배려는 허사로 끝났다.

룩스가 바닥에 나뒹구는 횃불을 들어 다시 화톳불을 밝혔을 때, 인간으로 돌아간 나르프 재상은 숨이 끊어져 있었다.

주위를 둘러보니 호위로 보이던 소녀 두 명도 어느새 쓰러진 채 숨을 쉬지 않았다.

폭주한 나르프의 공격에 말려들어 죽은 것처럼 보이지만…….

"헛된, 짓이었나……. 그나저나 끝난 걸까? 이걸로—."

후길의 손을 빌린 나르프 재상이 죽었다면 이 이상 『대성역』의 힘이 이용되는 일은 없을 것이다.

현재의 인식 조작이 풀리고 이 이상 루프가 발생하지 않으리라.

이것으로 위기 하나는 해결했다.

이제는 나르프 재상에게 힘을 주었다고 여겨지는 『성식』과 후길만 쓰러뜨리면 모든 것이 원래대로 돌아간다.

"나르프, 재상……."

후길과 어떠한 거래가 오갔는지 그 비밀은 알 수 없게 됐지만, 이제 그에게서 캐묻는 건 불가능하리라.

"……."

이로써 퍼레이드 이튿날은 끝나고, 아무 일이 없다면 세 번째 퍼레이드의 마지막 날이 지나— 세계 개변의 영향을 받지 않는 새로운 일상이 시작될 터다.

치열한 전투를 벌였음에도 불구하고 성내의 위병이 반응하지 않는 점을 보면 인식의 주박은 아직 남아있을 것이다.

한숨을 길게 내뱉은 후 룩스는 연회장으로 돌아갔다.

계속되는 연회와 함께 밤이 깊어졌다.

†

"—순조롭게 풀린 모양이네요. 감사합니다."

각국 귀빈들이 모인 승전 기념 연회의 이면.

왕성의 숨겨진 방 중 하나에 두 남녀가 있다.

한 명은 룩스와 똑같은 은발과 회색 눈동자를 가진 남성— 후길 아카디아.

다른 한 명은 아름다운 황금색 머리카락을 가진 라피 여왕이었다.

“앞으로 한 번 더 발동하면, 『대성역』의 효과는 일단 끊어집니다. 다시 힘을 축적하기 위해서는 긴 시간이 필요하겠지요. 그때까지 기다릴 각오는 되어 있으십니까?”

“네. 그리고 당신이 도와주실 거잖아요? 후길 아카디아.”

어딘가 힘없는, 비꼬는 듯한 표정으로 라피가 중얼거렸다.

“당신에 대해선 혁명 시점부터 아무에게도 말하지 않았어요. 당신을 알아차린 낌새조차 보이지 않았죠. 5년 전 그때, 저를 구해주신 것도 우연이 아니었겠죠?”

“…….”

후길은 라피의 질문에 대답하지 않았다.

라피는 실내에 비치된 낡은 소파에 드러누워 천장의 한 점을 응시하고 있었다.

자그마한 천장 창문 너머로 보이는 얼룩 하나 없는 만월을.

반복되는 사흘간 바뀐 달의 형태를, 지나간 시간을 확인하는 것처럼.

5년 전. 아무도 모르는 사실이지만, 라피도 후길에게 구원받았다.

아티스마타 백작이 내통자의 정보로 인해 함정에 빠져 사망한 후, 일시적으로 피난한 라피에게도 구제국 군대가 밀어닥쳤다.

친척과 다른 가족이 몰살당하고 그녀 자신도 절체절명의 위기에 처했을 때 후길이 나타나 궁지에서 구해주었다.

그 직후 후길은 라피를 데려가 혁명이 끝난 뒤 아티스마타 백작의 측근이었던 나르프 재상에게 맡겼다.

"제겐…… 아무것도 없었어요. 어렸을 때부터 실패작 취급을 받고, 그 남존여비의 사회에서 악착같이 버텼지만— 병 후유증으로 아이를 낳지 못하는 몸이 된 순간, 이 세상에 제가 있을 곳은 사라지고 말았죠."

마찬가지로 병으로 몸이 약했기 때문에 기룡사가 되는 것도 당연히 불가능했다.

애초에 구제국에서 여성에게 기룡을 줄 일은 없었을 테지만.

"……."

띄엄띄엄, 과거를 되돌아보는 것처럼 라피는 말을 이었다.

후길은 그 독백을 그저 묵묵하게 들었다.

"산지옥이었어요. 이런 고초를 견뎌낸다 한들 그 앞에 미래가 없다는 걸, 저는 깨닫고 말았어요. 아직 스무 살도 되지 않은 그때 이미 제 인생은 끝나버린 거예요."

"깨달았다면, 어째서 죽지 않으셨습니까?"

"후후, 이래 봬도 몇 번이나 죽으려고 했답니다? 전장에서 수많은 죽음을 접한 당신이 들으면, 분명 그런 건 애들 장난이라면서 코웃음 치겠지만요."

사실 목을 매달거나, 손목을 긋거나, 연못에 뛰어들어 죽으려고 했다.

하지만 결국 끝까지 가지 못했다.

견딜 수 없어 죽으려다가도 끝내 삶을 선택해서 발길을 되돌리고 말았다.

"왜 그랬을까요? 살면서 좋았던 일이라곤 단 한 번도 없었는데. 무서워서, 괴로워서, 아파서, 힘들어서, 슬퍼서, 분해서— 결국, 죽을 수 없었어요."

"……."

비통하다기보다도, 어딘지 모르게 체념한 것처럼 들리는 라피의 독백.

그 말을 후길은 어떠한 표정 변화 없이 들었다.

"분명, 죽을 용기도 없었던 거겠죠. 여기서 죽어버리면, 끝나버리면, 내가 태어난 의미는, 정말로 아무것도 없는 것 같다고 생각해서."

그것은 약자의 고집 같은 것이다.

싸우지 않고.

저항하지 않고.

타인에게 가치를 인정받는 일도 없이 계속 도망치며, 그럼에도 언젠가 행복해지길 바라는.

"오빠를 존경했지만, 한편으로는 무척 싫어했어요. 남자고, 우수하고, 동시에 정의감이 있었던 오빠는 구제국에 적대할 의지를 보였고— 결과적으로 저까지 그로 인해 피해를 입었죠. 저는 오빠처럼 강하지 않았어요. 그래서 끊임없이 핍박받았고요."

아티스마타 백작은 고결한 남자이자 의심의 여지 없이 영웅이었다.

그러나 라피 개인이 구원받는 일은 없었다.

"그러다가 웨이블러 헴트와 만난 겁니까."

“……네. 황제의 먼 친척이었던 그 사람은 저와 처지가 비슷했고, 이런 저를 좋아한다고 해주었죠. 전 기뻤어요, 정말로—. 모질게 굴던 부모님이나 친척이나 가족, 알고 지내던 귀족 중에서 유일하게 제게 다정하게 대해주었죠. 어둠 속 빛줄기 같았어요.”

“영웅을— 원했던 겁니까? 하지만 현실적으로 구원의 손길은 약자에게까지는 미치지 않습니다. 그저 약자를 탐하는 포식자가 다가올 따름이죠.”

“네. 실제로 그 말대로였어요.”

당시 감사관으로서 영지에 체류하던 웨이블러 헴트의 정체는 아티스마타 백작을 감시하기 위한 밀정이었고, 웨이블러는 그 조사를 위해 라피를 이용한 것이었다.

연인의 밀월 시간은 계속되었고, 두 사람은 영지를 떠나 아무도 모르는 시골에서 결혼하기로 약속했다. 그리고—.

구제국의 혁명이 임박한 날. 라피는 웨이블러가 도망칠 수 있도록 오빠의 계획을 누설했다.

배신당한 사실을 깨달은 건, 그 뒤에 찾아온 병사들이 숨어 있던 아티스마타 백작의 친족을 학살했을 때였다.

“저는— 죄인이에요. 아무도 구하지 못했고, 아무것도 하지 못했으며, 그저 운명에 농락당한 끝에 오빠와 친족을 죽음으로 내몰았어요. 다들 제게 매정하게 굴었지만…… 끝까지 버리지 않고, 죽이지 않고 살 수 있게 해줬는데…….”

문득 라피의 입가에 자조 섞인 미소가 걸렸다.

그리고 라피는 도망쳤다.

웨이블러에게 배신당하고, 오빠와 친족을 몰살당하고, 실의와 절망의 밑바닥에서, 지옥의 가마 속에서 바르작거렸다.

그것이 사냥꾼들의 유희라는 것을 알았지만, 도망칠 수 없다는 것도 알았지만.

병약하고 상처 입은 무력한 몸을 억지로 끌고 숲속을 달려서.

후길과 은발 소녀의 모습을 한 『성식』과 만났다.

『성식』은 추격자를 전부 죽인 뒤에 라피에게 아주 적은 양의 『세례』를 내렸고, 눈을 떴을 때 혁명은 이미 끝난 뒤였다.

그 후에 후길의 뒤를 따라 왕도로 향했다.

나르프가 즉위를 권유했고, 그리고— 라피는 신왕국의 여왕이 되었다.

아무런 힘이 없는, 모든 것을 파멸로 이끈 라피는 미력하나마 신왕국을 위해 온 힘을 쏟아왔다.

당시 영상을 기록해둔 웨이블러가 나타나기 전까지는—.

그리고 지금, 『성식』과 부분 융합하여 금단의 힘을 손에 넣은 그녀는 이 사흘간의 퍼레이드를 되풀이하며 적대 세력을 제거하고 있다.

나르프 재상은 웨이블러와 지그 크로이처의 위협에 굴복하여 라피를 포기하고 그들과 영합하는 길을 선택했다.

따라서 나르프를 붙잡아 **개조**하고, 이 세계 개변의 진실을 깨달은 룩스를 속이기 위한 도구로 이용했다.

"괜찮은 건가요? 이런 저를 선택해도?"

"무슨 뜻이시죠?"

라피의 질문에 후길은 질문으로 대답했다.

"이렇게 어리석고, 약하고, 왜소한 제 편을 들어도……. 제가 아니어도 선택지는 많았을 텐데요. 위에 설 자격이 있는 사람이―."

"……훗."

지금까지 무표정하게 듣고 있던 후길이 이대 처음으로 미소를 보였다.

"―『성식』은 사람을 고르지 않습니다. 강한 마음. 격렬한 통곡에 이끌려 구제하는 시스템이죠. 운명이라는 건 자신의 힘으로 개척해야 합니다. 그러나 현실은, 자신의 힘이 미치지 않는 곳에서 모든 것이 결정되는 경우가 허다하지요."

후길은 아련하게 느껴지는 시선으로, 다시 구름에 가려지기 시작한 달을 올려다보았다.

"당신은 희망이라곤 단 하나도 없는, 서광조차 보이지 않는 어두컴컴한 세계를 살아왔습니다. 따라서 재능이 있는 이보다도 훨씬 강한 염원을 가졌지요. 제 기준으로도, 구원해야만 하는 사람일 겁니다."

그렇게 말한 남자는 돌 벽에 대고 있던 등을 떼고, 비밀 방 밖으로 걷기 시작했다.

"『성식』은 원래 그러기 위해 만들어진 것이니까요. 그녀는 세계에서 가장 약한 이에게, 손을 뻗으려고 한 겁니다."

"상냥한…… 사람이었군요. 아샤리아라는 분은."

"……."

힘없는 미소와 함께 흘러나온 라피의 말.

후길은 거기에는 일절 반응하지 않고 그녀를 보았다.

"당신의 몸에 깃든 힘이 완전해졌을 때, 이 세계 개변의 최종단계가 시작됩니다. 그것이 성공한다면, 당신이 바라는 것은 무엇입니까?"

"글쎄요—."

후길의 질문에 라피는 살짝 망설였다.

하지만 이내 자세를 가다듬고 심호흡을 크게 한 다음 대답했다.

"저는, 많은 걸 손에 넣고 싶어요. 지금까지 이 운명 때문에 포기해야만 했던 모든 것을—."

"구체적으로는?"

"전부입니다. 신뢰할 수 있는 친구, 동료, 절 인정해주는 사람들, 그런 이들과의 추억—. 하지만 딱 하나, 이미 손에 넣은 게 있어요."

"『성식』이 준 힘 말입니까?"

"아니요. 이 힘과는 관계없는 거예요."

어둠 속에서 라피가 살짝 미소 지었다.

그 순간 구름에 가려졌던 달이 다시 얼굴을 드러내며 그 빛으로 소녀를 비추었다.

이 자리에 후길 외의 사람— 여왕의 예전 모습을 아는 이가 있다면 분명 전율하리라.

30대의 용모였던 라피 여왕은, 리샤의 또래 정도로 앳된 느낌이 남은 소녀의 모습으로 변모해 있었다.

선명한 황금색 장발과 일부 뻗어 나온 은발.

그리고 우수에 젖은 심홍색 눈동자.

진홍색 드레스를 입은 그 모습은, 십여 년 전의 라피를 빼닮았다.

"리샤……. 제 수양딸입니다. 이렇게 아무것도 갖지 못한 절 따르고, 어머니라고 불러주었죠. 괴로운 과거에 굴하지 않고 적극적으로 맞서고 있어요. 저나 그 아이가 눈치 보지 않고 당당하게 살 수 있는 나라를— 그걸 유지하기 위한 것을, 이제부터 손에 넣고 싶어요."

"그렇습니까……."

"네. 그러니 잘 부탁드려요, 후길. 앞으로도— 계속."

우아한 미소와 함께 라피는 숨겨진 방의 통로를 걸어 나갔다.

이윽고 후길도 그 자리에서 자취를 감추었다.

†

"하아, 하아…… 하앗……!"

나르프 재상을 쓰러뜨리고 몇 시간 뒤의 밤.

『거병(기가스)』에 짓밟힌 구획의 폐가 속에서 룩스는 온몸을 떨며 전율했다.

실내에는 두 명의 기척만 있었다.

어둠 속에 녹아들어 아무도 모르게 이 장소에 도착했다.

"이것이면 되겠사옵니까, 주인님. 제게는 아무것도 보이지 않으며, 들리지 않사옵니다만―."

신장기룡 《야토노카미》를 장착한 요루카가 이 특장형의 기능으로 **몇 시간 전**에 기록하고― 지금 막 재생한 영상을 보며 고개를 갸웃했다.

『세례』를 받은 보라색 마안이 빛나고, 의아해하는 것처럼 눈을 깜박인다.

인식 조작의 주박에 걸린 요루카에게는 기록 영상이 **보이지 않는다**.

정확하게 말하자면 뇌가 특정한 현실을 인식하지 못하는 것이지만, 그래도 무언가 느껴지는 게 있는 것 같았다.

"……? 무언가가, 어렴풋하게나마 보이는군요. 드레스를 입고 있는 낯선 소녀입니다만―."

"그렇군. 조금이라면 요루카도 알 수 있구나."

요루카도 피르히에 이어 정상적인 세계를 인식할 수 있게 될지도 모른다.

거기에서 희망의 일단을 발견한 건 좋았으나―.

"이럴, 수가……!"

진상을 파악한 룩스는 경악할 수밖에 없었다.

나르프 재상에게 진상을 확인하러 가기 직전에 룩스는 성내의 어느 곳을 《야토노카미》로 기록해달라고 부탁했다.

좀 더 자세히 설명하자면, 피르히를 통해 요루카에게 편지를 보내서 룩스와 나르프가 만나는 동안 **성내의 특정한 상황**을 기록하도록 지시했다.

라피 여왕은 진작부터 자동인형으로 나르프 재상을 개조해서 그가 흑막으로 보이게끔 연기하도록 했다.

최초로 위화감을 느낀 건, 사니아와 이그니드가 죽기 직전에 남긴 말이다.

생체 꼭두각시가 된 그들이 어째서 나르프 재상의 이름을 언급했을까.

죽음을 앞두고 세뇌가 풀렸다고 하기에는 너무나도 허술했다.

나르프 재상이 흑막이라면 자신이 관련되어 있다는 사실이 절대 드러나지 않도록 했을 것이다.

그건 지난 두 번의 루프 때 자동인형을 보내서 웨이블러와 지그를 암살하고, 상당히 철저하게 입막음을 한 것을 봐도 알 수 있다.

따라서 그 후에 일사천리로 진상을 밝히기 위한 단서가 발견되고 증거까지 손에 넣었을 때 의심하게 되었다.

진짜 흑막이, 자신을 잘못된 정답으로 유도하고 있다고.

그리고 환마인으로 변한 나르프와 싸우는 도중에 확신했다.

나르프를 호위하던 두 소녀는 흑막의 명령으로 그를 조종하던 자동인형이라고.

덧붙여서 룩스가 입수한 《드레이크》의 기록정보— 나르프 재상과 『용비적』의 거래 현장을 기록한 영상은 『성식』의 변신 능력으로 꾸며낸 가짜이리라.

룩스는 자기가 속고 있다는 걸 은연중에 깨달았지만, 아무것도 모르는 척하며 싸움에 임했다.

그런 한편 요루카와 피르히에게는 어떤 부탁을 했다.

성 내부와 그 부근에서 룩스와 나르프의 싸움을 감시하는 자를 찾아줬으면 한다고.

요루카는 『세례』를 받았지만, 아직 세계 개변의 주박에서 벗어나지 못했다.

따라서 《야토노카미》의 레이더에 잡힌 생체 반응 중에 요루카는 인식할 수 없지만 피르히는 확인할 수 있는 것이 있다면—.

나르프가 아닌 진정한 흑막이 성내에 숨어 있는 장소를 알 수 있다.

레이더에 잡힌 것 가운데 요루카와 피르히의 인식에 차이가 생긴 장소를 특정하고, 광학 위장 기능으로 잠입해서 기록해 달라고 요루카에게 부탁했다.

그리고 진상을 알아냈다.

웨이블러와 지그 크로이처가 신왕국 정권을 탈취하기 위한 비장의 수단으로 삼은 것은 라피 여왕의 죄였다.

5년 전 혁명 당시 아티스마타 백작의 정보를 웨이블러에게 넘겼다는 사실을 기록한 영상이다.

악정을 펼치던 구제국을 무너뜨린 영걸의 친동생이 구제국과 뒤에서 손잡고 오빠를 죽인 장본인이라는 증거를 제시하면 현재 정권은 확실하게 끝난다.

라피 여왕은 거의 확실하게 처형.

최대한 선처하더라도 남은 일생을 감옥에서 보내게 되리라.

"아니, 아냐……. 역시 무리야."

구제국 황족이지만 냉대만 받다가 끝내 성에서 쫓겨난 룩스와 아이리가 혁명 후에 은사를 받아 죄인이 된 것과는 사정이 다르다.

말하자면 라피가 악행의 장본인이기 때문에 변명의 여지가 없었다.

지금까지 영걸인 오빠의 이름을 구심력으로 이용해왔다면 더욱 그렇다.

"도대체, 어째서……."

라피 여왕이 어째서 이러한 상황에 몰렸단 말인가.

여기서부터는 상상의 영역이지만 그 『대성역』에서 치른 대전 후, 휴식을 취하던 2주 사이에 교섭이 있었던 게 아닐까.

낡은 관습 속에서 자란 원로 집정관 노인들—.

남존여비 풍조와 왕후귀족 지상주의의 사고를 가진 『구제국파』.

웨이블러가 팔아넘긴 정보로 정권을 빼앗을 수 있겠다며 활기를 띤 그들은, 지그 크로이처와 함께 나르프 재상에게 라피 여왕의 퇴진을 요구했다.

그들의 목적은 필시 지그를 차기 신왕국군 장군 후보에 앉히고, 『구제국파』 집정관들에게 재산과 실권을 쥐여주는 것.

과거 구제국 시절의 권력을 되찾기 위해서—.

그리고 『대성역』의 고대 기술이나 유산을 교섭 결과에 따라

대거 입수할 수 있는 이 타이밍에 여왕 하야를 획책함으로써 나르프 재상이 편의를 도모하게끔 계약했으리라.

나르프 재상은 과거에 흠을 가진 라피 여왕을 버리고, 대신에 자신이 그들에게 권력을 줌으로써 군림하려고 한 것이다.

새로운 체제의 상징인 라피는 나라를 유지할 수 없음을 널리 알리고, 나르프가 대신 왕좌에 앉으면 『구제국파』의 개입도 쉬워진다.

"어째서, 이런 일이……!"

룩스는 힘없이 어깨를 떨구며 재차 탄식했다.

그렇게 라피 여왕은 나르프 재상을 비롯한 『구제국파』에게 포위되어 여왕 자리에서 끌어내려졌을 것이다.

저항하면 최악의 경우, 과거의 죄를 기록한 영상을 공개 당할지도 모른다.

지금까지 쌓아 올린 영걸 아티스마타 백작의 동생이라는 명예가 실추되고, 처형은 피할 수 없게 된다.

디밀어진 사실에 굴복한 나르프가 『구제국파』에 붙은 시점에서 라피 여왕의 운명은 결정됐다.

뒤집을 수 없는 파멸의 운명.

권력을 쥔 강자들에 의한 유린.

그 누구보다도 무겁고 깊은 라피의 통곡이 『성식』과 후길을 불러버린 것이다.

운명에 반역하기 위해 라피는 『대성역』의 힘을 이용하여 퍼레이드 도중에 그들을 모조리 죽였다.

모든 기록 영상을 파괴하고, 만에 하나 루프를 알아차리고 진상을 밝히려는 이가 나타나면 나르프 재상을 흑막으로 오인하여 처리하도록 안배했다.

—그것이 지금까지 이어진 일련의 사건의 진상이었다.

"주인님, 무슨 문제라도 있사옵니까?"

이 영상을 인식할 수 없는 요루카에게 사건의 전말을 얘기해본들 의미가 없다.

아니, 설령 얘기한다 해도 어떻게 해야 좋을까?

리샤가 그토록 잘 따르며, 앞으로 평화를 유지해나갈 터인 라피를 죽이라는 말인가?

그런, 그런 짓을—.

"……아니. 아무것도 아니야. 요루카 먼저 숙소로 돌아갈래?"

"알겠사옵니다. 조심하시어요, 주인님."

요루카는 아주 살짝 망설인 후 폐가에서 떠났다.

"……."

정적이 텅 빈 실내를 가득 채웠다.

룩스는 잠시 벽에 기대어 멍하니 하늘을 올려다보았다.

『구제국파』는 여왕을 실각시키기 위한 비장의 수단인 기록 영상과 진두지휘하던 웨이블러, 지그를 잃었으니 더는 할 수 있는 게 없으리라.

룩스가 잠자코 있으면 신왕국은 이대로 좋은 방향으로 발전할지도 모른다.

하지만 그건 후길이 저지른 세계 개변과 퍼레이드 도중에 일어난 흉악한 사건을 간과하는 꼴이다.

"나는 대체…… 어떻게 해야 하지?"

라피 여왕을 친어머니처럼 따르는 리샤의 미소가 룩스의 머릿속에서 선명하게 떠올랐다.

†

룩스가 숙소에 들어가는 것을 확인한 두 개의 시선이 숙소에서 떨어졌다.

퍼레이드 이튿날 심야. 두 자동인형이 거리를 걷고 있었다.

"……결국 나르프가 가짜 흑막이라는 사실은 깨닫지 못한 것입니까?"

"룩스 아카디아의 반응을 보는 한 문제없다고 생각하는 거예요."

기계로 된 강아지 귀가 달린 『방주』의 통괄자— 네이 루슈의 질문에 같은 자동인형인 라 클루셰는 고개를 끄덕이며 대답했다.

개변기룡 《우로보로스》의 신장 《영겁회귀(엔드리스)》에는 두 가지 모드가 있다.

하나는 기룡 단독으로 쓰는 경우인데, 자신을 중심으로 반경 몇 키르 내의 법칙을 개변하는 것이다.

그리고 다른 하나의 《영겁회귀》는 『대성역』의 기능인 인식 조작을 모든 유적과 공명해서 실행하는 세계 규모의 인식 개변이다.

양쪽 다 막대한 에너지를 소모하는 탓에 연속해서 사용하면 긴 충전 시간이 필요하다.

그녀들 자동인형을 사역하는 것도 마찬가지다.

따라서 라피도 룩스 감시에만 노력을 쏟을 수는 없었다.

룩스 외에도 수상한 행동을 보이는 자가 있기 때문이다.

"『열쇠 관리자』 크루루시퍼에게 진실을 밝힐 줄 알았는데 의외였지 말입니다."

네이 루슈는 고개를 갸웃거리며 중얼거렸다.

사실 두 번째 루프 시점에서 자동인형이 회수한 《드레이크》는 전부 처분을 마쳤다.

그러나 룩스나 아이리 등은 『대성역』에서 『세례』를 받았다고 이미 보고 받았기에 경계할 필요가 있었다.

그래서 죄인이었던 사니아와 이그니드에게 기생충 환신수를 투여해서 덫을 준비했다.

만약 룩스가 냄새를 맡고 찾아온다면 죽이지 말고 나르프 재상을 흑막으로 오인하게끔 하라고 명령했다.

라피는 룩스와 『기사단』을 어지간해서는 죽일 생각이 없었다.

앞으로 신왕국에서 신장기룡 사용자는 귀중한 전력이다.

그중에서도 저번 대전에서 무훈을 세운 『기사단』 멤버와 리샤의 기사로서 국내의 영웅으로 거듭난 『칠용기성』의 룩스를 잃는 것은 좋지 않았다.

따라서 두 사람을 죽이는 게 아니라 속이는 방향으로 유도한 것이었다.

『구제국파』의 편의를 도모해서 여왕 실각을 획책한 나르프 재상이라는 구도는 실제로 룩스가 상상한 그대로였다.

따라서 라피는 나르프의 인식을 개변해서 이번 일의 흑막으로 만들어 죄를 뒤집어씌웠다.

《영겁회귀》의 인식 개변은 엘릭시르 투여, 혹은 『세례』 강도에 따라 풀릴 가능성이 커진다. 하지만 그러기 위해서는 세계의 위화감을 깨닫고 그것을 부정하며 깨부수려고 해야만 한다.

현재 상황이 올바르거나 바람직하다고 생각해버리면 다시금 인식 조작의 그물에 사로잡힌다.

즉 룩스가 라피의 계획대로 나르프 재상을 흑막이라고 생각해서 쓰러뜨리고 모든 것을 납득했다면— 다음 세계 개변에서는 더는 눈치챌 수 없게 된다.

그리고 이번 루프에서 크루루시퍼나 다른 소녀들에게 알릴 낌새가 없었기 때문에 자동인형의 추측은 확신으로 바뀌었다.

"룩스 아카디아는 무사히 속아 넘어간 것 같지 말입니다. 이걸로 만만세지 말입니다."

"그럼 우리도 일단 마스터에게 돌아가도록 해요. 이제 마지막으로 해야 할 큰일이 남아있으니까요—."

두 자동인형은 검대에서 기공각검을 뽑아 저마다 신장기룡을 장착했다.

아무리 심야 시간이라지만 거리 한복판에서 기룡사가 출현했음에도 불구하고 알아차린 사람은 한 명을 제외하고 없었다.

세 번째 퍼레이드의 이튿날 밤이 깊어간다.

저마다 자신만의 생각을 가슴에 품은 채 날이 밝는다.

Episode 4 상자 속 포로

“응, 우으…….”

“참 빨리도 눈을 뜨시는군요? 『창조주』 님.”

무기질적인 목소리. 하지만 왠지 모르게 말투가 거친 자동인형이 눈앞의 소녀에게 말을 건넸다.

사방이 금속으로 뒤덮인 삭막한 작은 방에서 에이릴 아카디아는 사슬에 묶여 있었다.

“기분은 어떠십니까? 내 이름을 기억하고 있긴 합니까?”

“…….”

실오라기 하나 걸치고 있지 않은 에이릴은 눈앞의 소녀를 올려다보았다.

“……여긴 어디야? 나는, 어째서, 뭘……?”

“그걸 당신한테 왜 알려줘야 합니까? 일단 물어봤을 뿐이라고요.”

몸에 딱 맞는 장의 비슷한 옷을 입은 소녀의 머리에는 기계로 된 산양 뿔이 있었다.

그것은 그 소녀가 이 장소에 존재하는 유적의 통괄자— 자동인형이라는 증거였다.

"너는, 클랑리제……? 그럼 여긴 『모형 정원(가든)』인가……."

"역시 최초의 여덟 명은 머릿속에 들어 있군요. 하아, 곤란하네요. 몇백 년 만에 황도에 가보겠구나 싶었는데 나 혼자만 따돌리다니. 아니, 지금은 제도였나?"

정색한 채 뺨을 부풀리는 기묘한 감정 표현을 하며 클랑리제가 투덜거렸다.

사슬에 묶인 에이릴은 멍한 표정으로 그 모습을 지켜보았다.

"……."

일곱 개의 『그랑 포스』를 유적에 안치할 때 『모형 정원』은 리스테르카의 지휘를 따라 공략했다.

그때 에이릴은 참여하지 않았지만, 『창조주』의 황녀인 에이릴은 모든 자동인형의 이름을 알고 있다.

하지만 현재 자동인형은 누군가의 지배 명령을 받아 개조 및 강화된 듯했다.

원래는 그들의 주인인 『창조주』 에이릴을 통괄자가 감금하는 것은 하극상이었으니까.

"날…… 죽이려는…… 거야?"

흐리멍덩한 말투로 에이릴이 중얼거리자 클랑리제는 어이없는 것처럼 탄식했다.

"기껏 치료해줬는데 그따위 심한 말이 나옵니까? 현재 마스터의 지시로 개조 예정입니다만, 그전에 걸레짝이 된 몸뚱이를 고치는 게 우선이었으니까요. 하여간 『창조주』 황족은 귀찮아 죽겠네요. 나노머신에 내성이 있어서."

"……."

빛이 없는 공허한 눈동자로 에이릴은 현재 상황을 파악하려고 했다.

하지만 투여된 약품 탓인지 머리가 잘 돌아가지 않았다.

'그래, 나는……. 도구로 재이용 당할, 운명, 인가…….'

폐도 게르니카에서 치른 결전에서 후길에게 패배한 뒤, 마지막 남은 인식 조작의 힘을 쥐어짜 룩스에게 메시지를 전달했을 텐데, 그는 무사한 걸까?

다른 『칠용기성』의 생사는 모르지만, 최소한 싱글렌은 죽었을 터다.

숨이 끊어지기 직전이었던 에이릴은 『대성역』의 자동인형 아샤리아가 회수했다.

『모형 정원』은 유적 중에서도 보물 창고 역할을 하고 있다.

동시에 개발 거점도 담당하기 때문에 개조나 수술, 제작 기능이 뛰어난 시설이다.

이곳에서 에이릴을 치료하고 인식을 덮어쓰기 위해 구속해 둔 것이리라.

"《영겁회귀》……. 내 존재 자체를 지워버리면 『대성역』의 정보를 끄집어낼 수 없지. 그러니 써먹기 좋게 개조하려는, 거구나……."

에이릴이 머릿속에 떠오른 말을 중얼거리자, 클랑리제는 눈을 동그랗게 뜨고 머리를 긁적였다.

"……대박 놀랍네요. 아직 의식이 또렷할 줄이야. 그럼, 이건 내 독단이지만 제안 하나 하죠. 현재의 마스터께 복종해볼 생각 없어요? 당신이 신왕국의 마스터, 라피 아티스마타께 충성을 맹세하면 평생 안전을 보장해 줄 수도 있는데요."

"——."

"닥치고 있어봤자 어차피 당신의 인격은 조만간 개조당할 겁니다. 더 매운맛을 보기 전에 일찌감치 굴복하는 것도 나쁘진 않을 걸요?"

"……그런, 가."

잠시 망설인 다음 에이릴은 힘없이 미소 지었다.

저항해봤자 이 상황에서는 뾰족한 수가 없다.

오랫동안 고통에 시달리는 것보다 새로운 지배자에게 충성을 맹세하는 쪽이 현명한 선택일지도 모른다.

그러나.

"그치만, 거절……할래."

에이릴은 여전히 기운 없는 모습으로 조용히 거절했다.

클랑리제는 미심쩍은 듯 인상을 찌푸렸다.

"왜요? 『창조주』 황녀님은 설마 마조히스트입니까?"

"분명, 약자의 삶을 살았던 사람이겠지? 현재 너희의 마스터, 는……. 자동인형 아샤리아와 후길과 『성식』이 편 드는 사람, 말이야……."

"……."

질문받은 클랑리제는 얼굴에서 표정을 싹 지우고 입을 다물었다.

그것은 기밀 유지를 명령받은 자동인형으로써 프로그램이

작동했기 때문이다.

"우리 『창조주』는 말야, 깨어난 뒤로 계속 특별한 힘을 사용했어. 우리는 학대 받고 빼앗겨왔으니까. 일족의 운명을 짊어지고 있으니 뭘 해도 괜찮다고, 대의라는 명분을 변명 삼아 그런 짓을 계속했지."

"그러면 안 되는 겁니까?"

어딘가 인간미가 느껴지는 표정으로 클랑리제는 기계 뿔이 돋아난 머리를 갸웃했다.

"언니도, 동생도, 그리고 나도. 크든 작든 그런 짓을 해왔어. 후회는 하지 않아. 그 길밖에 없다고 생각했으니까, 하지만……."

힘없이 미소 지으며, 그럼에도 에이릴은 계속해서 말했다.

"타인에게 강압적으로 그런 행동을 한 주제에, 자신이 빼앗기는 쪽이 되는 건 싫어서 편한 길로 도망칠 수는 없어. 보잘것없을지도 모르겠지만, 내게도 『창조주』로서의 허세가 있으니까."

몸에 연결된 튜브를 응시하면서 에이릴은 당당하게 미소 지었다.

클랑리제는 단념한 것처럼 조용히 발걸음을 돌려 외면했다.

"인간은, 이상한 논리를 잘도 갖다 대는군요."

멀어지는 클랑리제의 뒷모습을 바라보던 에이릴의 의식이 혼탁해지기 시작했다.

지금 한 말은 틀림없는 진심이었지만, 다른 하나의 생각은 말하지 않았다.

'그리고 나는 이런 상황에서도, 믿고 있으니까…….'

이 상황을 뒤집을 단 하나의 가능성.

룩스가 답을 찾아줄 가능성을—.

†

"오빠. 잠깐 거기에 앉아주세요."

이튿날 밤. 룩스가 숙소로 돌아오자 아이리가 날 선 모습으로 기다리고 있었다.

직감적으로 잔소리임을 알아차린 것은 경험 덕분일까.

녹트까지 옆에 있는 것을 보니 룩스가 돌아올 때까지 시간을 죽이고 있었던 것 같다.

"저기, 왜 녹트까지 있는 거야?"

"Yes. 감시를 맡을까 해서요. 얘기가 너무 길어져서 룩스 씨가 잠이 부족하지 않도록. 내일도 성에서 마지막 연회가 있으니까요."

아이리를 편들러 온 줄 알았는데 제지하는 역을 자처하는 모습을 보아하니 남매의 힘 관계를 잘 아는 것 같았다.

"오빠는 언제부터 공무 중에 긴장을 풀고 밤놀이를 하는 사람이 된 건가요? 『창조주』와의 전투가 끝났다고 해서 우리가 시민이 된 건 아니라구요."

아이리의 설교를 요약하자면, 자신들의 처지를 생각하지 않고 여러모로 경솔하게 행동하지 말라는 것 같았다.

"사람들은 지금 오빠를 영웅이라며 추켜세우고 있지만, 그것과 비슷한 정도로 위험하다는 걸 모르시는 건가요? 신왕국이 못마땅한 사람들에게 납치당하거나 습격당해도 전혀 이상할 게 없는 처지라구요."

"아, 응. 미안해……."

그 외에도 각국 대표나 중요 인사와 관련되어 쓸데없는 트러블을 일으키지 말 것.

현재는 퍼레이드 도중이라 수많은 시선에 노출되어 있다는 점 등, 요목조목 주의받았다.

이윽고 얘기가 끝나갈 무렵, 아이리는 차게 식은 홍차를 한 모금 마신 다음 말했다.

"정말이지, 피르히 씨나 크루루시퍼 씨와 여기저기 돌아다니며 노는 모습을 온 사방에 광고한 셈이니……. 그래서, 오빤 어떻게 하실 건가요?"

"응……?!"

갑자기 이야기의 방향이 바뀌어 룩스는 당황했다.

"Yes. 숨기지 않으셔도 됩니다. 학원 사람들도 멀리서 본 모양이고요."

"……."

확실히 이 퍼레이드 도중에 다양한 경위로 그녀들과 행동을 함께했다.

반은 이 세계 개변의 수수께끼를 해명하고 흑막의 발자취를 좇기 위한 조사였지만, 사람들은 그 모습을 보고 멋대로 오해해버린 모양이다.

"……오빠는 어느 쪽을 선택하실 거죠?"

룩스의 침묵을 긍정으로 받아들였는지 아이리가 주뼛주뼛 시선을 피하며 물었다.

룩스는 몇 초 후에야 그 의미를 파악하고 얼굴을 붉혔다.

"어엇?! 그 얘긴, 설마—."

"그걸 꼭 제 입으로 다 설명해야 아시나요!"

확인하려고 했지만 거부당했다.

그러나 룩스는 망설인 끝에 아무 말도 할 수 없었다.

크루루시퍼의 고백을 받아들인 사실을 여기서 아이리에게 알려준들 의미가 없었다.

이 세계 개변의 루프가 다시 일어날 가능성이 있기도 하고, 고백받을 때 부자연스러운 반응을 보였다면 자동인형의 의심을 사게 되었을 것이다.

무엇보다도 거절할 이유가 떠오르지 않아 거절하지 못했다.

일단 정식 답변은 퍼레이드 마지막 날까지 보류해뒀지만—.

"하아, 아직 못 정하셨나 보군요."

"아니, 그런 건 아닌데."

"그럼 누구인데요?"

이런 걸 묻는 게 낯뜨거운지 아이리는 뺨을 살짝 물들이며 룩스를 물끄러미 올려다보았다.

오늘따라 아이리가 여느 때보다 더욱 끈덕진 것 같았다.

그 이유는 알 수 없었지만—.

“세리스 선배도, 아마 오빠를 좋아하실 거라고 생각해요. 두 사람이 함께 걷고 있는 모습을 쓸쓸한 시선으로 보고 있었으니까요.”

“——.”

그런가.

룩스는 그제야 비로소 이해가 갔다.

아마 두 번째 루프에서 요루카와 연인이 됐을 때도, 고민 끝에 고백을 단념한 것이리라.

세리스는 자신의 마음을 드러내기를 대단히 주저하고 있다.

첫 번째 퍼레이드 때, 그녀는 최대한 용기를 쥐어짜 고백하려고 한 것이다.

‘세리스 선배…….’

그렇게 생각하자 가슴이 욱신거리며 옥죄는 듯한 기분이 들었다.

지금까지 일부러 생각하지 않으려고 했지만 요루카도 마찬가지이리라.

그녀 같은 경우, 두 번째 루프 때 그런 일이 없었다면, 룩스에게 자신의 마음을 고백하는 일조차 없었을지도 모른다.

“그리고 피르히 씨도 상태가 좀 이상해 보이던걸요?”

그렇다면 피르히는 어떨까?

아이리의 얘기를 듣고 룩스는 그 부분에 생각이 미쳤다.

그녀는 지난 두 번의 퍼레이드 때 어땠을까?

‘……그러고 보니 나르프 재상과 싸울 때 헤어진 뒤로 보질

못했네.'

다치지는 않았겠지만 조금 걱정됐다.

"아이리, 피이가 어떤지 잠깐 보고 와도 될까?"

"그러세요. 이 정도면 설교도 충분히 했으니까요. 그리고—."

"응?"

아이리는 심호흡을 한 번 하더니 룩스에게 무언가 말하려고 했다.

하지만 결국 입을 열지 못하고 조용히 미소를 지었다.

"아뇨, 아무것도 아니에요. 너무 늦지 않도록 신경 써주세요."

"응. 졸리면 먼저 자."

그렇게 대화를 마치고 룩스는 피르히가 묵고 있는 방으로 향했다.

룩스 일행의 객실에는 아이리와 녹트만이 남았다.

"—아이리, 괜찮은 건가요? 룩스 씨에게 말하지 않아도."

"네, 꼭 제가 해야 할 얘기도 아니라는 생각이 들어서요."

어딘가 복잡한 표정으로 아이리는 쓸쓸하게 중얼거렸다.

"피르히 씨는 약간 껄끄러워요. 옛날부터."

"싫어한다는 뜻인가요?"

녹트의 질문에 아이리는 살짝 고개를 저었다.

"성격이나 인상 문제가 아니라, 좀 더 근본적인 부분에서요. 분명 단순한 질투일 거예요. 저는 갖지 못한 걸, 그녀는 잔뜩 가지고 있으니까요."

"……Yes. 그건 확실히 부정할 수 없네요."

“어딜 보고 얘기하는 건가요?! 녹트!”

아이리가 바짝 날 선 도끼눈으로 자신의 친구를 쏘아보았다.

하지만 가라앉은 분위기를 완화하기 위한 농담이라는 건 알고 있었다.

구제국 시절.

어린 아이리는 황족 중에서도 심하게 멸시받은 데다 허약했고, 어머니까지 일찍 잃었기 때문에 오빠인 룩스에게 의존하는 삶을 살았다.

하지만 당시에는 오빠에게 의지할 뿐이었던 자신과는 다르게, 피르히는 아이리가 보기에도 룩스에게 많은 영향을 주었다.

룩스를 누구보다도 지켜보아 온 아이리이기에 알 수 있었다.

오빠에게 피르히가 얼마나 큰 존재인지.

그녀를 진심으로 어떻게 생각하는지.

그녀와 관계를 쌓아가는 도중에 무엇을 얻었는지.

그렇기에 그녀가 껄끄러웠다.

논리나 합리성으로 모든 것을 판단하는 아이리와 다르게 피르히는 말수는 적어도 직감이나 감각으로 진실을 간파한다.

평소에는 과묵하며 무표정한데, 자신의 마음을 어떠한 왜곡도 없이 드러낼 줄 안다.

그런 점이 매력적이고 부러웠다.

“분명 언젠가, 오빠를 빼앗기게 될 거라고 생각해서 그런 거겠죠.”

그렇게 자조하는 느낌으로 중얼거리며 아이리는 미소 지었다.

"그럼 왜 아까 피르히 씨 얘기를 꺼낸 건가요?"

"……글쎄요, 왜 그랬을까요?"

아이리는 어딘가 힘없는 미소를 지으며 그 질문에 대답했다.

"오빠가 슬퍼하는 모습을 보기 싫어서 그런지도 모르겠네요. 눈치챘는데, 눈치채지 못한 걸 고뇌해버리는 그런 경우도 있으니까요."

"……."

녹트는 말없이 아이리 곁으로 다가갔다.

"당신은 무척 멋진 동생이에요, 아이리."

늘 냉정 침착한 흑발 소녀는, 드물게도 미소 짓고 있었다.

†

"피, 이……?"

"미안해, 룩스 군. 모처럼 보러 와줬는데."

숙소 내에서 제일 넓은 방.

문을 열어준 렐리 뒤를 따라 안으로 들어가니 피르히가 침대에 누워있었다.

곁에는 학원 주치의가 붙어 있었다.

잠자리에 드는 게 당연한 깊은 밤이었지만, 룩스는 대번에 무언가 문제가 있다는 것을 깨달았다.

소녀는 온몸이 땀에 흠뻑 젖은 채 열에 시달리는 사람처럼 헐떡이고 있었다.

"어떻게 된 거죠? 대체 무슨 일이—."

"피로가 쌓였나 봐. 내 말은 듣지도 않고 곧잘 무리해버리니까……."

"저, 때문인가요……?"

잠시 우두커니 서 있던 룩스는 멍한 목소리로 중얼거렸다.

그녀에게 이식된 라그나뢰크 위그드라실은 소멸되어 그 명령 계통은 사라졌다.

따라서 이제는 아무 문제 없으리라고 믿었다.

하지만 역시 너무나도 낙관적인 생각이었다.

환신수화를 이용한 전투 방식은 남들 이상의 힘을 끌어내는 대신에 그녀의 신체에 지속적으로 부담을 가했으리라.

《B-Blood》처럼 신장기룡과 융합하는 강화 방법도 증상을 악화시킨 원인일 터다.

그러나—.

"지금까지 왜 아무 말도 안 하신 거죠? 피르히의 몸을 잘 아는 렐리 씨가."

"그게 이 아이의 바람이었거든."

분노도, 자포자기도 아니었다.

자랑스러움과 쓸쓸함이 공존하는 표정으로 렐리는 말했다.

"룩스 군의 힘이 되어주고 싶어 했어. 네게 걱정 끼치지 않고."

"……."

어째서, 라고는 더 이상 말할 수 없었다.

그녀가 왜 목숨의 위험을 무릅쓰고 한계까지 힘을 쥐어짜며 싸웠는지, 계속 곁에 있어 주었는지 룩스는 너무나도 잘 알았다.

리예스 섬 합숙 때 위그드라실에 거역했을 때도.

함께 헤이부르그 공화국에서 『악한 왕』과 싸웠을 때도. 『대성역』에서 심층부를 탐색하고 헤이즈를 격파했을 때도.

그리고 이번에 묵묵히 룩스를 따라준 것도.

계속, 피르히 나름의 이유가 있었기 때문에 곁에 있어 준 것이다.

그 사실을, 모르고 있었다.

아니— 모르는 척 해왔다.

그녀의 마음과 자신의 처지가 특수하다는 사실에 어리광부렸다.

"이제 발작은 가라앉았으니 돌아가 봐요. 와줘서 고마워요."

렐리가 그렇게 말하자 학원 여의사는 방에서 나갔다.

깊이 잠든 피르히 앞에서 렐리가 작은 목소리로 중얼거렸다.

"룩스 군에게 이 얘길 해버리면 나중에 피이한테 미움받겠지……. 그래도, 말해도 괜찮을까? 너에 대한, 피이의 진짜 마음을."

"……부탁, 드립니다."

원래대로라면 피르히에게 직접 들어야 하겠지만, 지금은 굳이 렐리에게 듣기로 했다.

그리고 몇 분 후— 룩스는 숙소 밖으로 나갔다.

†

"후우……."

이번에는 산책이라고 할 만한 거리는 아니었다.

먼저 아이리의 양해를 구하고 숙소 주변을 한 바퀴 도는 정도다.

주위에 자동인형의 낌새는 없었다.

아마도 룩스에 대한 의심은 이제 풀렸기 때문이리라.

어쩌면 그냥 그들의 손에 놀아나고 있을 가능성도 있지만, 무엇이 정답인지는 알 수 없었다.

"나는…… 왜……."

렐리를 통해 들은 피르히의 말은 지금도 가슴속에 새겨져 있었다.

이 퍼레이드가 끝나고 일이 얼추 정리되면 피르히는 일단 요양할 생각이었다고.

그 사실을 룩스에게 알리는 걸 입막음 당했다고.

그 이유는 너무나도 예상 밖이었다.

룩스를 좋아하는데, 어째서 퍼레이드 도중에 고백하지 않았을까.

그건 다른 소녀들처럼 기회를 놓쳤기 때문도, 다른 소녀들을 배려했기 때문도 아니다.

피르히 자신이 인식의 주박에서 벗어났고, 마지막 날에 룩스가 죄인의 목걸이에서 해방된다는 사실을 알고 있다면 말했을 터다.

그런데 왜 그녀는 그러지 않았을까.

『루우가, 이 이상 괴로워하지 않았으면 하니까. 구해주지 못했던 내가 곁에 있으면, 분명, 계속 괴로워할 테니까.』

렐리가 퍼레이드 도중에 물어봤을 때, 피르히는 살짝 미소 지으며 그렇게 대답했다고 한다.

그 말을 들었을 때 눈물이 왈칵 쏟아지는 걸 참을 수 없었다.

피르히도 분명 5년 전의 봉인된 기억을 떠올린 것이리라.

인체실험 대상으로 리에스 섬에 납치되어 가사 상태에 빠졌고, 이를 본 룩스가 통곡하던 기억을.

룩스가 자신에게 지울 수 없는 빚을 느끼고 구해주지 못했다며 분해하는 모습을, 괴로워하는 모습을 보고 싶지 않다고.

그러니까 굳이 자신의 마음을 고백하지 않고 물러설 생각이라고 했다고 한다.

"……나는, 지금까지 뭘 한 걸까."

피르히는 『대성역』을 두고 각국과 교섭하는 과정에서 룩스가 자신을 치료하기 위해 무리하지 않기를 바랐다.

그래서 퍼레이드 기간 동안 아무 일도 없다는 양 지내려고 했다.

그녀는 룩스의 파란만장한 인생 속에서 양지 같은 존재였다.

그 어디보다 피르히 곁이 아늑하고, 안심됐다.

그러나 누구보다 가까운 존재이기 때문에 그녀는 한 발짝 물러선 것이리라.

지금까지— 지금 그대로도 행복했으니까.

"그런가. 분명, 그랬던 거야……."

한동안 생각한 끝에 룩스는 드디어 깨달았다.

어째서 피르히가 그렇게까지 룩스에게 마음 쓰는 것인지.

그건— 피르히를 향한 룩스의 마음과 같기 때문이다.

그 누구보다도 소중하니까.

책임감이나 빚을 느껴서가 아니라 그녀를 좋아하기 때문이다.

"미안해, 피이……. 반드시, 널 구해줄게. 누군가를 위해서가 아니라, 나 자신을 위해서—."

그녀에게도 자신의 마음을 전해야만 한다.

이 세계 개변이 끝나고 죄인의 목걸이에서 해방된 뒤에.

다시금 그렇게 맹세하고 룩스는 하늘을 올려다보았다.

"——."

아직 나른하게 달아오른 몸에 닿는 밤바람이 기분 좋았다.

하지만 그것과는 별개로 마음에는 어두운 그늘이 내려앉았다.

"나는, 어떻게 해야—."

사흘간의 퍼레이드를 반복하는 동안 몇 가지 알아차린 점이 있다.

이 루프를 일으킨 흑막의 정체— 『성식』이 들러붙은 라피 여왕은 자신의 신왕국을 번영시키기 위해 그 힘을 쓰고 있다.

후길은 본인의 사명을 완수하기보다는 라피를 보좌할 것이다.

일찍이 아티스마타 백작과 룩스, 그리고 『창조주』에게 협력했던 것처럼—.

그러나 룩스는 앞으로 뭘 해야 할지 알 수 없었다.

이 세계 개변을 저지하고 라피를 쓰러뜨리는 결과로 끝나면 신왕국은 과연 어떻게 될까.

이대로 간과할 수는 없다. 에이릴이 아직 살아 있을지도 모른다면 그녀를 구출해야만 한다.

하지만 그렇게 하면— 룩스는 신왕국의 적이 된다.

긴 싸움 끝에 가까스로 손에 넣은 안식처를, 제 손으로 내팽개치는 꼴이 된다.

그리고 가까운 소녀들의 마음에도 대답할 수 없게 된다.

그녀들까지 이 파멸적인 싸움에 끌어들이게 된다.

"나는…… 대체 어떻게 해야……."

다시 중얼거린 순간 뚜벅, 하고 발소리가 작게 들렸다.

지금까지 전혀 없었던 기척이 등 뒤에 나타났다.

"……당신이 보스가 얘기한 사람인가?"

"——?!"

심장이 덜컥 내려앉는 듯한 충격.

룩스가 숨을 짧게 들이쉰 찰나, 누군가가 기룡의 기룡(대거)조인을 눈앞에 들이밀었다.

"큰소리 내지 마. 안심하라고. 너한테 해코지할 생각은 없으니까."

눈을 굴리자 어둠 속에 범용기룡 《드레이크》를 장착한 자그마한 그림자가 있었다.

그 인물은 모자와 가면을 쓰고 있었는데, 틈으로 짧은 금발이 보였다.

아마도 특장형의 광학 위장 기능으로 숨어서 룩스가 오기를 기다렸을 것이다.

말투로 짐작하건대 아직 어린 소년 같았지만—.

"너는……?"

내심 혼란스러웠지만 어떻게든 평정을 가장하고 대응했다.

이 상황에서는 발버둥 쳐봐야 룩스 쪽이 불리하므로 저항은 무의미했다.

"내 이름은 아르마 킬조레이크다. 『킬조레이크 패밀리』의 일원이자 차기 두목 후보라고나 할까. 룩스 아카디아. 우리 보스가 널 만나고 싶어 하신다. 함께 가주겠나?"

"『킬조레이크 패밀리』……? 마피아의 일종인가?"

룩스는 양손을 든 채 고개를 갸웃하며 의문을 표했다.

그러자 소년은 어처구니없다는 것처럼 탄식했다.

"뭐야— 우리 킬조레이크를 모르는 거냐? 산통 깨는군. 마르카팔 왕국에서 이름을 떨치는, 상회의 경호원이라고. 이 나라에선 렐리 아인그람한테라도 물어보면 알려줄 텐데. 하아—."

그 분위기로 룩스는 알아차렸다.

마르카팔 왕국의 마피아계 집단.

소년의 거친 어조와 행동을 통해 그렇게 이해할 수 있었다.

"뭐, 됐다. 그래서 같이 갈 거냐? 어차피 싫다고 해도 데려갈 거지만. 걱정하지 마. 15분 정도면 끝날 얘기니까."
설마 아이리가 걱정하던 대로 정체를 알 수 없는 도적에게 노림 받고 있던 것일까?
그러나 룩스는 스스로도 놀랄 정도로 침착했다.
그 거친 언동과는 다르게 소년에게서 적의나 살의가 느껴지지 않는 탓일지도 모른다.
"너희의 목적은 뭐지? 몸값인가? 아니면—."
"너랑 같아. 이 퍼레이드의 루프를 깨닫고 타파하려는 거지. 그리고 지금은 자동인형도 성으로 돌아갔어. 이제야 비밀 얘기를 할 기회가 왔다고."
"—뭐?!"
금발 소년의 설명에 룩스의 표정이 바뀌었다.
이 세계 개변을 깨닫고 인식 주박에서 벗어난 사람.
라피 여왕이나 후길을 제외하면 그런 존재는 없을 터다.
"어떻게, 이 세계 개변의 비밀을 알고 있지? 사흘간의 퍼레이드가 반복된다는 걸—."
"그것도 너랑 비슷하다고 할 수 있지. —말은 이렇게 해도, 나는 보스 덕에 깨닫게 된 거지만. 단순히 『세례』 경험이 있는 것만으로는 안 된다 이거야. 실제로 내가 정식으로 이해한 건 이 세 번째 루프부터지."
약간 의기양양한 어조로 소년은 담담하게 말했다.
"뭐, 첫 번째 루프 때부터 보스의 지시로 여러 곳을 캐고 다니긴 했지만. 도중에 들통날 것 같아서 얼마나 쫄았다고.

미행은 특기 분야라고 생각했는데 쉽지 않더군."

"잠깐만?! 그 얘긴, 설마—?"

저번 루프 때 요루카와 함께 신경 쓰이는 기척을 발견한 적이 있다.

그때는 영락없이 라피나 나르프 재상 관계자의 소행이라고 생각했는데—.

"혹시, 그 뒤에 왕성에도 갔나?"

"……갔는데. 거기까지 들킨 건가. 이거야 원."

가면 밑에서 들리는 소년의 목소리가 낙심한 느낌으로 변했다.

유례없이 뛰어난 요루카의 탐지 능력으로 파악한 거긴 하지만, 눈앞의 상대는 역시 알아차리지 못했던 모양이다.

서로 속내를 탐색하는 듯한 침묵이 30초가량 계속된 끝에 소년이 탄식을 흘렸다.

"뭐, 아무렴 어때. 네가 알아차렸거나 말거나, 얘기만 들어준다면 아무래도 상관없어."

"……그래서, 넌 그『킬조레이크 패밀리』의 일원이라고?"

"아직 가입한 지 몇 년밖에 안 된 신참인데, 기룡사 부대에선 차기 대장 후보야. 뭐, 다치기 전의 보스에겐 발끝만큼도 못 미치지만. 앞으로 5년 정도 수련하면—."

"대체, 내게 무슨 볼일이지?"

"……하아."

룩스가 말을 잘라먹은 탓인지 짧은 한숨에서는 약간의 슬픔이 느껴졌다.

아직 적인지 아군인지는 알 수 없지만, 비교적 감정이 풍부한 소년인 것 같았다.

“처음에 말했듯이 보스의 명령이라고. 보스가 널 만나고 싶어 하셔. 나중에 이 종이에 적힌 곳으로 와 달라고. 그럼, 난 분명히 전했다?”

종이 한 장을 두고 말을 마친 소년은 《드레이크》의 광학 위장 기능으로 완전히 모습을 감췄다.

숙소 뒷문 옆에 홀로 남은 룩스는 건네받은 종이로 눈길을 옮겼다.

Episode 5 영웅의 행방

퍼레이드 마지막 날이 코앞으로 다가온 이튿날 늦은 밤.

"크크큭……. 이걸로 드디어 여왕도 끝장이군요."

왕성과 다소 거리가 있는 귀족 거주구—.

수십 채의 호화로운 저택이 모여 있는 그곳은 통칭 제국 구역이라고 불린다.

넓은 부지를 차지하는 저택이 즐비한 그곳은 5백 년 이상 군림하며 영화를 누리던 구제국의 잔불로써 도성 내에 존재하고 있다.

이른바 고참 집정관들의 파벌— 원로원 귀족들의 구역이다.

혁명 당시 수십 명의 집정관이 정치범으로 처형됐다.

하지만 물밑에 숨어 악행을 일삼아온 무리는 여전히 많이 남아있다.

그런 무리의 집회장이었던 커다란 저택의 회관에 늙은 집정관들이 모여 있었다.

외교관을 접대하기 위한 사교장으로 쓰여온 저택은 댄스홀과 오락장이 병설되어 거대한 규모를 자랑했다.

그러나 구제국 시절에 꽤 나쁜 소문이 퍼졌기 때문에, 현재는 타국의 귀빈이나 영주들을 접대하는 용도로는 사용하지 않았다.

"그렇습니다. 나르프 재상은 우리와 화평을 맺기로 한 모양이니까요. 마침내 새로운 시대가 시작되는군요."

가장 나이가 많은 노인이 감개무량한 웃음을 흘리자 그의 동기였던 남자도 따라서 헤벌쭉한 표정을 지었다.

—나쁜 소문.

구제국의 압정이 극에 달했던 시절에 귀족 사이에서는 잔혹한 유희가 유행했다.

다른 국가나 영토를 침략할 때 노예로 확보한 사람들을 장난감 삼아 온갖 가혹한 짓을 일삼았다.

남성 노예들은 서로 죽고 죽여야 했으며, 심지어 활 과녁을 대신하는 등 말기에는 끔찍함이 극에 달했다. 그에 비하면 여성 노예들은 그나마 대우가 나은 편이었다.

그 참가자들은 구제국이 붕괴할 때 운영자와 함께 처형당했다. 그러나 그때 붙잡히지 않은 사람은 당연히 있었으며, 그들은 지금 이 자리에 모여 있었다.

신왕국 정권으로 바뀌면서 표면적인 권력은 빼앗겼지만, 대형 상공기업과 결탁하여 지금도 여전히 각 단체에 미치는 영향력은 건재했다.

그러나 5년간 얌전히 지내는 동안, 그들은 암암리에 영화를 되찾으려는 열망을 갖기 시작했다.

그 동기는 별것이 아니었다.

그들이 저질렀던 헤아릴 수 없는 악행.

그것을 또다시 마음껏 벌이며 사욕을 채우고 방탕함에 젖고 싶을 뿐이었다.

그들의 만족할 줄 모르는 욕망은 앞으로 교섭을 통해 『대성역』에서 얻게 될 고대 기술과 보물에 초점이 맞춰져 있었다.

"즐거움이 늘었습니다그려. 고대 기술을 이용한 병기나 환신수를 제조하는 기구 등, 얼마나 많은 전력을 제 사병에게 제공할 수 있을지—."

"저는 인간 쪽에 관심이 가네요. 아직 구제국 황족과 똑같이 생긴 인간이 잠들어 있을지도 모르는 거잖습니까? 꼭 좀 그녀들을 입수해서 정보를 얻어내고 싶군요."

살찐 남성이 천박하게 침을 흘리며 입맛을 다셨다.

구제국 황족과 비슷하게 생긴 인간을— 자신보다 권력이 높았던 존재와 외모가 비슷한 사람을 종으로 삼아 욕보이고 싶다는 일그러진 욕망을 있는 그대로 드러냈다.

"이거 참 기대되는군. 본인은 늙어서 그런지 엘릭시르에 흥미가 간다네. 그리고 『창조주』들을 보존하던 기계 등도 궁금하구먼."

살날이 얼마 남지 않은 노인이기에 불로장수의 비약이나 수술에 대해서 알고 싶은 것이리라.

보물, 전력, 노예, 젊음.

오랫동안 욕망에 휘둘리며 탐욕스럽게 살아온 노인들은, 마치 마귀처럼 추악한 모습을 곧이곧대로 드러내고 있었다.

"여왕도 얌전하게 군다면 좀 귀여워해 줍시다. 금방 질릴 것 같긴 합니다만—."

그들 중 한 명이 껄껄대며 웃은 직후—.

"혁명이 끝나고 5년이나 지났는데, 당신들은 조금도 변하지 않았군요."

공기가 얼어붙는 듯한 냉랭한 목소리가 실내에 울려 퍼졌다.

"하긴 뭐, 이건 제 과실이니까요. 당신들의 존재를 알면서도 오랫동안 방치할 수밖에 없었으니……. 전적으로 제가 무력했기 때문에 일어난 실태죠. 참으로 부끄러울 따름이네요."

"—뭣?!"

이 자리와 어울리지 않는 소녀의 목소리.

이에 노년의 집정관 십여 명이 서로의 얼굴을 쳐다보았을 때, 회관 안에 소녀가 나타났다.

"라, 라피 여왕 폐하?!"

"어째서 당신이 여기에—?!"

소스라치게 놀라는 『구제국파』 집정관들을 라피는 어이없어하는 시선으로 둘러보았다.

《영겁회귀》의 인식 조작으로 인해 그들 눈에 비치는 라피는 젊음을 되찾은 현재 모습이 아니라 예전처럼 30대로 보였다.

『마스터, 괜찮으시겠습니까? 이렇게 일부러 모습을 드러내도. 만에 하나 한 명이라도 도망친다면 꼬리를 잡히게 됩니다만.』

“괜찮아요, 아샤리아.”

라피는 눈을 내리뜨고 먼 곳에 있는 측근 통괄자에게 대답했다.

머릿속으로 직접 자동인형의 사념을 수신할 수 있는 건 체내에 그녀들이 제작한 나노머신 수신기를 삽입했기 때문이다.

다만 일정 거리 안— 반경 약 몇 키르가 한계다.

“제가 굳이 모습을 드러내는 것에 의미가 있어요. 타인 뒤에 숨어서 악행이나 일삼는 존재가 얼마나 추악한지 확인해서…… 힘을 손에 넣은 저 자신을 위한 교훈으로 삼기 위해서예요.”

“어, 어어어떻게 여기에 들어온 거야?! 경비병은 뭐 하고 있어?!”

“아까부터 뭐라고 중얼거리는 거야, 폐하는……?!”

혼란에 빠진 집정관들이 다급하게 떠들어댔다.

그러나 저택 주변에 최소한의 호위만 배치해뒀을 뿐인지 그 움직임은 예상 이상으로 느렸다.

『하지만 그 논리대로라면 폐하께서는 이미 한 발 담그신 것 아닙니까?』

“아샤리아, 굳이 그 얘길 해야겠어요?”

라피는 한쪽 뺨에 손을 대며 난처하다는 듯 탄식했다.

『실례했습니다. 괜한 말씀을 드렸군요.』

“아니요. 가능한 한 그 자세를 유지해주세요. 제가 좋은 왕이 될 수 있도록.”

아샤리아에게 너그럽게 대답하는 동시에 라피는 허리에 찬 검대에서 기공각검을 뽑았다.

"헛?!"

"참으로 실망스럽습니다. 500년에 달하는 구제국의 역사…… 그 긴 세월 동안 축적된『지성』의 정체가 그저 천박한 욕망덩어리였다니……. 역시 썩어버린 환부는 도려내는 수밖에 없군요."

또각, 또각.

라피는 힐 소리를 울리며 걸어가 가장 안쪽에 있는 노인의 목덜미를 붙잡았다.

이제는 거동조차 제대로 못 하는 노인을 억지로 일으켜 세워서 말라비틀어진 나뭇가지 같은 목에 칼끝을 댔다.

"히익?! 무, 뭘 하려는 거요?! 용서받지 못할 짓이오. 한 국가의 왕이 이런 만행을 벌이다니……?!"

"용서 같은 건 필요 없어요. 제가 하고 싶어서 하는 거니까. 아아, 지금 생각해보니 이 정도 일도— 제가 국왕이 된 뒤로 한 번도 안 해봤군요."

라피는 어딘가 감회에 잠긴 표정을 지으며 밝게 중얼거렸다.

"정확하게 얘기하자면, 나르프에게 전부 맡겨서 할 수 없었던 거지만요. 무력하다는 건 참 괴롭네요. 할 말도 못 하고, 해야 할 일도 하지 못하고, 그저 남들의 안색이나 살펴야 하니까……. 예전의 저와 전혀 다를 게 없죠. 하지만—"

자조적으로 중얼거리던 라피의 홍채가 요사스러운 보라색으로 빛났다.

"이 순간만큼은, 저도 정의를 위해 움직일 수 있어요. 영걸인 오빠처럼, 룩스처럼, 그리고—."

서걱.

노인의 목울대부터 연수까지 기공각검으로 베었다.

머리를 잃은 몸뚱이가 힘없이 쓰러지자, 라피는 재빨리 검을 휘둘러 들러붙은 피를 털어냈다.

"아, 닛……?!"

"미쳤다! 라피 여왕이 미쳤어! 죽여! 죽여버려어어어!"

"말이 너무 심하네요. 미친 건 당신들이겠죠. 하긴, 말로 해서 들어먹을 정도라면 이 지경까지 오지도 않았겠지만."

드디어 우르르 밀어닥친 위병들이 저마다 무기를 들고 달려들었다.

그러나 다음 순간 라피의 모습이 그 자리에서 사라지더니 저택 밖에서 나타났다.

"윽…… 후우."

땅에 내려선 라피는 머리에 손을 대고 살짝 휘청거렸다.

"뒷일은 맡길게요, 아샤리아. 아직 일곱 라그나뢰크의 힘에 익숙해지지 않았나 봐요. 『성식』의 분신도 쓰고 있긴 하지만 불안하고……. 역시 『대성역』에서 한 번 더 『세례』를 받지 않으면, 제대로 활동할 수 없겠네요."

『알겠습니다. 이곳은 그녀들에게 맡기시길.』

혼란의 도가니로 변한 저택 회관.

그 옥상에 있는 경비병은 저택 주위에서 여러 명의 소녀를 발견했다.

자동인형— 얼굴은 비슷하지만, 각자 머리에 특징적인 기계 귀를 달고 있는 소녀들이 일제히 허리에 찬 기공각검을 뽑았다.

"—그럼 삼가 시작하도록 하겠소. 이렇게 한자리에 모여 처음으로 하는 일이 쓰레기 청소라는 것이 슬프오만."

개미 더듬이 같은 기계가 머리에서 돋아난 소녀— 『탑(바벨)』의 통괄자(기어 리더) 요스 토크가 독특한 어조로 중얼거렸다.

저택 주위에 있는 그녀들의 지휘관인 아샤리아가 나무라는 것처럼 모두에게 사념으로 목소리를 보냈다.

『청소가 아니라 배웅하는 겁니다. 새로운 왕의 그릇이 탄생할 수 있도록—.』

여섯 명의 소녀가 동시에 고개를 끄덕였다.

원래는 일곱 유적을 관리하는 자리에 있는 그녀들이 숨겨진 전력을 발휘하기 시작했다.

제1 유적 『탑(바벨)』을 관리하는 통괄자, 요스 토크.

제2 유적 『미궁(던전)』을 관리하는 통괄자, 루 카리아.

제3 유적 『방주(아크)』를 관리하는 통괄자, 라 클루셰.

제4 유적 『갱도(홀)』를 관리하는 통괄자, 네이 루슈.

제5 유적 『거병(기가스)』을 관리하는 통괄자, 엘 파줄라.

제6 유적 『모형 정원(가든)』을 관리하는 통괄자, 클랑리제·현재 부재.

제7 유적 『달(문)』을 관리하는 통괄자, 리 프리카.

『대성역(아발론)』을 관리하는 통괄자, 아샤리아.

이곳에 새로운 왕을 수호하는 『여덟 연주자』가 집결하여 최후의 개변에 대비해 활동하기 시작했다.

칠흑같이 어두운 밤. 전투라고 부를 수도 없는 비극적인 학살이 막을 열었다.

†

"오, 왔구나. 구제국의 왕자님. 퍼레이드 도중인데 몰래몰래 잘도 돌아다니네."

퍼레이드 이튿날 심야. 룩스는 소년이 건네준 편지를 따라 『킬조레이크 패밀리』의 비밀 아지트로 향했다.

지도에 그려져 있던 치안이 나쁜 구역으로 가는 도중에 넝마를 걸친 소년이 말을 걸었다.

변장한 모양이지만 그 목소리와 얼굴은 낯설지 않았다.

조금 전에 룩스와 교섭하러 온 금발 소년—.

"너는—?! 분명…… 아르마 킬조레이크?"

"헤에, 이름을 기억하고 있잖아? 기억력이 좋은 걸까, 아니면 전직 황자님의 능력인 걸까?"

"아니, 그냥 평범한 거 아니야?"

"흐응— 그런가."

소년은 후드를 깊이 눌러쓴 룩스를 빤히 노려보았다.

“그나저나 퍼레이드를 봤는데, 너 진짜 인기 많더라? 예전에는 날품팔이 왕자네 뭐네 하는 소문을 들어서 널 동정했는데, 의외로 살만했던 거 아냐? 에휴, 역시 싫다니까. 축복받은 녀석들은 말이야.”

낡은 남성복. 허름한 모자와 고글. 토목업에 종사하는 사람으로 변장한 소년의 모습에선 위화감이 느껴지지 않았다.

그런 주제에 이목구비는 단정해서 재미있었다.

“너무 크게 떠들진 마. 인기척이 없긴 하지만 들키면 끝장이잖아? 그건 그렇고 너한테 궁금한 게 있는데 물어봐도 될까?”

“네 보스한테 안내하는 거 아니었어?”

아이리나 다른 사람들에게 걱정 끼치지 않도록 몰래 나왔기 때문에 용건은 빠르게 마치고 싶었다.

“그거랑 별개로 내가 개인적으로 궁금한 게 있어. 금방 끝날 거야. 딱 하나만 물어볼 거니까.”

그리고 금발을 정돈한 소년은 룩스에게 얼굴을 가까이 가져다 댔다.

“너, 『검은 영웅』이라고 알아?”

“……응?”

이제는 일종의 향수마저 느껴지는 질문이었다.

이렇게 직설적인 질문은 입학 초기에 크루루시퍼가 물어봤을 때 이후로 처음일까?

룩스 자신의 과거와 직결하는 질문이지만, 얼굴에 동요를 드러내지 않고 잘 넘겼다.

"알아. 하지만 정체는 몰라. 잠깐 봤을 뿐이거든."

"쳇, 재미없군. 그나저나 부러운걸. 전직 황자님도 모른다니. 네 입장에서 보자면 조국을 무너뜨린 악연이 깊은 상대잖아?"

"어? 뭐…… 그렇긴 한데."

"하아……. 뭐 이딴 얼간이가 다 있지? 보스도 참 잘도 이런 녀석과 접선할 생각을 다 하셨어. 명심해라. 명령이니 데려가긴 하겠지만, 보스에게 손대기만 해보라고. 내가 네놈을 죽을 때까지 추격해서 숨통을 끊어줄 테니까. 알겠냐?"

소년이 눈을 부라리며 노려보자 룩스는 고개를 끄덕였다.

겁먹은 건 아니었지만, 소년은 그 반응에 만족한 것 같았다.

"그럼 예정대로 안내해주지. 이쪽이야."

그대로 뒷골목을 이리저리 누비며 도성 변두리로 이동했다.

도착한 곳은 허물어져 가는 버려진 대저택이었다.

"이 집은 빈집 아냐? 아무도 안 살 것처럼 보이는데—."

"실제로 안 살아. 끝나면 나갈 거다."

건물에는 인기척이 없었지만, 넓은 지하실에는 그들의 은신처가 있었다.

『킬조레이크 패밀리』.

그것이 마르카팔 왕국에서 유명한 마피아의 이름이라는 것은 이번에 처음 알았다.

그런데 어째서 그런 무리가 퍼레이드가 한창인 왕도에 있는 것인가.

평소라면 그런 구린내 나는 쪽으로는 손을 뻗어볼 생각조차 안 해봤을 테지만, 룩스가 따라온 데에는 이유가 있다.

마르카팔 왕국의 마피아.

언뜻 생각하기에는 함정 같지만, 일종의 확신에 가까운 직감이 있었다.

"여기가 보스께서 계신 방이다. 실수하지 말라고."

"……실례합니다."

우선 노크한 후, 별다른 대답이 없어서 문고리를 돌렸다.

방 입구에서 아르마와 헤어지고 안에 들어간 순간, 룩스는 말문이 턱 막혔다.

그곳에는 휠체어에 앉은 마기알카가 있었다.

"—당신은, 마기알카 대장?!"

"어럽쇼, 이 상황에서 내 모습을 이해할 수 있다니. 역시 내 눈에 든 연인이로고. 하지만 지금은 일 킬조레이크라고 부르는 게 좋을 걸세."

오렌지색 머리카락을 고리 모양으로 묶은 특징적인 스타일.

자그마하고 어린 용모와 맞지 않는 당당한 미소와 풍격은 그야말로 『칠용기성』의 대장을 맡은 여성의 모습 그대로였다.

그러나 그녀의 겉모습은 예전과 완전히 달랐다.

부러진 것으로 보이는 오른팔을 부목으로 고정했고, 왼쪽 다리는 힘없이 휠체어에 늘어져 있었다.

왼쪽 눈에는 안대를 차고 있었으며, 몸 여기저기에 붕대를 감아두었다.

"그, 모습은—."

© 2018 Ayumu Kasuga

"아아. 이래 보여도 꽤 나아진 편이라네. 여하간 일주일 전까지는 혼자 일어나는 것조차 여의치 않았거든."

"……."

마기알카는 태연자약하게 말했지만, 그 장렬한 상처들 앞에서 룩스는 아무 대꾸도 할 수 없었다.

"뭘 그리 놀라는 겐가? 구제국의 오랜 압정에 종지부를 찍은 『검은 영웅』답지 않구먼. 이 정도 부상은 익숙하지 않은가?"

"어떻게……."

"살아있는지 궁금하겠지. 사람을 유령이라도 보는 듯한 눈초리로 보지 말게나."

마기알카는 씁쓸하게 웃으며 테이블 위에 둔 홍차를 한 모금 마셨다.

"뭐, 실제로 신기할 정도라네. 『칠용기성』은 2주 전 폐도 게르니카에서 전멸— 나조차도 그대를 제외하곤 모조리 죽었다고 생각했으니."

그렇다.

그만큼 룩스는 믿을 수 없었고 그때 무슨 일이 있었는지도 파악하지 못한 채다.

후길과 『칠용기성』의 전투를 지켜보던 도중에 룩스는 마기알카의 보좌관인 롤로트에게 끌려가 그 자리에서 이탈했다.

그 후 『칠용기성』은 『창조주』와 후길을 격파.

에이릴의 힘으로 『대성역』을 관리하에 두었다.

—표면적으로 사람들은 그렇게 인식하고 있을 것이다.

한편 룩스는 《우로보로스》의 신장에 의한 세계 개변의 주박에서 벗어나 퍼레이드 연회에 에이릴, 마기알카, 싱글렌이 없다는 사실을 파악했고—.

"어째서 마기알카 대장이—."

"순서대로 설명하지. 우선 내가 정신을 차린 건 실제 시간으로 약 2주 전이라네. 그때는 빈사 상태였지만, 치료한 보람이 있어서 목숨을 건질 수 있었지. 그렇다 해도 대외적으로는 죽은 사람이지만 말이야."

"그게 무슨 말씀이시죠?"

수수께끼 같은 말에 룩스가 고개를 갸웃하자 마기알카는 말을 이어나갔다.

"그 전투에서 나를 구출할 경우, 다른 이들에게 생존 사실을 알리지 말라고 부하에게 미리 일러뒀다네. 숨어서 치료에 전념하기 위해서 말이지."

거기까지 말한 마기알카는 몸을 살짝 움직였다.

어깨를 으쓱하려고 한 모양이지만, 그게 한계였던 것 같다.

"그리고 내 생존 사실을 모르는 『성식』의 현재 숙주는, 개변된 세계에서 내 대용품을 준비했지. 굳이 가짜를 내세운 건 교섭을 잘 진행하기 위해서일 걸세."

『칠용기성』 멤버에 결원이 생기면 역학 관계를 개선하기 위해 까다로운 절차가 발생한다.

혹은 주요 전력마저 잃게 될 정도로 막대한 희생이 나올 때까지 싸운 것이니 교섭 자리에서 그에 합당한 보상을 요구할 가능성도 있다.

더더욱 라피가 흑막이라는 확신이 강해졌다.

"다행히도 마르카팔 왕국에서 나는 또 다른 얼굴을 갖고 있었지. 그게 바로 킬조레이크 패밀리의 두목, 일 킬조레이크 일세."

"네……?! 하지만 킬조레이크는, 아까 들은 얘기에 따르면 분명—."

상회의 경호원을 자처하고 있지만, 언더그라운드의 비합법적인 물품도 취급하는 무법자 집단— 아르마라는 소년은 그렇게 얘기했다.

그런데 마르카팔 왕국에서 널리 알려진 그 조직의 보스가 다름 아닌 마기알카였다니.

"깨끗한 짓만으로는 세력권을 지킬 수 없다네. 적과 비등한 무력과 위세를 갖춰야 비로소 외적으로부터 몸을 지킬 수 있지. 위법 상품이나 폭력 사태도, 뒷세계 행동대원들에게 맡겨서 질서를 유지하고 있는 거야. 뭐, 애초에 킬조레이크 자체도 첫 번째 두목이 죽은 후 내가 사들인 것이지만 말일세."

"그런데, 어째서 제게 이런 얘기를……."

본디 국가에 속하지 않은 마기알카에게 신왕국의 사정 따위는 아무래도 좋을 일일 터다.

그런데 어째서 위험을 무릅쓰고 룩스와 접선한 것일까.

"그대를 만나고 싶었거든."

싱긋.

어쩐지 요사스럽게 느껴지는 미소를 지으며 마기알카가 말했다.

룩스는 그 의미를 순간적으로 이해하지 못했다.

"나는, 사실 예전에 엘릭시르를 손에 넣었다네. 그 덕에 이렇게 세계가 개변되었음을 깨달을 수 있었지."

그 사실을 숨기고 있었다는 점이 마기알카다웠다.

그녀가 죽었다고 생각한 라피 여왕이 만든 가짜 마기알카가 신왕국에 존재한다는 점도, 그녀가 결정적으로 위화감을 깨달을 계기가 되었으리라.

그렇게 생각했을 때, 룩스는 퍼뜩 어떤 사실을 깨달았다.

"잠깐만요! 마기알카 대장이 살아 있다면, 에이릴과 싱글렌 부대장은……?!"

"이거야 원. 내가 무사하다는 걸 확인하자마자 에이릴을 찾다니 샘나는구먼. ―안심하게나. 에이릴은 분명 살아있으니. 현재로선 말일세."

"……."

당당한 미소와 함께 돌아온 대답에 룩스의 표정이 밝아졌다.

"허나 상황이 나빠. 필시 에이릴은 이 신왕국 유적 어딘가에 사로잡혀 있을 걸세. 원래 역할을 맡을 때까지."

"그렇, 습니까……."

안심한 것도 잠시뿐. 룩스는 이내 장탄식을 내뱉었다.

"왜 그러는가? 무얼 주저하는 게야? 그대답지 않구먼."

마기알카는 천장을 올려다보고 있는 룩스에게 질문했다.

그러나 룩스는 금방 대답하지 못했다.

그 폐도에서 패배한 뒤로 지금에 이르기까지 가슴속에 품고 있던 심경을 토로했다.

“마기알카 대장은— 왜 그토록 악착같이 싸우신 겁니까? 제 형이었던 남자, 시작의 영웅이라고 불리던 후길과.”

“글쎄, 왜 그랬을까. 나 정도 실력자라면 마주한 순간 승산이 희박하다는 것쯤은 알아차렸을 텐데 말이지.”

마기알카는 무언가 우습다는 듯 피식하며 중얼거렸다.

애처로울 만큼 상처가 가득한 모습이지만, 후회하는 기색은 전혀 없었다.

“룩스. 반대로 물어보겠는데, 그대는 어째서 구제국의 압정과 맞서 싸웠는가? 당시 후길이나 아티스마타 백작의 협력 덕분에 실현할 수 있었지만, 그래도 위험한 싸움이라는 점은 변함없지 않았나?”

“그건—.”

“동생과 소꿉친구— 내 제자를 위해서인가?”

룩스는 말없이 고개를 끄덕였다.

하지만 그 대답에 마기알카는 코웃음을 쳤다.

“……그럴 리가 없지. 그저 그뿐이라면 두 사람을 데리고 타국으로 망명할 수도 있었을 걸세. —아니, 음, 모르겠군. 불가능했을 수도 있겠어. 그럼, 그대가 혁명 뒤에 날품팔이 왕자로서 5년이나 방황한 이유는 뭔가? 속죄하기 위해서? 얼마든지 다른 방식을 선택할 수 있었을 걸세. 기룡사로서 최전선에 나서 싸우는 길도 있었을 게야."

"그건—."

머뭇거리는 룩스를 보며 마기알카는 짙은 미소를 지었다.

"지배자가 사람들 위에 서기 위해서는 꼭 필요한 것이 있다네. 그건 자부심과 긍지야. 그대는 줄곧 그것에 떠밀려 살아왔지."

자부심과 긍지.

룩스는 그 말을 속으로 되뇌었다.

과연 그런 것이 자신에게 있었던 걸까.

"그대는 황자로서 자신이 꿈꾸는 올바른 길을 걸으려고 했지. 다른 누군가의 지시에 안주하지 않고, 지배자의 혈족으로서 사람을 이해하고 마주하려고 했어. 그래서 자신의 답을 확인하기 위해 후길을 찾으며 실력을 연마한 게지."

기룡사로서도, 위정자로서도.

패배했음에도 여전히 무의식적으로 지향하고 있었다.

정말로 그런 것일까?

"과대평가예요. 왜냐하면, 지금 저는, 이 이상……."

룩스는 마기알카에게 그렇게 말한 후 지하실을 떠났다.

아침 해가 떠오르며 퍼레이드 마지막 날 아침이 찾아왔다.

그리고 룩스는 새로운 일상으로 돌아갔다.

†

"—그럼, 계획대로 하면 되는 거지? 보스."

앳된 티가 남아있는 얼굴로 아르마 킬조레이크가 웃었다.

"그래. 그대의 재능은 그럭저럭 괜찮구먼. 구제국 최강의 기룡사—『검은 영웅』의 기술도 습득할 정도이니."

"재능이 아니라 실력이라고 해줬으면 좋겠는데. 이래 봬도 얼마나 노력했다고."

"노력, 이라."

검은 안대를 찬 마기알카가 어딘가 심술궂은 표정으로 미소 지었다.

"그런 것보다 알고 있지? 이 사명을 완수하면 신왕국을 무너뜨릴 수 있다는 거."

"뭐, 최종적으로는 틀림없지만, 그대는 그걸로 만족하는가? 목숨이 아깝다면 도망쳐도 상관없는데."

"—헹, 보스답지 않네."

아르마는 고글 달린 모자 밑에서 자신감 넘치게 웃었다.

이제부터 마기알카 지시한 사명을 완수하기 위해 행동을 개시한다.

『모형 정원』에 침투해서 심층부에 사로잡혀 있을 에이릴을 구출하는 작전이다.

작전을 발안하게 된 이유는 자동인형의 동향이다.

흑막은 이 퍼레이드 전부터 모든 자동인형에게 세계 개변의 뒤처리를 맡겼으나 『모형 정원』의 자동인형 클랑리제만은 확인되지 않았다.

이 상황에서 굳이 일손 하나를 줄일 이유는 떠오르지 않았다.

있다고 한다면 이미 중요한 임무를 맡고 있을 가능성이다.

그것은 붙잡은 에이릴의 치료 및 세뇌라고 판단했다.

룩스에겐 굳이 알리지 않았지만, 조금 전 라피는 『구제국파』의 원로 집정관들을 몰살했다.

지금까지 퍼레이드를 반복한 이유는 그동안 라피 여왕의 하야를 획책하던 웨이블러와 지그 크로이처, 나르프 재상 같은 반란 세력을 뿌리뽑기 위해서다.

하지만 그것도 정리되었으니 현재— 신왕국 정권에 반대하는 모든 우려 사항을 없앤 후에 마지막 개변을 진행할 터다.

즉 이 기간에 일어난 다양한 모순을 덧칠하기 위해 대규모 사건을 일으키고, 그걸 중심으로 사람들의 의식에 박아 넣는 것이다.

실제로 사건을 일으킬 필요는 없다.

그런 일이 있었다고 인식이 박히기만 하면 되므로 다시 《영겁회귀》를 발동하면 문제없다.

따라서 후길과 라피는 『대성역』으로 가야만 한다.

『대성역』 자체를 신왕국으로 옮긴 사실과 왕성에서 다소 떨어진 위치에 있다는 건 이미 확인했다.

왕도 변두리로 라피가 이동한 그 순간이야말로 『모형 정원』을 공략하기에 최대이자 최후의 기회다.

"우선은 에이릴 탈환이로군."

《우로보로스》의 신장— 《영겁회귀》의 인식의 주박 능력은 『대성역』의 힘을 이용하여 일곱 개의 유적을 공명시킨다.

다시 말해 유적의 기동장치인 『그랑 포스』를 하나라도 분리하면 세계 개변은 더 이상 발생하지 않는다.

그러나 『그랑 포스』의 분리는 『창조주』나 배신자 일족— 혹은 아카디아 황족 혈통만 가능하므로 일단 에이릴을 탈환하는 게 먼저다.

경비가 삼엄하게 깔려있겠지만 그래봐야 자동인형과 환신수 정도이리라.

아르마는 최대의 위협인 라그나뢰크는 이미 격퇴했다고 들었고, 환신수도 중형까지라면 가뿐히 쓰러뜨릴 자신이 있었다.

킬조레이크의 정예를 데리고 간다면 더 말할 것도 없다.

"뭐, 예의 신입을 붙여줄 테니까 괜찮겠지. 일이 잘 안 풀리면 그 녀석에게 의지하게나. 싸움에 대해서도, 인생에 대해서도."

"……."

마기알카의 의미심장한 한마디에 아르마는 불쾌하다는 듯이 눈살을 찌푸렸다.

아르마 킬조레이크의 과거. 신왕국과의 깊은 인연에 대해 마기알카가 언급했다.

"내 복수가 잘못됐다는 거야?"

"배신당하고 버림받은 그대가 그 녀석들을 원망하고 있다는 건 안다네. 허나 그대의 뒤틀린 마음은 몸을 망치게 될 게야. 외려 원망을 사게 될 거란 말일세."

"보스가 그런 얘길 해봤자 설득력 없다고."

"성격이 나쁘기 때문에 잘 아는 것이지."

못마땅한 듯 외면하는 아르마를 보며 마기알카는 너스레를 떨었다.

역시 세월의 힘이라고 해야 할까. 여전히 입은 달변이었다.

"신왕국 출신인 그대가 내 밑에 흘러들어온 것도 어떠한 인과일 테지. 그 눈으로 보고 오게나. 그럼— 잘 부탁함세."

"그래, 나는 당신이 맡긴 임무를 완수하고 더욱 강한 힘을 손에 넣겠어. 신장기룡을 마스터하고 신왕국을 파괴해주겠어. 그것이— 나를 배신한 녀석들에게 내리는 벌이다."

"그럼 어서 출발하게. 이제 곧 합류 시간이니."

"알았어. 다녀올게, 보스."

아르마는 자신의 주인 일 킬조레이크에게 꾸벅 인사하고 모자 위의 고글을 썼다.

그리고 위층에 집합한 정예 기룡사들과 함께 『모형 정원』으로 출발했다.

†

그 무렵— 퍼레이드 마지막 날 정오.

겨울 태양이 반짝이는 가운데, 라피 여왕은 후길과 함께 왕도 변두리에 있는 『대성역』 내부에 있었다.

"이 수술 도중에 방해받을 가능성…… 말인가요? 반역의 씨앗은 근절했을 텐데, 예를 들어 누가 그런다는 건가요?"

거대한 은색 벽면과 무수한 파이프. 톱니바퀴가 맞물린 실내.

그곳은 그야말로 기계의 심장부.

모든 것을 생산하고 변환하는 기점이었다.

페도 게르니카에서 옮겨온 『대성역』의 어떤 방에서 라피는 알몸으로 중얼거렸다.

라피와 동화한 『성식』은 모든 라그나뢰크의 능력이 통합되어 압도적인 힘을 가졌지만, 이를 제어할 수 있을지는 미지수다.

다시 말해 『성식』이 부정적인 사념에 영향받아 살육을 벌이는 것처럼 언제 폭주하더라도 이상하지 않았다.

그것을 라피의 의지로 어느 정도 타이밍을 제어할 수 있게 하기 위한 수술이었다.

그 옆에는 자동인형 아샤리아가 호위 겸 관리를 위해 대기하고 있었다.

"모르겠습니다. 하지만 완벽한 계획이란 없습니다. 그런 돌발상황도 각오해두시는 편이 좋을 겁니다."

"이 수술을 견디지 못하고, 제가 죽을 가능성도, 말이죠?"

소녀의 모습으로 회춘한 라피가 아샤리아에게 물었다.

"두렵지 않으십니까? 이대로 죽어버리는 게 아닌지. 후길과 제게 속고 있는 게 아닌지."

감정 없는 자동인형의 질문.

하지만 어째서인지 라피는 이를 듣고 미소 지었다.

과거에 웨이블러라는 남자에게 약점을 잡히고 속아 넘어가 절망의 구렁텅이에 빠져버렸던 일을 얘기하는 것이었다.

"그 시작의 영웅, 후길이 예전에는 『창조주』 측에 섰었다는 얘기는 들었어요. 그녀들과 어떠한 이유로 결별하고, 살해했다는 것도."

"……."

주군을 배신한 사실을 알면서도 담담하게 말하는 라피를 아샤리아는 무감정하게 바라보았다.

"분명 후길에게는 개인적인 동기— 국가의 운명보다도 중요한 것이, 신념이 있는 거겠죠. 악이나 정의로는 재단할 수 없는 무언가가."

아샤리아는 대답하지 않았다.

그녀가 지휘자처럼 손가락으로 허공을 휘젓자 주위에 있는 기계가 움직이기 시작했다.

"그럼, 시작하겠습니다. 마스터."

라피가 중앙에 자리 잡은 침대에 눕자 『대성역』의 장치가 기동하고, 주위의 톱니바퀴가 움직이며 수술이 시작됐다.

『성식』과 한 몸이 되어 소녀의 모습으로 변한 신체를 구속하고, 약품이 섞인 액체를 주사한다.

"—하지만 제게는 **아무것도 없었어요**. 신왕국을 구하고 싶다거나, 국민을 지키고 싶다거나, 오빠의 유지를 잇고 싶다거나. 여왕 자리에 앉았으면서, 그런 생각조차 품지 않았죠."

기기가 연동하듯이 움직이며 엘릭시르를 머금은 바늘로 심장을 찔렀다.

약하게 고통이 섞인 목소리로 라피가 계속해서 말했다.

"그저 십여 년이나 계속 도망쳤을 뿐이에요. 공포에 쫓기며, 현실에 쫓기며. 저항할 의지도, 홀로 맞설 용기도 없었고— 그 누구에도 말할 수 없었어요."

"……."

그 말에 육체와 동화한 『성식』이 반응했다.

라피의 두 눈이 요사스러운 광채를 띠며 힘이 가득 차올랐다.

"저는 한 번도 삶을 누려보지 못했어요. 당신이 여기서 저를 죽일 일은 없을 것이고, 설사 이 수술이 실패한다 해도 죽지 않을 거예요. 왜냐하면, 저는 지금까지— **살아있었다고 할 수조차 없으니까요.**"

거부 반응처럼 구속된 몸이 꿈틀 튀어 올랐다.

절반이 인외의 존재로 오염된 몸뚱이에 그것을 제어할 기구를 집어넣는다.

그 도중에 자동인형 아샤리아는 그녀의 기분을 달래려는 것처럼 물었다.

"그렇다면 당신은 무얼 하고 싶으십니까? 그 최강의 힘으로."

"—윽! 행복, 을……!"

불분명한 목소리로 말하며, 라피는 고통을 견뎌내며 웃음 지어 보였다.

"내가, 처음으로 찾아낸 행복을, 지키고 싶어……."

그녀의 진의를 알게 된 아샤리아는 이해했다.

『성식』이 라피가 부름에 응답한 이유를.

"안심하세요, 마스터."

라피 옆에서 자동인형 아샤리아가 조용히 말했다.

"아무도 방해하지 못할 겁니다. 『모형 정원』의 요격 태세는 완료되었습니다. 당신이 준비한, 최강의 파수꾼이—."

"……그랬지요. 그럼 수술도 끝난 듯하니, 조금 쉬어야겠어요. 그에게 부탁해주세요. 이제 《우로보로스》의 신장을 기동해달라고."

"—알겠습니다. 들으셨습니까? 후길."

『—그래. 시작하지. 《영겁회귀》를.』

『대성역』 밖에는 하늘을 찌르는 새하얀 개변기룡이 당당하게 서 있었다.

성채를 방불케 하는 거룡의 장갑이 은은한 일곱 빛깔을 머금었다.

신년 퍼레이드. 최후의 개변이 이제부터 시작된다.

세계의 죄를 씻어내기 위해.

†

"뭐 하는 거야! 여긴 출입 금지다! 우와아앗……?!"

가면을 쓴 아르마가 《엑스 와이번》의 고도를 높여 유적 관문을 뛰어넘었다.

물론 관문을 지키는 신왕국 기룡사들이 몰려들었지만, 부대장을 맡은 아르마에게는 여유로웠다.

"보스의 예상이 적중했군. 왕도 경비 쪽에 인원을 할애해서 이쪽은 텅 비었어."

부하 몇 명에게 뒷일을 맡기고『모형 정원』정면에 내려선다.

"신왕국도 별것 아닌데? 이 정도면 정면으로 맞붙어도 식은 죽 먹기겠어."

"아니— 그 행동은 위험했다고 봐."

득의만면한 아르마 옆에서 마기알카의 추천으로 조금 전에 입대한 신입이 가면 아래에서 말했다.

"뭐냐고. 잘 풀렸잖아?"

"네가 솔선해서 관문 위병의 눈길을 끌어당길 생각이었다면 좀 더 속도를 늦춰야 했어. 너무 빨리 치고 나가면 널 포기하고 후속 부대를 노렸을 거야. 이번엔 순전히 운이 좋았을 뿐이지."

"헹, 신입 주제에 잘난 척하긴. 따라오지 못하는 부하는 그만큼 미숙하다는 뜻이잖아."

"그걸 단련시키는 것도 부대장의 소임이라고. 마기알카 대장에게 일임받았다면—."

"칫……. 전송이 시작될 때까지 얼마 안 남았어. 서두르자고!"

유적『모형 정원』에 들어가려면 벽 옆에 서서 일정 주기로 자동 전송되기를 기다려야 한다.

곧 부대가 유적 내부로 들어간 직후, 내부 지형 정보를 마기알카에게 받아둔 아르마는 비행 속도를 높였다.

환신수가 출현해도 대응 가능한 전력을 갖춰 왔지만, 목표를 생각하면 꾸물댈 여유는 없었다.

따라서 뿔피리를 불어 환신수를 쫓아냈다.

목표는 『모형 정원』의 심층부.

그곳에 감금되어 있을 에이릴 뷔 아카디아를 확보하는 것이 최우선이다.

"후후. 뭐야, 김새는걸. 유적이라고 해도 이 정도인가."

아르마는 연신 입가에 미소를 건 채 잇따라 관문을 돌파했다.

이곳에는 유적 공략을 방해하는 최대의 장애물— 라그나뢰크도 이미 격파되었다고 들었다.

"그렇담 내가 뒤처질 이유는 없지! 그리고 이미 『기사단』의 힘마저 뛰어넘었을지도 몰라!"

흥분 섞인 어조였지만 움직임에는 빈틈이 없었다.

다소 호전적이긴 해도 목표를 놓치지 않고 최단 최속의 동작으로 적을 쓰러뜨려나갔다.

부하들도 기합이 들어가는 와중에 새로운 부하로 마기알카가 보내준 가면 소년 한 명이 작게 속삭였다.

"위험해, 아르마. 《엑스 와이번》의 출력이 높긴 하지만 너무 공격에만 치중하고 있어. 눈앞의 싸움에 집중하는 것도 중요하지만, 주위 경계를 게을리하면 당하게 될 거야."

"하! 잘난 척하지 말라고, 신입! 내게 명령해도 되는 건 보스 뿐이니까!"

"……."

그러나 제지하는 말을 뿌리치고 아르마는 더욱 가속했다.

예전에 신입 소년이 이곳에 왔을 때는 기묘한 오브제로 만들어진 전송 장치가 필요했지만, 지금은 벽 일부가 파손되어 있어 직접 심층부로 이동할 수 있었다.

『모형 정원』 내부에 존재하는 숲을 닮은 유사 공간으로 이동하고, 거기서 더욱 깊이 들어가니 또 다른 문이 나타났다.

저번에는 물러나야 했던 은색 벽.

그곳을 지나 내려가자 널찍한 중앙통로 좌우 벽을 따라 방문이 무수하게 있었다.

"여기가—. 보스가 얘기한 『모형 정원』의 심층부. 또 다른 기능이라는 건가……."

아르마가 미심쩍어하는 표정으로 중얼거리자 동행하던 신입 소년이 고개를 갸웃했다.

"또 다른 기능?"

"보물 창고 역할이라고."

아르마는 퉁명스럽게 즉답했다.

"온갖 것을 보존, 관리, 그리고 봉인한 보물창고. 섣불리 건드리면 위험한 것까지 불러낸다고 들었어."

장갑기룡을 장착한 채 넓은 통로를 천천히 걸었다.

지금까지 이동한 경로와는 다르게 여기서부터는 미지의 영역이다.

"하지만 안심하라고, 신입. 우리 목적은 에이릴 뷔 아카디아 하나야. 그 녀석을 무사히 회수한 다음 다른 보물을 챙기면 돼. 전력 증강은 필요하니까 말이지.”

“……조심해, 뭔가 묘한 기척이 느껴져.”

“핫! 쫄았냐? 난 하나도 안 무서워. 집을 잃고 이름을 버린 뒤로 계속 지독한 꼴을 겪어 왔으니까.”

“지독한, 꼴?”

“……그래. 하지만 내게 가장 깊은 상처를 남긴 건 그게 아냐. 고모는 그렇다 쳐도 언니는— 누나만큼은 배신하고 구제국에 붙을 리 없을 거라고, 굳게 믿었는데…….”

가면 밑에서 아르마가 이를 으득 악물었다.

신입 소년이 고개를 갸웃한 직후, 아르마의 부하가 두 사람 쪽으로 다가왔다.

“대장님, 여기선 인원을 나눠서 찾는 게 효율적일 것 같습니다만…….”

“그것도 그렇군. 여긴 방이 너무 많아. 전부 흩어져서—.”

부하의 진언에 아르마는 재빨리 상황을 판단했다.

확실히 이 보물 창고 층은 방이 무수히 많아서 에이릴이 이곳에 있다고 가정해도 찾기가 쉽지 않을 터였다.

그리고 시간 여유도 그리 넉넉하지 않았다.

이번에 『그랑 포스』를 제거하고 『대성역』의 시스템을 다운시키지 못하면 아마도 더는 기회가 없을 것이다.

하지만 부대와 동행하던 신입 소년은 허둥대는 기색도 없이 진언했다.

“아니, 최소한 2인 1조로 행동해야 해. 그리고 집합 지점에

《드레이크》 사용자와 호위 두 사람을 배치해두는 게 좋겠어. 전체적인 움직임을 파악할 수 있고 안정성도 늘어나거든."

"있잖냐……."

그때 아르마가 가면을 벗고 질린다는 표정을 지었다.

"그건 위험한 곳에서 할 짓이잖아? 도중부터 환신수는 단 한 마리도 못 봤잖냐고. 지금 내 판단을 못 믿겠다는 거냐?!"

으름장.

아니, 그렇다기보다는 부대장으로서 위엄을 지키기 위해 한 말일 테지만, 신입 소년으로선 위험한 사태를 간과할 수는 없었다.

"그렇다면 적어도 내가 널 호위할게."

"뭐야? 《엑스 와이번》을 다루는 날, 《와이번》인 네가 호위하시겠다? 보호받고 싶다면 솔직하게 말하시지."

아르마는 다시 착용한 가면 밑으로 실소를 흘리며 즉시 부하들에게 지시를 내렸다.

보물 창고를 조사하기 시작한 지 몇 분 뒤— 사건은 갑작스럽게 일어났다.

『대장님! 에이릴 뷔 아카디아로 보이는 소녀를 발견했습니다! 이쪽으로 와주십시오!』

부대에 여럿 있는 《드레이크》 사용자 중 하나가 흥분한 어조로 용성을 보냈다.

그걸 들은 아르마는 회심의 미소를 지으며 곧장 중앙통로로 돌아가 《엑스 와이번》을 조종해서 연락이 온 방향으로 날아갔다.

그 뒤를 따라온 신입 소녀는 성급하게 행동하는 부대장을 향해 소리쳤다.

"잠깐만! 너무 서두르지 않는 게 좋겠어. 뭔가 이상해……. 일단 모두에게 연락해서 중앙에 포진하라고 해줘. 만약 함정이라면 위험해."

"하아…… 진짜 골치 아프게 구네. 여기서 챙겨가야 할 보물이 얼마나 많은 줄 알기는 하냐? 그딴 느긋한 소릴 들어줄 순 없어."

아르마는 기가 막힌다는 듯 탄식하고 용성이 들려온 방으로 서둘러 이동했다.

일자로 길게 뻗은 복도— 그 중앙 부근에 위치한 방에 도착한 아르마가 은색 문에 손을 댔다.

문이 열린 순간, 방 안쪽에 알몸으로 구속된 소녀가 보였다.

『창조주』임을 증명하는 은발과 양쪽의 색이 다른 눈동자.

'그녀가 에이릴인가! 역시 살아 있었어!'

하지만 그 모습에 잠시 정신이 팔린 찰나, 주위 벽에서 검붉은색 나뭇가지 창이 꿈틀거리더니 아르마의 가슴을 노리고 날아왔다.

'말도 안 돼— 함정이라고?!'

눈을 부릅뜬 아르마의 온몸이 경직됐다.

문을 열고 들어갈 때는 몸통의 방어가 텅 비게 되고, 수중의 무장으로는 막아낼 수 없다.

따라서 그 타이밍을 찌른 필살의 일격.

《엑스 와이번》은 장벽도 한층 견고하지만, 이 나뭇가지 같은 촉수의 심상치 않은 속도는 아르마의 반응속도를 뛰어넘었다.

'지금까지 상대한 환신수랑은 비교가 안 돼! 장벽 강화가—늦겠어!'

허를 찔린 아르마가 전율했다.

직격당하면 치명적인 일격.

자신의 의식이 한계까지 늘어난 와중에— 일개 《와이번》 사용자인 신입의 블레이드가 촉수 끝을 막아냈다.

"우왓……?!"

이 모든 것은 눈 깜빡할 사이에 일어난 일이다.

"크……?!"

가까스로 화를 면한 아르마는 회피하기 위해 더욱 후방으로 도약했다.

중앙통로로 돌아온 아르마를 추격하는 것처럼 문 안에서 무수한 촉수가 튀어나와 연타를 퍼부었지만— 그 앞을 막아선 신입 기룡사가 모든 공격을 자신의 블레이드로 튕겨내며 방어했다.

'뭐, 야. 이것들은?! 이 괴물과 그 공격을 막아낸 신입 자식은 대체—.'

보물 창고의 통로를 뒤흔드는 충격과 메아리치는 파괴음.

그것을 들은 주위의 부하들이 일제히 반응했다.

"아르마 대장님, 무슨 일이랍니까?!"

"적입니까? 정신 차리세요!"

"이쪽으로 오지 마! 죽을지도 모른다고?!"

『도와줘!』라고 외치지 않을 수 있어서 아르마는 속으로 안도했다.

지금까지 겪은 위협과는 비교가 안 되는 힘의 편린.

그 기세를 직접 경험하니 떨림이 잦아들지 않았다.

그와 동시에 마기알카가 부대 신입이라며 붙여준 소년이 아르마의 상상을 아득히 뛰어넘는 실력의 소유자임을 깨달았다.

그러나 대장의 궁지에 깜짝 놀란 부대원들은 말을 듣지 않았다.

아르마를 구하기 위해 주위에 몇 명이 모인 순간 무지막지한 충격파가 폭발했다.

"위험해!"

—쿠콰쾅!

대기가 폭발하고, 중앙통로의 은색 벽과 오브제가 이상한 쇳소리를 내며 우그러졌다.

그것이 내부에 있던 기룡사가 사용한 평범한 하울링 로어라는 사실은 아르마도 깨닫지 못했다.

이해한 건 결과다.

적이 반격으로 사용한 엄청난 포효로부터 아르마를 감싼 신입 기룡사가 눈에 비치지도 않는 속도로 나가떨어졌다는 것.

그 장갑 일부가 파손되어 공중에 흩뿌려졌다는 것.

그때 함께 날아가 버린 부하들도 뒤쪽 금속 벽에 충돌했고, 그 충격으로 몇 명의 장갑기룡이 해제되고 말았다.

현기증 날 정도로 급변하는 상황 속에서 멍하니 있을 여유는 없었다.

신입이 방패가 되어주지 않았다면 아르마의 《엑스 와이번》도 그 공격에 당했으리라.

"젠……장!"

솟구치는 분노와 분함에 아르마를 지배하던 공포의 안개가 일시적으로 걷혔다.

적의 정체는 알 수 없지만 이대로는 전멸 확정이다.

그렇다면 아직 움직일 수 있는 자신이 싸워야만 한다.

그런 날카로운 기백을 담아 다시 방으로 뛰어들려고 했을 때—.

"……헉?!"

한발 먼저 그 방에 있던 파괴극의 주모자가 아르마 앞에 모습을 드러냈다.

"—가볍게 인사나 할까 했는데 태반이 드러누워 있다니. 예의를 모르는 녀석들이로군."

조롱하는 웃음을 흘리며 중앙통로에 기룡사가 나타났다.

칠흑빛 거대한 신장기룡을 장착한 그 모습을 보는 것은 처음이었지만— 아르마는 알고 있었다.

악명 높은 구제국을 그늘에서 멸망시켰다고 하는 전설의 기룡사.

“비상형, 검은 신장기룡……. 설마, 검은, 영웅……?! 어째서, 여기에—.”

조금 전 방에서 튀어나온 촉수는 뭐였을까?

어느새 장갑을 두른 걸까?

어째서 이곳에 있는 걸까?

몇 가지 의문이 동시에 떠올랐지만, 눈앞에 닥친 현실 때문에 모조리 날아가버렸다.

“아, 아르마 대장님을 지켜라!”

“감히 동료를 건드렸겠다! 죽어라!”

기룡포효에 말려들지 않은 부하 기룡사 몇 명이 일제히 칠흑의 기룡사에게 달려들었다.

—그러나 다음 순간.

“크, 헉……?!”

공격에 나선 전원이 1초의 차이도 없이 장갑과 함께 급소를 베여 즉사했다.

다방향 동시 공격에 어렵잖게 대응해서 대검을 종횡무진으로 휘두르며 최단, 최속으로 받아친 것이었다.

그 막강한 실력과 무자비한 공격에 아르마의 사고가 정지했다.

“무슨 소리지? 『검은 영웅』이라고 했나?”

아르마에게 그렇게 불린 사내는 튀는 피를 전부 피할 정도의 여유를 보이며 응답했다.

"네놈이 누군지는 모르지만 대답해주지—. 그건 환상에 불과하다. 『창조주』를 빼앗으러 온 좀도둑들이 그런 걸 믿는 거냐? 내 이름은 후길 아카디아. 이 세계의 균형을 『성식』과 함께 유지하는 사명을 완수하는 시작의 영웅이다."

"뭐, 라고……?!"

지금까지 신봉해온 『검은 영웅』이라고 생각했던 존재가 코웃음 치는 모습을 보며 아르마는 말을 잃었다.

아르마가 그토록 선망하던 절대적인 존재.

어린 나이에 가족에게 버림받아 가혹한 인생을 살아온 아르마는 가증스러운 구제국을 하룻밤 새 무너뜨린 기룡사에게 동경심을 품어왔다.

그 모든 것이 일순간에 무너져버린 아르마는 경악했다.

그러나 자신의 입장과 책임이 가까스로 저항의 기세에 불을 지펴주었다.

"당신이…… 여기서 에이릴 탈환을 저지하기 위해 지키고 있던 거야?! 신왕국의 라피, 『성식』에게 홀린 마물 여왕 편을 드는 거냐고? 무엇 때문에?!"

"내가 싸우는 이유는 구원받아야 하는 존재를 위해서다."

후길은 망설이지 않고 아르마의 질문에 즉시 대답했다.

"세계의 균형을 유지하고, 약자를 구제하는 시스템—『성식』이 선택한 사람을 인도하고, 지켜보기 위해 나는 존재한다. 구제국이 멸망한 건 과정에 불과하다. 필요 없다고 판단했기 때문에 처분했을 뿐이지. 네놈들을 구하겠다는 생각은 티끌

만큼도 없다."

『검은 영웅』은 그들 편이 아니며, 일말의 자비도 베풀지 않고 섬멸하겠다고 선고했다.

"괴, 물, 자식……."

완전히 사고가 정지한 아르마 뒤에 있던 동료 부대원들이 눈앞의 참상에 벌벌 떨었다.

이 자리에 있는 모두가 똑똑히 깨달았다.

눈앞의 전력은 격이 다르다는 것을.

지금 여기에 있는 자신들이 아무리 발버둥 쳐봤자 그의 발끝조차 못 미친다는 것을.

그래서 사명이고 뭐고 죄다 내팽개치고 눈앞의 위협으로부터 등을 돌렸다.

그 광경을 지켜보던 후길이 어이 없다는 투로 내뱉었다.

"시시하군. 재미없는 녀석들이야. 하지만 여기까지 도달한 이상— 놓아줄 수는 없지."

"—그럼그럼, 슬슬 한판 신나게 벌여볼까요."

그러자 안쪽 방에서 독특한 풍모의 소녀가 얼굴을 내밀었고, 이를 본 아르마가 크게 놀라며 눈을 부릅떴다.

"네 녀석은, 자동인형—?!"

"『모형 정원(가든)』의 통괄자(기어 리더), 클랑리제입니다. 기억할 필요는 없네요. 어차피 너희들은 곧 뒈질 운명이니까요."

몸에 딱 맞는 장의 비슷한 슈트를 입고 머리에는 산양 뿔처럼 생긴 기계가 머리에서 돋아난 소녀가 중얼거렸다.

그리고 딱 소리를 내며 손가락을 울리는 동시에 기괴한 불협화음이 울려 퍼졌다.

—위이이이이이이이이잉!

"……큭?!"

환신수를 부르는 뿔피리 소리.

클랑리제가 통괄자 권한으로 유적 내의 환신수를 불러 모으려 한다는 걸 깨달은 부하들 수십 명의 얼굴이 파랗게 질렸다.

"설마 환신수를 부른 거야?!"

"지금까지 피해 다닌 환신수가 전부 여기로 모여드는 거냐고?!"

"얼른 퇴로로 도망치자! 늦으면 끝장이야!"

"가지 마! 저 검은 기룡사가 퇴로를 막고 있다고!"

아비규환의 지옥.

피할 수 없는 파멸을 향한 초읽기에 공포가 전파된다.

"이게…… 뭐냐고……."

고개를 푹 숙인 채 이를 딱딱 맞부딪치던 아르마는 불쑥 내뱉었다.

"당신은 『검은 영웅』 아냐?! 우리는 안 구해주는 거냐고?! 어째서, 어째서—."

"너희가 선택받지 못했을 뿐이다."

절망에 물든 아르마의 절규를 들으며 후길은 사실을 들이

밀었다.

"영웅은— 약자의 편이다. 너희가 기어나올 길 없는 지옥의 밑바닥에 떨어졌을 때, 운이 좋다면 구원받을 수 있겠지. 이를 선택하는 건 『성식』이다. 나는 그 선택을 따를 뿐이고."

"그런, 게…… 어디 있어. 나도…… 나도 빼앗기기만 했어! 멸시당하면서 살다가, 이제야 겨우 갚아줄 수 있는 위치에 올라섰는데! 어째서…… 이런……!"

5년 전. 아르마는 믿었던 사람들에게 버림받았다.

—아니, 함정에 빠졌다.

가깝게 지내던 귀족 고모의 밀고로 은신처를 습격받아 시종들을 전부 잃었고, 자신은 노예로 붙잡혔다.

그래도 자신은 귀족의 긍지를 관철했는데, 경애하는 언니는 배신하고 적에게 붙었다고 들었다.

그 후 가혹한 폭력으로부터 우연히 도망쳐 나와 빈민가를 떠돌며 지옥 같은 몇 년을 보냈다.

『킬조레이크 패밀리』에 거두어져 뒷배를 얻은 지금, 자신을 잊고 태평하게 행복을 누리는 가족에게 톡톡히 복수해줄 수 있을 터였다.

힘없이 넋두리하는 아르마를 후길은 싸늘한 눈초리로 보았다.

"누군가가 구원받으면 다른 누군가가 고통에 시달린다. 그것이 세계의 법칙이다. 체제에 영향을 줄 수 있는 역할을 가진 이에게는 그 권리가 주어지지. 정당한 복수라고? 신왕국의 붕괴를 꾀하는 욕망에 물든 도적 주제에 멋대로 지껄이지 마라."

"으, 아……. 아아아아아아아아악—?!"

자신의 모든 것을 완전히 부정당한 아르마가 절규를 내지르며 뛰쳐나갔다.

그러나 필살의 신속제어(퀵 드로우)로 공격하기 위해 자세를 잡은 찰나, 후길의 《바하무트》가 펼친 일섬에 오른쪽 장갑팔의 손목이 절단됐다.

후길의 신속제어.

아르마보다 늦게 펼쳤음에도 불구하고 가뿐히 그 속도를 뛰어넘었다.

'내 신속제어와 비교가 안 돼……! 이게— 진짜 『검은 영웅』의…… 힘, 인가.'

의적이라고 믿어왔다.

악한 구제국의 역사에 종지부를 찍었다고 하는 이름 없는 기룡사.

욕망이 아니라 자신의 정의를 위해 검을 들고, 권력이나 보수 따위에는 어떤 관심도 갖지 않는 존재.

그런 영웅이 있다고 믿어왔다.

하지만 듣고 보니 확실히 맞는 말이었다.

더 약하고 사연 있는 사람이 구원받는 것은 당연하다.

자신은 어중간해서 선택받지 못했다.

"—죽어라."

의욕을 잃어버린 아르마를, 후길은 꿰뚫는 듯한 냉철한 시선으로 바라보았다.

"아르마 대장님?!"

부하들이 일제히 비명을 지른 찰나— 누군가의 목소리가 들렸다.

"너는 내치겠다는 거냐, 후길. —그렇다면, 내가 구하겠어!"

채앵……!

《바하무트》의 대검이 아르마의 목에 파고들기 직전에 다른 대검이 그것을 튕겨냈다.

절체절명의 위기에서 구해준 그 장갑기룡 또한 칠흑빛으로 빛났다.

"……왔군. 아무것도 선택하지 못한『최약』의 황자."

후길은 자신에게 맞서는 자를 보고 냉소와 함께 중얼거렸다.

"……『검은 영웅』이, 두 명—?!"

아르마는 아연히 중얼거리며 그 광경을 바라보았다.

조금 전에 아르마를 감싼 신입 기룡사의 가면이 부서지고, 아카디아 제국 황족이 가지는 은발과 회색 눈동자가 드러났다.

마기알카의 지시로 입대한 소년의 정체는 룩스 아카디아.

그 또한『검은 영웅』을 상징하는 신장기룡—《바하무트》를 두르고 있었다.

"무슨, 일이, 일어나고 자빠진 겁니, 까?!"

그 광경을 본 자동인형 클랑리제가 금속이 부서지는 소리를 내며 무너져내렸다.

그녀가 기공각검을 뽑아 전투태세에 들어가기 전에 룩스가 아주 약간 빨리 파괴한 것이다.

"그게 네가 찾은 답이냐? 룩스. 영웅의 사명에 대한 반역이—."

"……."

룩스는 대답하지 않았다.

그저 조용히 장남의 얼굴을 노려보았다.

†

—몇 시간 전.

도성 변두리에 있는 저택의 지하실.

아르마를 따라 킬조레이크 패밀리의 은신처에 온 룩스는 마기알카의 질문에 대답했다.

너무나도 강대한 적의 현실을 알지만.

싸우면 잃게 될 것이 크다는 것을 알지만.

자신이 올바른 선택을 할 수 있을지 알 수 없었다.

"과대평가예요. 왜냐하면, 지금 저는, 이 이상……."

싸워야 할지 망설이고 있었다.

리샤가 라피 여왕에게 어떤 마음을 품고 있는지 듣고.

그녀는 무엇보다도 라피 여왕이 겪은 가혹한 인생을 동정했다.

그래서 그녀의 힘을 빼앗고 단죄하는 것이 정말로 온당한지 의문을 품고 있었다.

“참고로— 싱글렌 쉘불릿. 그 녀석은 완전히 죽은 것 같더군.”

갑자기 마기알카가 화제를 바꾸었다.

예상은 했지만, 역시 그는 살해당한 모양이다.

룩스와는 뜻이 맞지 않아 적대한 적도 있지만, 틀림없는 천재였으며 걸물이었다.

“얄궂은 얘기지만— 그 후길에게 적이라고 인정받았다는 증거겠지. 나나 다른 『칠용기성』은 결국 같은 무대에 올라보지도 못했으니까.”

후길의 기준으로는 체스판 위의 말이 아닌, 그때 반드시 죽여야만 했던 인물.

요컨대 그때의 싱글렌은 그만큼 후길에게 육박했다는 뜻이다.

그렇게 말하는 마기알카의 목소리에서는 어딘가 쓸쓸함마저 느껴졌다.

“싱글렌은 후길이 바라던 이상적인 지배자를 체현했지. 그리고 사실은 그때 인정받았다네. 그런데 왜 목숨을 걸고 싸움에 뛰어들었는지— 그 이유는 그대도 알고 있겠지?”

“저는…….”

“그대는 구제국의 황자로서 싸우고 싶어 했어. 그렇지 않은가? 응?”

어딘가 짓궂은 표정과 어조.

실로 마기알카다운 몸짓으로 룩스의 뺨을 찔렀다.

그 손가락은 덜덜 떨리고 있어, 그녀의 몸이 제대로 움직이지 않는다는 사실을 알려주었다.

악명 높았던 아카디아 제국의 황자. 하지만 위정자의 피를 이어받은 자로서 긍지가 있었다.

이대로는 안 된다고 생각했다. 올바른 정의가, 사명이 있다고 생각했다.

그래서 자기 손으로 조국을 무너뜨리는 길을 선택하고, 실행했다.

"……결과적으로 누가 희생되든 손해를 보게 되든. 그럴 필요가 있다고 생각했으니까 최선을 다하는 방식으로 실행하겠다고 결정한 게지? 그대의 눈과 귀로 확인하고, 사람을 구하겠다고 결심한 게지? 그렇다면— 사내로서 무얼 부끄러워하는 것이며, 무얼 망설이는 겐가?"

두근.

룩스의 심장이 그 말을 듣고 세게 맥동했다.

"자신의 진짜 소망을 억누르고, 어쩔 수 없다고 자신을 타이르며 싸우지 않고 살아가는 것. 그 또한 하나의 길일세. 허나— 그대는 그걸로 참을 수 없었지. 싱글렌이나 다른 『칠용기성』들처럼 말이야."

"마기알카, 대장……."

"유감이지만 이런 몸뚱이로는 더는 기룡사로서 싸울 수 없다네. 하지만 그대에게 힘을 빌려줄 수는 있지. 자아, 그대의 소망을 이루기 위해 가게나. 그대의 왕도를, 자네 형에게 내던져 부딪치게."

"——."

몇 초 후. 룩스는 고개를 끄덕이고 거듭 그녀에게 협력을 요청했다.

그리고 룩스는 은신처 밖으로 나갔다.

†

"—아르마. 에이릴을 구해줘. 아까 네가 들어간 방에 있지?"

"네……?"

가면이 부서져 맨얼굴이 드러난 소년. 룩스 아카디아가 지시를 내린다.

칠흑의 신장기룡—《바하무트》의 사용자가 한 명 더 나타났다는 사실에 아르마는 당혹감을 숨기지 못했다.

'어째서『검은 영웅』이 한 명 더—.'

"아르마."

"아, 네!"

한 번 더 이름을 부르자 아르마는 저도 모르게 대답했다.

애초에 이곳에 온 목적은 에이릴 탈환이다.

하지만 지금은 그 방으로 가는 중앙통로를 후길이 가로막고 있다.

섣불리 다가갈 수 없었다.

"후길과 자동인형이 부른 환신수 무리는 내가 맡겠어. 너는 부하들을 이끌고 에이릴을 구출한 뒤에 그녀의 지시를 따라줘.『그랑 포스』를 분리하는 거야."

"네……?! 아……. 하, 하지만……."

아르마는 룩스가 내리는 지시의 의도를 이해하면서도 당황했다.

아무리 그래도 그건 불가능하다.

저 후길이라는 격이 다르게 강한 기룡사를 홀로 상대한다는 것도.

수십 마리는 몰려들 환신수 무리를 어떻게든 한다는 것도.

"괜, 찮아……. 그에게, 맡겨, 줘."

"윽……?!"

그때 쉿소리가 섞인 소녀의 목소리가 중앙통로에 인접한 방에서 들려왔다.

그것이 에이릴의 목소리라는 건 눈치채지 못했지만, 아르마는 그 목소리에 등을 떠밀려 각오를 다졌다.

어차피 이대로 쉽게 도망칠 수 있는 상황은 아니다.

그렇다면 이제 이 룩스라는 소년에게 걸 수밖에 없다.

'내가 동경하던 『검은 영웅』일지도 모르는 남자에게—.'

"—순순히 보내줄 줄 아느냐? 어리석은 아우야."

다음 순간, 후길의 《바하무트》가 날아올라 아르마의 《엑스와이번》을 강습했다.

그러나 이에 호응하는 것처럼 룩스도 신장기룡을 가속하여 맞받아칠 자세를 잡았다.

『—《폭식(리로드 온 파이어)》.』

두 명의 목소리가 겹치며 《바하무트》의 신장이 동시에 기동한다.

검은 장갑에서 진홍색 빛이 치솟으며 압축 강화를 적용했다.

"이길 수 있다고 생각하느냐? 너라는 혁명의 중핵을 길러낸 이 나를—."

"이길 수 있어. 지금의 나라면, 지금의 널—."

"자만심은 몸을 망치는 법이지. 네 아버지, 황제처럼 말이지."

《바하무트》의 신장, 압축 강화 기능을 자신의 시간에 적용하면 첫 5초간 몇 분의 1까지 감속하고, 그 뒤의 5초간 몇 배로 가속한다.

첫 5초가 지난 다음 순간, 몇 배로 가속한 두 명의 공방이 시작됐다.

"—하아아아앗!"

대기의 벽을 뚫는 굉음과 함께 두 거룡이 격돌했다.

서로 몇 배까지 가속한 호각의 조건 속에서 단 5초 만에 수십 번의 참격이 교차했다.

"……소용없다. 네 버릇은 전부 알고 있지. 네가 날 이길 확률은 없어."

"—그건 5년 전의 내 얘기잖아?"

후길의 도발에 룩스는 눈 하나 까딱하지 않고 대답했다.

두 사람의 신장이 끊긴 찰나, 룩스는 후길의 어깨 장갑에 최속의 일섬을 꽂아 넣었다.

"크……?!"

환창기핵을 강타당한 장갑기룡의 움직임이 정지한다.

문이 열린 보물 창고에 처박힌 충격으로 내부의 오브제가 무너지며 후길을 묻어버렸다.

"앗……?! 모두 예정대로 가까운 방에서 최대한 많은 박스를 회수해라. 살아 있는 부상자는 응급 처치를 하고 안쪽으로 들어가!"

그 광경을 본 아르마는 목소리를 쥐어짜 지시를 내렸다.

그리고 근처 방에 뛰어들자 거기에는 알몸의 소녀가 무수한 코드에 연결된 채 누워있었다.

"고마, 워. 누군지는 모르, 겠지만……."

"마기알카 젠 반프리크 휘하, 『킬조레이크 패밀리』의 아르마! 당신을 구출하러 왔어!"

빠르게 이름을 밝히고 아르마는 연결된 코드를 해제했다.

아르마의 품에 안긴 에이릴이 약하게 미소 지었다.

"룩스 군. 역시, 와 줬구나……."

"저, 저 녀석은 정체가 뭐야?! 대체 뭐 하는 녀석이지?! 어째서 『검은 영웅』과 같은 신장기룡을—."

"그는…… 내가 좋아하는 사람이고, 무척 강한 남자아이야. 자, 이 틈에…… 『모형 정원』에서 『그랑 포스』를 분리해야만, 해……."

여전히 의식이 혼탁한 에이릴은 숨을 거칠게 헐떡이며 필사적으로 손을 뻗었다.

방에서 나가자 중앙통로에 포진하고 있던 룩스가 기룡 손가락으로 안쪽을 가리켰다.

"―가줘. 환신수는 우릴 못 건드릴 거야."

"크…… 알았어! 다들 움직이자! 지금부터 두 번째 목적을 달성하러 간다!"

꺾일 것만 같은 마음을 어떻게든 다잡으며 아르마는 부하들을 이끌고 날아올랐다.

다행히도 부대는 아직 와해되지 않았다.

하지만 그것은 아르마의 공적이 아니다.

눈앞에 있는 이 신참 소년의 지시 덕분이다.

'뭐지, 저 남자는―? 저 녀석의 냉정한 판단력과 끝이 보이지 않는 강함은……!'

아르마는 속으로 경악하면서 예비로 들고 온 기공각검을 뽑아 《드레이크》를 소환, 장착했다.

그리고 에이릴을 안고 통로 안쪽으로 도약했다.

그 도중에 에이릴은 아르마의 팔뚝을 꽉 붙잡으며 공허한 눈빛으로 말했다.

"잠깐만……. 하나 더, 『그랑 포스』보다 먼저, 회수해야 하는 게…… 있, 어……. 보물 창고에서 빼앗아야, 하는 것이."

"미안하지만 그럴 짬은 없어. 이제 곧 이쪽에 대량의 환신수가 물밀듯이 밀려올 거야……!"

아르마는 부대를 재정비했지만 시간이 없었다.

이 내부 통로에 환신수가 집중되면 부대는 단숨에 궤멸 될 것이다.

회피하려고 해도 뿔피리는 아까 부서지고 말았다.

하지만 룩스는 안색 하나 바꾸지 않고 말했다.

"—아니, 에이릴 말대로 하자. 어차피 현재 킬조레이크 부대의 전력은 부족해. 물론 『그랑 포스』 탈취가 제일 중요하지만, 이 기회를 놓칠 수는 없어."

"뭐……?! 너 지금 제정신이냐?! 《드레이크》의 레이더를 보면 이쪽으로 환신수가 100마리 넘게 몰려들고 있는데?!"

아르마가 언성을 높였지만 룩스는 미동도 하지 않았다.

"문제없어. 어차피 출입구는 하나뿐이야. 거기에 포진하면 대량의 환신수를 한 번에 상대하지 않아도 돼. 근접 무기를 가진 전위들로 입구만 막아줘. 시간만 벌어준다면, 나머지는 이 중앙통로 밖에서 내가 쓰러뜨리겠어."

"뭣……."

아르마는 웃음과 어이없음이 동시에 어우러진 표정을 아르마는 가면 밑에서 떠올렸다.

시간을 벌어주면 저 많은 환신수를 혼자 쓰러뜨리겠다니 농담으로 할 소리가 아니다.

그럼에도 불구하고 망설임 없이 단언하는 눈앞의 소년을 보며 아르마는 할 말을 잃었다.

"《드레이크》를 장착한 너라면 그 지시를 내리기 쉬울 거야. 후길의 동향만 조심해줘. 그럼 뒷일은 맡길게."

그 말을 끝으로 룩스는 《바하무트》를 장착한 채 중앙통로 바깥으로 나갔다.

20명에 달하는 아르마의 부하 기룡사들은 당황하며 아르마에게 지시를 요청했다.

"어, 어떻게 하실 겁니까, 아르마 님?! 곧 환신수의 대군이 이곳에 올 겁니다! 이, 이 틈에 철수하는 게 맞다고 생각합니다만—?!"

"그, 그래……."

《드레이크》의 레이더에는 확실히 환신수 반응이 대량으로 잡히고 있었다.

냉정하게 생각하면 고려 이전의 문제다.

제아무리 이 부대가 킬조레이크 패밀리의 정예라고 해도, 백여 마리에 달하는 환신수와 맞붙기엔 부족한 전력이다.

아르마는 금방 계산을 마쳤지만, 어째서인지 부하의 요청에 고개를 끄덕일 수가 없었다.

'……뭘 생각하는 거야. 불가능한 건 불가능해. 이 남자가 설령 『검은 영웅』 정도의 실력을 갖췄다 해도, 그런 건—.'

아르마가 머뭇거린 시간은 겨우 몇 초.

하지만 그 짧은 시간으로 상황이 일변했다.

"아르마 대장님! 와, 왔습니다! 환신수들의 이동 속도가 예상을 훨씬 뛰어넘습니다!"

"쳇—!"

뒤늦게나마 처음부터 퇴로 따위는 없었다는 사실을 아르마는 깨달았다.

『모형 정원』의 통괄자 클랑리제가 아르마 일행의 습격을 미리 경계했다면, 이 보물 창고로 환신수를 집결시킬 루트도 확보해뒀을 것이다.

대량의 환신수가 입구를 막아버리면 더는 이 보물 창고에서 후퇴할 수 없게 된다.

이렇게 된 바에야 룩스에게 걸어볼 수밖에 없다고 판단한 아르마는 힘껏 소리쳤다.

“임무 속행이다! 신입 한 명에게 중앙통로를 맡기고, 우리는 안쪽을 탐색한다! 부상자는 대열 중앙에 두고 지켜! 여력이 있는 사람은 내 보좌로 두 명 붙고, 나머지는 후미를 맡는다! 서둘러라!”

각오를 다졌다.

아니, 애초에 선택지가 없기 때문에 최악의 사태를 결심하고 아르마는 지휘봉을 잡았다.

제아무리 정체를 알 수 없는 신장기룡의 사용자라고 하지만, 단신으로 버텨낼 수 있을 리가 없다.

신참 소년은 순식간에 돌파당하고 대량의 환신수가 부대 최후미를 공격하리라.

‘이게 무슨 일이야! 이렇게나…… 이렇게까지 무모한 짓이었다니! 『대성역』을 손에 넣은 사람에게 반기를 드는 게 이토록 두려운 일이었다니…….’

아르마는 내심 울고 싶어질 정도로 두려움에 떨고 있었다.

자신은 강해졌다고 생각했다.

장갑기룡을 얻고 영웅의 기술을 습득했으니 자신을 버린 가족에게 복수할 수 있으리라고 생각했다.

그러나 그건 환상이었다.

이 세계를 조종하는 흑막의 위협. 적의 거대함을 알았고, 자신의 무력함을 통감했다.

도망치고 싶었다. 숨고 싶었다. 엎드려서 목숨을 구걸하고 싶었다.

이젠 복수 같은 건 못 해도 좋았다.

그저 살아남을 수만 있으면 된다.

"……무서, 운, 거지? 알고…… 있어, 그 마음."

"윽……?!"

벌레의 날갯짓 소리처럼 작은 목소리로 중얼거리며, 안겨있는 알몸 소녀가 힘없이 웃었다.

"나도, 그랬어……. 줄곧 무서웠어. 그건, 부끄러운 게 아니야. 사람은, 전부—. 약한 인간이기에, 무서운 거야……."

고문 같은 세뇌를 받던 소녀의 연민 어린 말을 듣고, 마지막으로 남은 긍지의 조각이 쓰러질 것 같았던 아르마를 다시 일으켜 세웠다.

"젠, 장……! 어, 어디로 가면 되는 거냐『창조주』?! 네가 그랬잖아?! 손에 넣어야만 하는 게 있다고! 아직 잠들지 마!"

"응. 넌, 강하구나……. 우선 저쪽이야……. 여기에 왔을 때, 마음에 걸리는 게, 있었거든……."

에이릴은 몽롱한 의식 속에서 아르마에게 지시를 내렸다.

다섯 개의 방에 차례차례 들어가 에이릴이 지닌 『창조주』의 권한으로 상자를 열고, 더러는 상자째로 확보했다. 다섯 번째 방에서 회수를 마쳤을 때, 더는 참을 수 없었던 아르마가 소리쳤다.

"이봐 『창조주』! 이제 됐지?! 하다못해 『그랑 포스』만이라도 회수해야 해! 안 그럼 보스에게 할 말이—."

"아르마 대장님, 큰일입니다! 레이더에 환신수 반응이……!"

"크……! 도착했나?!"

보물 창고 층 중앙통로 입구에 막대한 숫자의 환신수가 한꺼번에 들이닥치리라.

결국 늦어버렸다.

이젠 『그랑 포스』를 회수할 때가 아니다.

한시라도 빨리 이곳에서 퇴각— 탈출하지 않으면 전멸이다.

'하지만 설령 이 통로에서 벗어난다 해도 타이밍이 맞을까? 『모형 정원』 벽면의 전송 시스템이 작동할 예정 시각까지 아직 10분이나 남았는데—.'

최대한 우회해서 적을 끌어들이며 시간을 버는 길 말고는 없겠지만, 현재 아르마 일행에게 가능한 일인지 계산해보면 희망은 희박했다.

"아, 아뇨……. 그게, 줄어들고 있습니다! 믿을 수가 없어. 대체, 무슨 일이……!"

"뭐야?! 확실하게 말하라고! 시간이 없으니까!"

아르마는 당황한 부하의 목소리에 조바심을 느끼며 윽박질렸다.

그러자 부하 대신에 품에 안겨있던 에이릴이 입을 열었다.

"그녀의 레이더를 보면, 아마 알 수 있을 거야……."

"——?!"

임박한 위협에 겁먹은 아르마는 부하의 《드레이크》에 탑재된 레이더를 보고 말을 잃었다.

숫자가, 줄어들고 있었다.

환신수 반응을 나타내는 신호가, 화면을 가득 채울 만큼 많았던 그 광점이, 맹렬한 기세로 줄어들고 있었다.

"이게, 뭐야. 대체 무슨 일이……?!"

"통로로 돌아가 보자. 그러면, 알 수 있을 거야. 분명……."

"……."

에이릴의 목소리에 떠밀려 아르마는 중앙통로로 돌아갔다.

그곳에서는 두 눈을 의심할 만한 광경이 펼쳐지고 있었다.

중앙통로 입구에서 끊임없이 날아오는 비행형 환신수 무리.

그 무리가 룩스와 《바하무트》의 사정거리 안으로 들어가기가 무섭게 난도질당해 단순한 살점으로 변했다.

압도적인 물량을 자랑하는 적 앞에서도 주춤하지 않고, 오히려 점점 빠르게 상대의 숫자를 줄여나갔다.

"저, 저게…… 뭐야……."

"즉격……『검은 영웅』이 장기로 삼는, 자신만의 전투 기술이야."

《바하무트》의 신장을 이용한 시간의 압축 강화.

그것을 자신에게 건 상태에서 적을 끌어들이고, 몇 배로 가속한 참격으로 적을 압도한다.

재사용 간격을 노리고 닥쳐오는 적의 맹공을 교묘하게 방어하고 예측해서 회피하며, 다시 초가속 연격으로 쓰러뜨린다.

정리하면 간단하지만, 실현하는 것이 얼마나 어려운지 아르마는 이해했다.

아니, 그것보다도 지금 에이릴이 중얼거린 한 단어가 강렬하게 고막을 두드렸다.

"너는…… 잘못 보지 않았어. 그는…… 룩스 군은 상처 입은 사람들을 위해 검을 들고 일어선, 진짜—."

진짜—.

어쩌면 『검은 영웅』이라는 전설 자체가 후길이 벌인 세계 개변 공작의 흔적일지도 모른다.

홀로 구제국 기룡사 1,200명을 상대하여 하룻밤 만에 괴멸시켰다는 일화.

그런 위대한 전승 같은 『거짓말』은, 《영겁회귀》로 세계를 개변하며 생겨난 단차를 보완하는 데 효과적이었다.

그러나 그때 룩스가 보여준 의지는, 전투는 환상이 아니었다.

그 사실을 증명하는 것처럼 그 힘을 다시 보여주었다.

환신수 숫자가 절반 이하까지 줄어들자 룩스는 적의 무리 중심으로 뛰어들었다.

"차아아아앗—!"

사방팔방 모든 각도에서 엄습하는 악마의 무리를 최단 최속의 동작으로 요격한다.

마치 춤추는 것처럼 허공을 누비며 검을 번뜩일 때마다 적이 사라졌다.

"굉장해……."

겨우 몇 분 정도였지만, 아르마는 자신이 처한 상황마저 잊고 정신없이 지켜보았다.

본디 인간의 능력으로는 흉내도 못 낼 신의 기술이 눈앞에서 반복되는 모습을.

"이런, 게……. 정말로—."

가문을 무너뜨리고 자신을 붙잡은 노예 상인의 마차에서 가까스로 도망친 아르마가 나중에 들은 전설.

단 한 기의 기룡으로, 하룻밤 사이 구제국을 괴멸시켰다는 환상의 기룡사.

아르마의 마음을 구해준 전설의 기룡사.

"저 사람이—『검은 영웅』."

직접 보는 것은 처음임에도 불구하고 그 상상이 진실이라는 것을 확신할 수 있었다.

"아르마."

"아, 네?!"

중앙통로로 돌아온 룩스가 말을 걸자 아르마는 제정신이 들었다.

주위를 둘러보니 거의 모든 환신수가 사멸하였고, 무수한 고깃덩이가 재가 되어 부스러지고 있었다.

“부대는 무사해? 그럼 에이릴을 데리고 서둘러서 『그랑 포스』를 회수해줬으면 해. 그게 끝나면 철수하자. 분명 곧 『모형 정원』의 전송 장치가 작동할 거야.”

“어, 아……. 알겠습니다!”

바로 시계를 보고 확실히 앞으로 7분 뒤에 전송이 시작되리라는 걸 깨달았다.

눈앞의 소년이 그만한 격전을 벌였으면서도 호흡이 흐트러지기는커녕 남은 시간까지 계산하고 있었다는 사실에 아르마는 경악했다.

하지만 감탄할 때가 아니었다.

지금 아르마는 약관 14세의 풋내기이지만 부대의 대장이었으니까.

『다들 철수하자! 부상자를 잊지 마라! 먼저 가!』

용성을 통해 그렇게 지시했다.

대량으로 몰려든 환신수 대부분은 룩스가 섬멸했다.

최대한 많은 보물을 챙겼고, 이제 남은 것은 『그랑 포스』 회수뿐이다.

『창조주』의 피를 이어받은 에이릴이 없으면 회수 불가능한 까닭에 그녀를 데리고 갈 필요가 있지만 문제는 없을 것이다.

그런 것보다도 아르마 자신이 물어보고 싶은 게 있었다.

“다, 당신이 『검은 영웅』이신가요? 정말로, 그 구제국을 무너뜨린―.”

“……아니, 아직 절반밖에 안 끝났어.”

《드레이크》를 장착한 아르마가 다가와 질문하자 룩스는 조용히 대답했다.

"절반?"

"조심해, 아직 끝나지 않았어."

"……?!"

그 순간 아르마의 눈앞으로 뛰쳐나간 룩스의 《바하무트》가 바람처럼 반전하는 동시에 신속하게 검을 휘둘렀다.

—키이잉!

신속제어(퀵 드로우).

아르마가 필사적으로 습득한 오의를 룩스는 그보다 훨씬 빠르고 정밀한 동작으로 펼쳐 보였다.

"……헛?!"

조금 전까지 잔해더미에 파묻혀 있던 후길이 어느새 육박하여 서로의 《낙인검(카오스 브랜드)》으로 치열한 접전을 벌이기 시작했다.

후길은 룩스의 요격을 막으려고 일부러 원거리에서 가속해서 날아와 기체의 중량을 더한 일격을 시도했다.

그리고 룩스는 그 규격 외의 파괴력에 대응하기 위해 신속제어로 공격 기점을 차단했다.

교차한 블레이드에 힘이 실리며 금속이 마찰하는 불협화음을 울렸다.

그런 아슬아슬한 상황에서도 룩스는 안색 하나 바꾸지 않고 말했다.

"아르마. 네 몸은 내가 지켜줄 테니 『그랑 포스』 회수를 부탁할게. 이 남자가 노리는 건 에이릴이야."

"……재미있군. 오래 살고 볼 일이야. 다소나마 나와 맞붙을 수 있는 자가 나타날 줄이야—."

후길은 대검을 내려친 자세를 유지한 채 빙그레 웃으며 희열을 드러냈다.

"그렇다면 걸맞은 힘으로 상대해주마—『한계돌파 개시(오버 리미트 온)』!"

후길이 후방으로 도약하는 동시에 자신의 기공각검 자루에 손을 대고 힘차게 뽑으며 강하게 생각했다.

그 직후 주위에 빛의 입자가 집중되며 새로운 기계장치를 형성했다.

"큭……?! 그렇겐 못 할걸!"

룩스는 후길의 추가 장갑 소환, 『한계돌파(오버 리미트)』로 변형하는 것을 저지하기 위해 반사적으로 소리치며 돌격했다.

하지만 다음 순간, 주위에 모인 빛이 한층 강렬하게 빛나더니 룩스의— 아니, 그 자리에 있는 전원의 시야를 빼앗았다.

"설마, 이건—?!"

후길의 《바하무트》가 기동한 《폭식》이 주위의 빛을 압축 강화하여 광량을 십여 배로 증폭한 결과다.

굳이 룩스 앞에서 추가 장갑을 소환하여 틈을 드러낸 것은 룩스의 공격을 유도하기 위해서다.

그리고 미리 발동해둔 《폭식》으로 빛을 강화해서 눈을 못 뜨게 만들었다.

"어리석은 녀석. 걸려들었구나."

그 직후 후길이 《카오스 브랜드》로 펼친 섬광 같은 일격이 룩스의 어깨 장갑을 노렸다.

시야를 뒤덮는 눈부신 빛이 사라졌을 때 아르마와 에이릴은 경악스런 광경을 목격했다.

후길이 시도한 참격은 룩스가 장착한 《바하무트》의 장벽을 가르고 환창기핵의 급소에서 살짝 벗어난 곳에 명중했다.

하지만 그와 동시에 룩스가 눈을 감은 채 내뻗은 대검도 카운터로 후길의 장갑을 찔렀다.

감인가, 간파한 것인가.

아니면 단순한 우연인가.

어쨌거나 간발의 차이로 동시에 공격을 주고받은 두 기룡은 뒤로 멀리 날아가 버렸다.

"크……?!"

"이판사판으로 휘두른 건가……? 하여간 이제 끝이다."

룩스가 자세를 가다듬는 사이에 후길이 『한계돌파』 변형을 완료했다.

태세가 정비되자 폭발적인 기세로 룩스를 향해 돌격하는 후길.

『한계돌파』는 평범한 인간에게는 과도한 부담을 가하는 한계 가동— 출력을 최대로 높여 기동하는 최강 모드다.

그러나 인간의 반응속도를 능가하는 후길은 반동 대미지를 무시할 수 있다.

룩스도 필사적으로 응전했지만, 모든 반응이 한 박자씩 뒤처졌다.

그것만으로 룩스의 방어가 무너지고, 장갑이 부서져 나갔다.

한편으로 룩스는 『한계돌파』를 사용할 틈이 없었다.

적어도 후길의 움직임을 잠시 저지하지 않는 한 그럴 여유는 오지 않는다.

상대의 움직임을 읽어낼 수 없게 된 이상 즉격을 쓰는 것도 불가능하다.

남은 선택지라면 상대의 시간을 압축 강화하여 움직임을 막고 공격하는 폭격 정도였지만—.

“어떻게 된 거냐? 아까 보여준 위세는 어디로 갔지?”

“크, 악……!”

룩스가 방어로 전환하기가 무섭게 후길은 더욱 거세게 몰아붙였다.

세심한 주의를 기울여 모든 각도에서 다채로운 공격을 퍼부었다.

라그나뢰크는 압도적인 화력과 내구력을 자랑하는 대신 전략성이 부족했지만, 이 적은 지능면에서도 능력을 최대로 활용하여 룩스를 몰아붙였다.

조금 떨어져서 지켜보던 아르마는 열세를 벗어나지 못하는 룩스로부터 고개를 돌리고 무심코 비명 같은 외침을 내질렀다.

“빌어먹을! 대체 어쩌라는 거야?! 저딴 녀석을 이길 수 있을 리가 없잖아! 지금 당장 도망쳐야—.”

“……어서, 『그랑 포스』를 회수하자. 가장 안쪽에 있는, 방이야……. 내 권한이라면, 열 수 있으, 니까…….”

에이릴의 지시를 따라 아르마는 안쪽 방으로 향했다.

이에 반응한 후길이 순간적으로 시선을 돌렸을 때, 룩스는 《바하무트》의 신장을 기동했다.

“—《폭식(리로드 온 파이어)》.”

눈부신 빛이 솟구치며 자신을 제외한 넓은 범위에 강력한 시간의 압축 강화를 건다.

곧바로 《바하무트》로 날아올라 검을 휘둘렀지만, 후길은 한발 먼저 뒤로 비상해서 신장이 적용되는 범위 밖으로 벗어났다.

“아니……?!”

신장을 발동하면 1초가 지나기도 전에 일정한 영역에 영향력을 미친다.

그럼에도 불구하고 후길이 초월적인 반응 속도로 회피하는 모습을 보며 룩스는 눈을 의심했다.

상대가 『한계돌파』 상태의 《바하무트》라서 가능한 기예인 건 분명했지만, 그게 전부는 아니다.

룩스의 공격 예비 동작을 간파했기에 그런 반응이 가능했다는 것을 순식간에 이해했다.

그 찰나, 후길이 휘두른 가로 베기에 동체를 얻어맞고 나가떨어졌다.

“크, 으악……!”

몸뚱이가 비틀려 끊어지는 듯한 충격이 온몸을 따라 흐르고, 머릿속에서 번쩍번쩍 불꽃이 튀었다.

두꺼운 신장기룡의 장갑이 부서지며 룩스가 피를 토했다.

보물 창고 층의 금속 벽에 격돌한 충격으로 배면 날개가 고장 났다.

천만다행히도 장갑이 해제되진 않았지만, 육체에 전달된 대미지 때문이 움직임이 봉인됐다.

"이 정도냐, **현명한 아우**야. 역시 너는— 왕의 그릇이 아니었구나."

후길의 입가에 미소가 떠올랐다.

이미 전투의 형세는 명백하게 후길 쪽으로 기울었지만, 그래도 룩스는 후들거리는 몸을 일으켜 세웠다.

†

"어째서…… 어째서 저렇게까지 싸울 수 있지……?!"

후방에서 계속되는 치열한 전투.

그 소리를 들으며 아르마는 안쪽 방으로 들어갔다.

『한계돌파』의 압도적인 성능 차이로 끊임없이 공격을 퍼붓는 후길과는 반대로 룩스는 쉽사리 수세에서 벗어나지 못하고 있었다.

필사적으로 대검을 휘두르고 있지만, 그 유일한 무기조차 반으로 부러진 상태였다.

"이게 대체 뭐냐고?! ……난 무서워. 이런 상대라는 얘기는 못 들었단 말이야."

"……너는, 뭘 위해…… 여기에, 왔어?"

힘겹게 일어선 에이릴이 알몸으로 관리실 오브제에 손을 뻗었다.

『창조주』의 권한을 이용한 정신 조작으로 시스템을 해제하고 수납된 『그랑 포스』를 분리할 준비를 시작했다.

결코 따지는 듯한 어조는 아니었다.

중성적인 미모의 에이릴은 상냥하게 미소 짓고 있었다.

"나를 버린 녀석들에게, 이런 삶을 살게 만든 녀석들에게, 앙갚음해주고 싶었지만, 나는 이제 싫어……. 괜찮잖아, 도망쳐도……! 싸우지 않아도……."

"……하지만 너는…… 도망치기 싫으니까, 싸우기로…… 했, 지?"

그 말을 듣고 아르마는 숨을 짧게 들이쉬었다.

그 수수께끼의 소녀와 만날 때까지…… 하염없이 도망쳤다.

그때마다 쫓기고 붙잡혔고, 가까스로 킬조레이크 패밀리에 거두어져 안식처를 얻었다.

자신을 구해준 은인— 마기알카를 위해서.

그리고 빼앗긴 자존심을 되찾기 위해서, 이 싸움에 발을 들였다.

"우리는…… 룩스 군은, 많은 것을 빼앗겨왔어. 그리고, 누군가가 빼앗기는 모습도 못 본 척할 수 없었지. 그러니까, 분명……."

†

"……하아, 하아!"

헐떡대는 숨소리에 맞춰 룩스의 어깨가 들썩인다.

『한계돌파』를 쓸 수 없는 상태로 이미 모든 기술을 시험해 보았다.

"어리석은 남자로군. 왜 그렇게까지 저항하지? 무장은 망가졌고, 여력도 없는데. 구제국을 무너뜨리고 안식을 얻었을 네가, 어째서 굳이 내게 도전하는 거냐?"

후길은 문득 질려버린 듯한 웃음을 보이며 어깨를 으쓱했다.

반응속도, 대응력, 동작 간파 능력, 힘과 속도, 기교.

모든 것이 룩스보다 한 수 위에 있어서 서서히 차이가 벌어지고 있었다.

기본적인 육체의 내구력마저도 후길이 압도했다.

설령 『한계돌파』를 사용한다 해도 적의 《바하무트》를 뛰어넘을 수는 없으리라.

그러나 룩스의 의지는 꺾이지 않았다.

필사적으로 물고 늘어지면서, 거의 반으로 부러진 《카오스 브랜드》를 들고 중단 자세를 취했다.

"……나는, 알아야만 해."

그 혁명의 날 이후로 끊임없이 추구해온 것.

아니, 그것보다 훨씬 전부터 의문스럽게 생각했다.

"후길. 네가 말한 『영웅의 사명』을, 『성식』에 숨겨진 비밀을……."

“『성식』의 비밀? 알 필요 없어. 여기서 패배할 너 따위가 『대성역』을 탐색하는 건 불가능하다!”

혁명의 날에 나눈 문답이 되살아났다.

타오르는 왕성을 등지고 싸웠을 때 나누었던 대화의 기억.

룩스는 지금 이 자리에서, 잃어버린 그 날의 기억을 알아내려 하고 있었다.

“네 목적은 이뤄졌을 거다. 그런데 왜 목숨을 걸고 내게 도전하는 거냐?”

“알아야만 해. 지금까지 외면해온 진실을, 나를, 모든 것을 알고, 생각해야만 해!”

후길의 《바하무트》가 매섭게 날아올라 순식간에 룩스에게 육박했다.

룩스는 기다렸다는 듯이 간격을 좁히며 품속으로 낮게 파고들었다!

“흠……?!”

후길의 얼굴에 경계심이 살짝 떠올랐지만, 늦었다.

“하아아아아앗!”

거리를 벌리기 위해 후길은 순간적으로 비행 출력을 낮췄다.

그 틈을 놓치지 않고, 두려워하지 않고, 룩스는 더욱 간격 안으로 파고들었다.

한계까지 밀착해서 공방을 벌인 끝에 룩스는 후길의 《바하무트》의 장벽을 가르고 어깨 장갑에 칼날을 댔다.

“호오—?”

반으로 부러져서 짧아진 대검과 흠집 하나 나지 않은《카오스 브랜드》.

일반적으로 생각하면 간격 차이도 있으니 누가 유리한지 논할 필요조차 없다.

하지만 초근접전— 품에 파고든 상태라면 이야기가 다르다.

밀착한 상태라 검을 휘두를 공간이 없어도, 짧은 검이라면 유리하게 움직일 수 있다.

그 한 요소에서 룩스는 후길을 뛰어넘었다.

"무슨 생각이지……? 간격을 좁혀서 다소 유리해진 정도로 날 이길 수 있을 것 같느냐?"

《바하무트》를 두른 후길이 피식 웃었다.

반면에 룩스는 표정에 미동도 없이 더욱 집중력을 끌어올리며 파고들었다.

그 직후에 후길이 장착한《바하무트》의 머리에서 하울링 로어의 충격파가 터져 나왔다.

"——."

하지만 겨우 한 호흡 전에 룩스가 전방으로 비행하며 몸통박치기로 적의 머리를 위로 쳐낸 덕분에 발사된 에너지 격류를 피할 수 있었다.

충돌하면서 후길이 균형을 잃은 틈을 노려 부러진《카오스 브랜드》를 휘둘렀다.

이 정도의 접전을 벌이는 동안에는 집중력이 떨어져 신장 발동이 불가능해진다.

그 점을 교묘하게 이용해서 숨 쉴 틈조차 주지 않는 연격을 퍼부었다.

"—영구연환(엔드 액션)!"

"……큭?!"

그리고 룩스의 두 눈이 순간적으로 붉은 안광을 띠더니 무한한 참격이 후길에게 쏟아졌다.

†

"뭐야 저게. 저 사람은—."

지금까지 모든 면에서 한 수 위였던 후길과 어느새 호각의 공방을 펼치던 룩스는 끝내 그를 뛰어넘었다.

원래는 한 동작 후에 반드시 틈이 생기게 되는 장갑기룡의 조작을 끊임없이 무한히 실행하는 모습.

아르마는 방 입구에서 그 이상한 광경을 멍하니 지켜보았다.

"어떻게, 저런 괴물 상대로, 그런……."

한편 『그랑 포스』를 분리하는 작업에 집중하면서도 에이릴은 미소 지으며 중얼거렸다.

"그가, 『검은 영웅』이기 때문이야. 네가 존재한다고 믿었던, 진짜 영웅이니까. 그리고— 분명 저 움직임은…… 드디어 『세례』의 영향을 극복했구나."

"『세례』를, 극복해……?"

아르마의 질문에 에이릴은 고개를 끄덕였다.

룩스는 어째서 이전보다 월등히 강해졌는가.

그 이전에, 어째서 지난 몇 주 동안 몸에 열이 나며 평소보다 약해졌는가—.

그것은 2주도 더 전에 받은 『세례』의 영향 때문이었다.

인간은 자신의 신체에 부하를 가하면 이에 맞춰 재생하여 진화하는 기능을 갖추고 있다.

부러진 뼈나 상처 입은 근육은 회복 과정에서 강해지고 두꺼워진다.

그것이 『세례』를 받으며 더욱 강화되어 신체 기능과 오감이 향상되었다.

퍼레이드 기간 동안 룩스가 기룡을 원활하게 조작하지 못하고 몸 상태가 나빠진 이유는 육체의 급격한 변화에 감각이 따라가지 못해서 자신의 몸을 제대로 못 다뤘기 때문이다.

그리고 신체 능력이 강화되면 그만큼 장갑기룡을 효과적으로 조작할 수 있게 된다.

예전보다 매끄럽고 강하게.

그 공격은 무한의 연쇄가 되어 후길과 《바하무트》를 꿰뚫었다.

"장갑이, 부서져……. 저 악마 같은 신장기룡이, 부서지고 있어……."

영구연환의 무한 참격이 서서히 후길의 내구력을 뛰어넘었다.

경로를 예측하지 못하도록 모든 각도에서 공격을 퍼부으면서 종횡무진의 참격을 차츰 한 점에 집중시켰다.

연속 공격이 한 점에 집중되면서 더욱 위력이 증폭되고 극한으로 치닫는다.

아르마가 들었던 구제국의 전설의 비기.

그것을 지금 룩스가 개선하고, 진화시켰다.

"어떻게 된 거지? 내 《바하무트》의 출력이…… 떨어진다니?!"

"—후길. 지금 네가 알고 있는 건, 5년 전의 나와 내 기술이다!"

마침내 강화 장벽과 후길의 방어 자세가 풀렸다.

참격의 충격이 겹쳐진 포인트가 환창기핵이 있는 어깨에 집중되었음을 깨달은 후길이 기공각검 자루에 손을 뻗었다.

"녀석은, 뭘 하려는 거지?!"

그것을 목격한 아르마가 반사적으로 외쳤다.

이미 육체 조작으로는 움직이지 않는 자신의 《바하무트》를 억지로 움직이기 위해서 후길은 또 다른 조종간인 기공각검을 움켜쥐었다.

"—훗. 옛날과 다르다고? 죽여야 할 것조차 못 죽이는 네놈 따위가, 헛소리를 지껄이지 마라!"

다음 순간, 후길을 뒤덮은 《바하무트》의 장갑이 강렬한 진홍색 빛을 머금었다.

"……?!"

후길은 기공각검을 이용한 정신 조작으로 지금까지 아껴두었던 남은 에너지를 해방해서 강제로 신장을 발동시켰다.

자신의 주위에 시간의 압축 강화를 걸었기 대문에 룩스를 포함한 넓은 범위의 시간이 멈춰버린 것처럼 감속했다.

후길이 펼친 시간의 압축 강화로 인해 극도로 감속한 전반 5초.

즉 찰나의 틈조차 없는 영구연환의 연격에 강제로 틈을 만들어낸 후길은 뒤로 물러나며 자세를 가다듬었다.

그때까지 후길이 사용한 《폭식》에 의해 감속된 시간은 2초 경과.

우드득, 끼기기긱!

후길의 《바하무트》의 장갑과 프레임이 누적된 피해를 못 견디고 거슬리는 소리를 내며 부서져 나갔다.

그런 와중에도 간신히 배면 날개로 에너지를 보내서 룩스를 향해 돌격하는 동작으로 전환할 때까지 2초.

남은 1초간 최대한의 힘을 담아서 정지 상태까지 감속한 룩스에게 필살의 일격을 펼쳤다.

마찬가지로 압축 강화 영역에 있었던 아르마와 에이릴은 수십 메르 정도 떨어진 위치에서 그 순간을 목격했다.

"결국 네가 할 수 있는 일은 없었구나. 너는 왕의 그릇을 내팽개치고, 구제국이 멸망한 평화로운 세계에서 살아가라. 그럼 작별이다!"

에너지를 머금은 《카오스 브랜드》를 힘껏 내려치며 후길이 비웃었다.

"이젠…… 끝장이야!"

절망한 아르마가 절규한 찰나. 후길의 《바하무트》가 우뚝 정지했다.

후길이 봐준 게 아니라는 것은 그 자신의 경악한 표정이 증명해주었다.

"아니. 할 수 있는 일이라면 있어. 적어도, 그때의 나보다는—."

그 혁명의 날로부터 5년.

《바하무트》를 두른 후길의 움직임을 끊임없이 쫓아왔다.

룩스가 지향하는 이상적인 목표를 따라잡기 위해 자기 자신을 쉬지 않고 갈고닦았다.

"어떻게, 된 거지……. 기룡의, 움직임이—?!"

"신장을 쓰려면 반드시 에너지를 한 곳에 집중해야 하지. — 영구연환이 축적한 대미지는 네가 장벽으로 가는 에너지를 줄이고 공격으로 전환한 순간, 단숨에 너의 《바하무트》를 덮친 거야."

압축 강화로 인해 늘어난 시간 속에서 룩스는 후길에게 말했다.

무한한 연격이 무장과 장벽, 장갑의 방어를 관통하고 한 점에 집중되어 급소를 꿰뚫었다.

일정량의 대미지가 환창기핵에 축적돼서 시스템이 다운된 것이었다.

한 번 연격이 시작되면 그것이 곧 최후. 피할 수 없는 종언으로 끌려갈 운명에 놓인다.

룩스가 『세례』를 받아 육체가 강화된 덕분에 다다르게 된 더욱 높은 경지.

기룡의 유연한 조작을 실현하는 육체의 강화.

이와 연동해서 더욱 정확하게 공격을 집중하고, 못을 박는 것처럼 반격 불가능한 대미지를 누적시키는 신기의 진가.

"영구연환(엔드 액션). 이것이 내 오의의 새로운 완성형이다."

"크……?!"

룩스가 선언한 직후, 후길의 《폭식》에 의한 후반 5초에 진입하며 룩스의 시간이 십여 배로 가속됐다.

"—《폭식》(리로드 온 파이어)."

상대의 《폭식》을 이용하여 최대까지 가속한 상태에서 룩스도 자신의 《바하무트》의 신장을 기동했다.

압축 강화 대상은 자신을 제외한 반경 몇 메르 내에 흐르는 시간의 속도.

후길이 사용한 《폭식》의 후반 5초로 인해 룩스의 시간이 가속되고, 룩스의 《폭식》에 영향받은 후길은 반대로 5초간 감속된다.

둘 다 《바하무트》라는 점을 이용한 도박으로 룩스는 한계를 초월하여 혼자 힘으로는 불가능한, 압도적인 속도 차이가 발생한 5초를 만들어냈다.

"룩스…… 너는—!"

직후, 움직이지 못하는 후길에게 압도적인 파괴력의 연참을 퍼부었다.

비할 데 없는 내구력을 자랑하는 칠흑색 거룡.

그 장갑이 사탕처럼 무력하게 부서지며 선혈이 흩날렸다.

장갑이 해제된 후길은 금속 바닥에 떨어져 무릎을 꿇었다.

"크, 크크……. 조금은, 성장했나, 보구나. 현명한, 아우야."

핏덩이를 울컥 토하는 동시에 그 가슴에서 빛을 발하는 기괴하게 생긴 심장이 나타났다.

그것이 환신수의 핵임을 깨달은 아르마는 헛숨을 삼켰다.

"—뭐야, 이 자식…… 인간이 아니었던 거야?!"

"『성식』이야. 내 의식을 투영해서 만들어낸 가짜 후길이지. 그래도 신장기룡 자체는 진짜지만. 아마 《우로보로스》의 특수 무장인 《윤회전생(인피니티)》으로 만든 《바하무트》를 줬겠지. 후길을 강적으로 의식하는 존재가 나타났을 때, 쓸 수 있도록—."

후길이 가짜라는 사실은 룩스도 알고 있었다.

처음에는 에이릴이 갇혀 있던 방에서 라그나뢰크의 촉수가 튀어나온 것을 보고 예상했다.

하지만 그 외에도 말로 표현할 수 없는 감각으로 은연중에 알아차렸다.

지금까지 싸운 건 룩스의 기억에 존재하는 강적. 5년 전 혁명의 날에 상대했던 후길이 투영된 모습이다.

《우로보로스》의 지원을 받지 않은— 심지어 전력을 다하지도 않은 후길의 힘이다.

이미 라그나뢰크의 핵을 파괴했기 때문에 더는 변신을 유지하지 못하고 서서히 재로 변해 부스러지고 있었다.

"그렇다면 『성식』을 쓰러뜨린 거야?! 그 신왕국 여왕에게 들러붙었다는—."

"아니, 아마 그것도 아닐 거야."

룩스가 뒤를 돌아보며 아르마의 질문에 대답했다.

"이 『성식』은 본체가 만들어낸 분신에 불과할 거야. 여기에 배치했으니 나름대로 힘을 나눠주긴 했겠지만, 전투력은 몇 분의 1 정도겠지."

"나도, 동의해……. 다른 일곱 라그나뢰크의 능력도, 안 썼으니까……."

에이릴도 약간 아쉬운 듯 탄식 섞인 목소리로 동의했다.

완전체가 된 최대 최강의 『성식』은 그야말로 손댈 수 없을 만큼 강하다고 들었다.

그래서 마기알카는 『유적』에서 『그랑 포스』를 빼앗으라고 지시한 것이다.

『대성역』의 기능을 불완전하게 만들면 필연적으로 《우로보로스》도 완전성을 잃게 된다.

전력적으로는 몇 할 정도 약해지는 수준이겠지만, 최대 파워를 써야 하는 세계 개변은 할 수 없게 될 터다.

"굳이, 당시, 의 나와 싸우려, 고 할 줄, 이야……. 하지만 5년 전의 내, 게 이겨봤자, 무슨 의미, 가 있, 지……?"

"윽……?!"

아르마는 부스러져가는 『성식』의 분신이 하는 말을 듣고 전율했다.

이것은 룩스의 기억이 최강이라고 인정하는 5년 전의 후길을 투영한 『성식』.

그러나 진짜 후길의 전력과는 격차가 심하다.

하지만 그런 말에 동요하지 않고 룩스는 단언했다.

"수확이라면 있어. 네가 『성식』의 분신인 덕분에 내가 이미 잊어버린 기억을 끄집어내고, 5년 전의 대화를 떠올렸으니까. 그래서 널 쓰러뜨릴 실마리를 모으고, 그 전투 스타일을 습득해서 대책을 세울 수 있게 됐지. 당시 너는 개변으로 내가 모든 것을 잊게 해버릴 작정이었으니까."

"……."

룩스가 아무렇지도 않게 털어놓은 사실에 후길을 포함해서 그 자리에 있는 모두가 경악했다.

룩스는 5년 전 후길과 함께했던 기억을 일부 망각했다.

그러나 심층에 숨겨진 5년 전의 기억을 『성식』이 투영하게끔 해서 자기 손으로 끄집어내고 확인까지 했다는 사실에 아연실색했다.

계략에 넘어간 것처럼 연기하고 『성식』이 지닌 그 성질마저 이용해서 싸운 룩스.

이 모든 것이 5년 전에 상대했던 후길의 실력을 뛰어넘고, 진의를 알아내고, 연결하기 위해서였다.

"나는 모든 것을 알기 위해서— 알고 나서 올바른 길을 찾기 위해 싸우겠어. 신왕국을 무너뜨리려는 널 막을 거야. 『성식』의 수수께끼를 밝히고 저지할 거야. 신왕국을 무너뜨리지 않고 리샤 님도, 라피 여왕 폐하도 구해낼 거야!"

"그러기 위해서, 악을, 가장하겠다는, 거냐? 네놈, 이 신왕국의 적이, 되어, 지금까지 쌓아 올, 린 모든 것을, 잃는다 해도—.”

“그래……. 그것이 내가 믿는 황족으로서의 사명이야. 내가 지향하는, 너의 패도와는 다른 길이야.”

과거의 후길을 투영한 『성식』의 분신에게 룩스는 자신이 찾아낸 답을 당당하게 말했다.

“잘 알았, 다……. 기다리고, 있으마……. 현명한 동생, 아…….”

마지막으로 그렇게 중얼거린 『성식』은 완전히 부스러지며 재로 변해 사라졌다.

이로써 첫 번째 관문은 돌파했다.

이제 《우로보로스》는 세계를 개변할 수 없게 됐다. 『구제국파』 집정관들이나 다른 국가의 주요 인사도 쉽게 죽일 수 없을 것이다.

그러나 이곳을 지키던 『성식』을 죽이고 에이릴을 탈환했다는 사실을 알게 되면 라피와 후길도 재빨리 행동에 나서리라.

우선 지금은 에이릴을 안전한 장소에 숨기고, 세뇌에 쓰인 독을 해독해야만 한다.

당분간은 장갑기룡을 사용할 수 없겠지만, 언젠가 다시 전투에 가세할 수 있게 되리라.

“당장 닥친 일은…… 끝났네. 룩스 군. 기룡을 《와이번》으로 바꾸고, 여기서 나가자. 우린, 관문 사람들한테 들키면, 수배자가 될 테니까, 조심해서.”

이미 『그랑 포스』와 최대한 많은 무장 및 장갑기룡을 보물창고에서 회수했다.

불면 날아갈 것처럼 덧없는 전력도 이것으로 조금은 사정이 나아질 것이다.

"……응, 가자 에이릴. 아르마도, 귀찮게 만들어서 미안해."

룩스가 어딘가 슬퍼 보이는 표정으로 중얼거리자 아르마는 황급히 고개를 가로저었다.

"다, 당치도 않습니다! 당신이 『검은 영웅』이셨다니— 지금까지 범한 무례를 용서해주십시오!"

"……무슨 일 있었어?"

"아니 뭐, 그게, 여기까지 오는 길에 좀……."

아르마의 호들갑스러운 반응에 고개를 갸우뚱하는 에이릴을 보며 룩스는 말을 얼버무렸다.

『검은 영웅』이 룩스라는 사실을 몰랐던 아르마가 룩스를 얕보았던 이야기를 하자 에이릴은 웃음을 터트렸다.

"너무…… 신경 쓸 것 없어. 허당인 것도, 반쯤은 사실이니까……. 주로 여성 관계에서, 말이야."

"에이릴, 부탁이니까 얌전히 있어. 아직 몸도 안 멀쩡하잖아."

에이릴은 약 기운이 조금 빠졌는지 자못 그녀다운 모습으로 룩스를 놀렸다.

기운을 되찾은 건 기뻤지만, 조금 복잡한 기분이었다.

아르마도 난처한 표정으로 고개를 끄덕이면서 먼저 출발한 부대와 서둘러 합류했다.

『그랑 포스』와 여러 희귀 무장, 그리고 십여 기의 장갑기룡을 기념품으로 챙겨서 후퇴하기 시작했다.

†

"……윽?! 설마, 어떻게 이런 일이—."

같은 시각. 『대성역』에서 개변 장치를 작동시킨 라피는 어느 사실을 알아차리고 아연실색했다.

직전까지 방출되던 인식 개변 에너지파가 사라지고 있었다.

신왕국에 모인 사람들의 기억을 퍼레이드 마지막 날까지 조작해서 『구제국파』와 나르프 재상이 몇 주 전에 사고로 죽었다는 내용을 끼워 넣을 생각이었다.

라피 자신의 외모가 변한 것도, 후길이 측근이 된 것도 사람들이 받아들일 수 있게끔 완전히 기억을 덮어씌울 계획이었는데—.

아샤리아를 통해 유적의 이변을 확인하고 두 시간 후.

『모형 정원』의 자동인형 클랑리제가 자신의 신장기룡을 타고 『대성역』으로 날아왔다.

라피가 만들어낸 분신— 만일의 사태에 대비한 파수꾼으로 배치해둔 『성식』이 격퇴당한 사실을 수복을 마친 클랑리제가 보고했다.

클랑리제는 침입자의 정체를 파악하기 전에 파괴된 탓에 그곳에서 일어난 일을 단편적으로만 기억했다.

도적이 유적에 쳐들어왔으며, 최종적으로 에이릴과 보물 몇 개를 훔쳐 갔다는 정도로 알고 있었다.

이것은 라피에게 있어 중대한 사태였다.

『그랑 포스』가 하나라도 부족하면 『대성역』의 힘은 반으로 줄어든다.

『그랑 포스』를 빼앗긴 곳이 신왕국 영토 내에 있는 『모형 정원』이라는 것은 『성식』을 통해 알 수 있었다.

"—쓰러졌다는 건가요, 제 분신이. 라그나뢰크와 동등한 힘을 가졌을 텐데."

"……."

옆에 서 있는 후길은 아무 말도 하지 않았다.

그저 그녀를 조용히 지켜보며 가늠했다.

"……『그랑 포스』를 분리할 수 있는 건 『창조주』나 이에 버금가는 존재뿐입니다. 누군가가 세뇌 중인 에이릴 뷔 아카디아를 구출해서 데려간 거겠군요."

"……."

라피는 잠시 상황을 받아들이지 못한 것처럼 침묵했다.

하지만 갑자기 입가에서 힘을 풀더니 소녀처럼 순진무구한 미소를 지었다.

"—그래요. 재미있군요."

"호오."

후길 또한 라피의 반응에 의표를 찔렸는지 살짝 감탄했다.

완전한 지배까지 마지막 한 걸음만 남겨두었던 『대성역』은 이로써 사용할 수 없게 됐다.

마지막으로 실행하려고 했던 세계 개변도 『그랑 포스』가 부족하면 완벽하게 끝낼 수 없다.

—아니, 그런 문제를 떠나 라피에게 명확한 위협이 생겼다.

이 세계 개변을 인식— 간파하고, 자신의 아성을 무너뜨리고자 하는 무리가 나타난 것이었으니까.

하지만 그 사실을 알고도 라피는 유쾌하게 미소 지었다.

"제가 힘을 손에 넣고, 처음으로 적이 나타났다는 거군요. 아주, 기대돼요. 제가 여왕으로서, 이제부터는 제 의지로 맞설 수 있는 거니까요."

라피는 신왕국을 자신의 이상에 가깝게 만들기 위해 위정자로서 악행을 저지를 각오를 마쳤다.

어쩌면 그녀의 마음속에서 그 행위는 정당한 것일지도 모른다.

요컨대 자신의 의지를 시험해볼 기회라고 여기며 기뻐한 것이었다.

"하지만 마냥 기뻐할 수는 없겠네요. 우선 상황을 정확히 파악해야겠어요. 사태 확인을 위해 자동인형 몇 명을 『모형정원』으로 보내도록 하죠. 괜찮겠죠?"

"폐하의 뜻을 따르겠소."

"잘 알아…… 들어먹었습니다."

저마다 특징적인 기계 귀를 가진 닮은꼴 자동인형 두 명이 장갑기룡을 장착하고 날아올랐다.

라피의 친위대로 세상에 나서 공식적으로 활동할 예정이었지만, 마지막 세계 개변이 어중간하게 끝나버렸으니 다시는 그렇게 할 수 없으리라.

《우로보로스》의 신장— 《영겁회귀(엔드리스)》.

『대성역』과 일곱 개의 유적을 공명하여 실행하는 인식 개변은 완전한 형태로 사용하지 않으면 발동해도 해제되고 만다.

마지막으로 해결한 문제— 이번에 처리한 『구제국파』 집정관들의 시신은 이대로라면 발각당할 것이다.

그래도— 일단은 무마해야 하므로 『아무 일도 일어나지 않았다』라는 인식을 심어둘 수밖에 없다.

후길도 예외는 아니었다. 구제국 황족임을 나타내는 특징적인 용모 때문에 언젠가 정체를 깨닫는 이가 나타나리라.

무엇보다 라피 자신의 변화를 감춰야 했다.

이제는 외모마저 크게 변해버렸으니까.

"개변의 주박이 풀리고 민중들이 알아차릴 때까지 앞으로 열흘 정도인가요? 그때까지 『그랑 포스』를 되찾아서 결판내면 되겠죠. 후길, 당신 생각은 어떤가요?"

"엘릭시르를 투여한 경험이 없는 사람이라면 2주까지는 세계 개변 사실을 깨닫지 못할 겁니다. 그 뒤로는 개인차가 있긴 합니다만, 차츰 위화감을 느끼게 되겠지요."

후길의 지적에 라피는 잠시 생각에 잠겼다.

그리고— 몇 시간 뒤.

『모형 정원』의 상황을 확인하러 간 자동인형 요스 토크와 클랑리제가 돌아왔다.

"역시 침입자의 정체를 파악할 수 있을 만한 흔적은 개뿔도 안 남아있었네요. 하지만 관문 기룡사의 목격 정보가 있었고,

여왕 폐하 앞으로 보내는 서한이 대충 버려져 있더군요."

"……."

살짝 당황하며 라피가 서한을 받았다.

거기에는 일종의 협박장이라고 볼 수 있는 내용이 적혀 있었다.

"어떻게 하시겠습니까, 폐하."

"글쎄요. 우선 이 서한을 가신들에게 보여주세요. 대책을 세우도록 하죠."

후길에게 그렇게 지시하고 한나절 뒤에 어떤 소문이 퍼졌다.

나르프 재상이 쥐도 새도 모르게 암살당한 사실과 세계연합에 적대하는 새로운 위협이 나타났다는 소문이.

영걸 아티스마타 백작의 일족이 그 비밀을 이용해서 신왕국의 기만을 폭로한다.

『창궁사단(蒼穹師團)』이라는 이름의 기룡사 의적단이 존재를 드러냈다고 성내의 가신들에게 전달했다.

Epilogue 만남과 재회

그리고 퍼레이드 마지막 날 저녁.

왕도 로드갈리아의 왕성 앞.

돌출된 테라스 앞에 많은 민중들이 모여 있었다.

이제부터 거행될 무공 표창식을 앞두고 수많은 화톳불이 뿜어내는 열기와 사람들의 기대가 한데 섞여 소용돌이쳤다.

먼저 라피 여왕이 군중을 둘러보고 목에 힘을 주어 열변을 토했다.

그녀의 외모는 익히 아는 모습과 다르게 마치 소녀 같았지만, 그 모습에 의문을 품는 국민은 아직 한 명도 없었다.

"그럼 예정대로 이번에 무훈을 세운 공로자들에 대한 표창식을 시작하겠습니다. 작년부터 올해에 걸쳐 우리 신왕국에는 온갖 시련이 닥쳐왔습니다. 환신수의 습격, 반란군의 위협, 『창조주』의 출현, 급기야 『대성역』을 둘러싼 전투에서 많은 기룡사들을 잃었고, 국민 여러분께서도 불안한 시간을 보내셔야 했습니다."

차근차근 되새기는 것처럼 눈을 감고, 간격을 둔 다음에 계속해서 말을 이어나갔다.

원래는 나르프 재상이 해야 할 역할이지만 이번에— 퇴장한 그는 이 자리에 없다.

대신에 라피 여왕이 그 역할을 맡았다.

"하지만 우리는 승리했습니다. 구시대의 침략자 『창조주』를 물리치고, 유적의 중핵인 『대성역』을 정복했으며, 그들의 무력인 『성식』을 봉인했습니다. 앞으로는 뭇 나라와 교섭하고, 협력 의사를 확인하면서 유적의 힘을 평화와 번영을 위해 사용할 수 있을 것입니다."

—오오오오오!

군중들의 환호성이 파문처럼 퍼져나갔다.

"그 최종 결전에 참전하여 최대의 공로를 세운 것은 바로 우리 신왕국의 미래를 짊어진 학원의 유격부대입니다. 『기사단』의 용맹함과 실력을 치하하여, 이 자리에서 그들에게 표창을 수여하겠습니다."

라피 여왕의 목소리를 따라 룩스를 비롯한 『기사단』 멤버가 왕성 테라스에 나란히 섰다.

리샤, 크루루시퍼, 피르히, 세리스, 아이리, 트라이어드.

학원 학생이라는 점을 강조하고 싶은지 모두 교복 차림이었다.

"—그리고 저 개인적으로도 국민 여러분께 알려드릴 게 있습니다."

국민들의 찬사와 환호성이 터져 오르는 도중에 들려온 라피의 목소리에 리샤가 미소 지었다.

룩스는 살짝 고개를 끄덕이고 리샤와 나란히 한 발짝 앞으로 나갔다.

환호성의 파도가 가라앉을 때를 가늠한 다음 라피 여왕이 앞으로 나섰다.

라피는 살짝 헛기침하고서 군중들에게 단아한 미소를 보여주었다.

"—저는 이번에 무척 많은 이들에게 도움받았습니다. 기룡사 기사단을 보유한 사대 귀족의 당주들, 나르프 재상과 집정관들, 각국 대표 여러분, 국민 여러분. 이 모든 분들의 지원이 없었다면 승리를 차지할 수 없었겠지요."

라피는 고개를 들고 어린아이처럼 웃으며 민중들에게 말했다.

"그리고 무엇보다도 이 두 사람의 각오가 제 앞길을 비춰주었습니다. 아직 젊고 미숙한 그들이, 막중한 책임에 굴하지 않고 미래를 개척해주었습니다. 과거에 사로잡히지 않고 현재를 나아가기 위해 온 힘을 바친 그들의 마음가짐과 공적은, 저를 포함한 모든 국민이 본받아야 할 행동이라고 생각합니다."

라피 여왕의 연설을 듣던 군중들이 조용해졌다.

그 뒤에 이어질 내용을 상상하고, 기대하는 것처럼 마른침을 삼키며 바라본다.

"저는 앞으로도 여왕의 책무를 다할 것을 맹세함과 동시에 그들에게 은사와 포상을 내리고자 합니다. 구제국의 황족인 룩스 아카디아와 아이리 아카디아의 목에 채워진 죄인의 목걸이를, 이 자리에서 벗겨주려고 합니다."

"……."

왕성 테라스가 조금 전보다도 깊은 정적에 휩싸였다.

그러나 어디서 시작됐는지는 알 수 없지만 군중들 사이에서 박수 소리가 나더니 이윽고 자연스럽게 전체로 퍼지며 우레 같은 갈채로 변했다.

"—답을 찾았나 보구나. 축하해, 룩스 군."

먼저 곁에 다가온 크루루시퍼가 룩스의 어깨에 손을 올리며 미소 지었다.

"축하해, 루우."

"축하합니다, 룩스."

그 모습을 본 피르히와 세리스도 천천히 곁으로 다가왔다.

저마다 축하하는 말을 건네는 가운데 소녀의 외모로 젊어진 라피 여왕이 룩스 앞으로 다가왔다.

그 순간 피르히가 거의 티 나지 않을 정도로 눈을 깜박이며 라피를 지켜보았다.

라피 여왕이 원래 모습과 다르다는 위화감.

아마 피르히도 이를 깨달았는지도 모른다.

한나절 전에 세계 개변이 불완전하게 끝난 탓일까?

적어도 크루루시퍼는 룩스와 나눈 사랑의 말을 잊어버린 것 같지만, 피르히는— 과연 어떨까?

"그럼 룩스, 실례하겠습니다."

그리고 상황이 묘하게 움직였다. 라피 여왕이 손수 죄인의 목걸이를 여기서 벗겨주겠다며 양손을 뻗는 게 아닌가.

라피 여왕의 구김살 없는 상냥한 얼굴.

그 눈동자 깊숙이 숨겨진 칠흑색 살의를 룩스는 감지했다.
라피가 정말로 『성식』과 융합한 상태라면 룩스의 목쯤은 맨 손으로 순식간에 날려버릴 수 있으리라.
살짝 세워진 여왕의 손톱 끝이 룩스의 살갗을 찔렀다.
"읏……?!"
따끔한 통증에 룩스가 얼굴을 살짝 찌푸리자—.
"룩스…… 지금까지 고생 많았어요."

찰칵, 소리와 함께 검은 목걸이가 벗겨졌다.

—오오오오오오오오오오오오오!

그 직후, 모여 있던 군중들 사이에서 땅울림 같은 함성이 터져 나왔다.
박수갈채가 끊임없이 이어지는 가운데 리샤의 사랑스러운 미소와 함께 식이 마무리됐다.
그리고 표창식을 무사히 끝마치고 모두 해산했다.
아무도 모르게 벌어진 전투 따위는 처음부터 없었던 양, 퍼레이드 마지막 날 밤이 깊어갔다.

†

“수고하셨습니다. 범인은 찾으셨습니까?”

성내로 돌아온 라피 여왕을 후길과 자동인형 아샤리아가 맞아주었다.

해야 할 일을 마친 주인의 안부……가 아니라, 다른 것을 가장 먼저 물어보았다.

“현재로선 결백하다고 해야겠네요. 제 용모 변화와 살의를 전혀 깨닫지 못한 듯한 반응이더군요.”

의아해하는 표정으로 라피가 고개를 갸웃했다.

그것은 라피의 짐작이 빗나갔음을 의미했다.

유적 『모형 정원』에 배치한 『성식』의 분신을 격퇴하고 에이릴을 구출해서 『그랑 포스』를 분리한 존재.

그 실력과 행동력, 그리고 『세례』를 받은 경험이 있다는 점을 고려해서 우선 룩스를 용의선상에 두고 경계했다.

룩스는 지난번 전투의 피로 때문에 제대로 움직이지 못하고 휴식하고 있다.

그리고 한 번은 세계 개변의 진상을 깨닫고도 아무 행동에도 나서지 않고 그대로 일상을 보내는 것처럼 보였으나—.

직전의— 마지막 세계 개변에 의식이 삼켜지긴 한 것인지, 그것조차도 확실하지 않았다.

“그는 유능한 인간입니다만, 어째 합리성으로는 헤아릴 수 없는 면모가 있는 것 같고요.”

생각해보면 5년 전 혁명 때부터 그런 조짐은 있었다.

기룡사로서 탁월한 재능을 가지긴 했지만, 그렇다고 약관 12세의 소년이 구제국을 무너뜨리겠다는 생각은 보통 하지 않는다.

라피가 아는 인물 중에서도 룩스는 이단자였다.

그리고 구제국이 멸망한 후에는 후길의 발자취를 따라가기 위해 날품팔이 역할을 자처했다.

모의전 시합에서는 오직 방어에만 전념해서 실력을 연마했다.

원래는 압도적인 실력자이건만 아무에게도 인정받지 못하는, 언뜻 보기에는 쓸모없어 보이는 노력을 되풀이했다.

"하지만 아까 나눈 대화로 알 수 없게 돼버렸어요."

그래서 라피는 표창식에서 그를 시험해봤다.

이 세계 개변의 모순을 깨닫고 라피가 『성식』과 융합한 사실을 눈치 챘다면— 그녀가 위협했을 때 『여기서 괴물에게 살해당할지도 모른다』라는 두려움을 품고 반응할 수밖에 없었을 터다.

젊음을 되찾아 소녀로 변한 모습을 보고 위화감을 느꼈을 것이며, 인간형 라그나뢰크의 위험성도 충분히 알고 있으니까.

그 이해력과 공포심이 반드시 룩스의 몸을 경직시킬 터— 그렇게 생각했지만, 실제로는 어떤 반응도 보여주지 않았다.

"아니, 이쪽의 묘한 위협의 낌새에 살짝 아파하는 반응을 보여줬을 뿐이에요. 그러니—."

"룩스 아카디아는 정말로 아무것도 모른다— 그렇게 보였다는 겁니까?"

"네……."

후길의 지적에 라피는 고개를 끄덕였다.

사실 앞으로 해야 할 일을 생각하면 라피는 룩스를 죽일 수 없었다.

룩스는 승리의 상징이자, 초석이 되어야만 하는 신왕국에 필요불가결한 존재다.

그 자리에서— 아니, 추후 몇 년간 룩스가 죽어서 플러스가 되는 요소는 하나도 없다.

만약 룩스가 에이릴을 탈환하고 『그랑 포스』를 탈취한 존재라면 그런 사정쯤은 쉽게 파악해낼 것이다.

하지만 그것과는 별개로 눈앞에 닥친 위협에 반응하는 것이 인간으로서 정상적인 반응이다.

맹독이 묻은 나이프가 자신을 향해 날아온다는 것을 깨달으면 반사적으로 회피하는 게 당연하다.

그것은 연기 등으로는 쉽게 극복할 수 없는 생물로서의 본능이다.

사람은 본능적으로 위기를 회피한다.

높은 곳에서 다리가 위축되어 움직이지 못하는 것도, 아픈 치아를 외면하는 것도 생존을 위한 방어본능 때문이다.

그러나 때로는 이 방어본능이 죽음을 재촉한다.

높은 곳에 놓인 다리를 건너지 못해 도망칠 길을 잃거나, 혹은 치아가 부서지는 격통을 피해 충치를 방치해버리곤 한다.

만일 룩스가 자신의 의지로 라피의 위협에 반응하지 않았다면, 그것은 그가 평범한 사람을 아득히 초월하는 정신력을 지녔다는 뜻이다.

따라서 룩스에 대한 의심이 걷힌 것이다.

"죽음의 공포마저 이성의 제어 아래에 둔다……. 만약 그가 이 반역의 주모자라면, 평범한 인간이면서 괴물인 저를 정신적으로 뛰어넘은 게 돼요."

후훗.

그렇게 분석하는 라피의 얼굴에는 어느새 웃음이 걸려 있었다.

인간이 아닌 존재의 사고에 침식되어 망가진 미소가 아닌 인간다운 표정이었다.

"『대성역』이 봉인된 이상 자동인형도 공공연하게 움직일 순 없겠군요. 우선 『그랑 포스』와 에이릴 뷔 아카디아를 되찾을 계략을 마련해서 그들에게 대응해야 하겠어요."

그렇게 말하고 라피는 몇 시간 전 자기 앞으로 보내진 어떤 공적(空賊)의 예고장을 보았다.

거기에는 에이릴과 『모형 정원』의 『그랑 포스』를 빼앗은 취지 외에 신왕국에 대한 선전포고가 적혀 있었다.

신왕국 영토 내의 『그랑 포스』를 빼앗기고 학원에서 보호하던 에이릴을 빼앗겼으니 다음 세계 회의에서— 아니, 당장에라도 각국에서 실태를 문제 삼으리라.

살아남은 『칠용기성』을 동원해서 대의명분하에 『그랑 포스』와 에이릴 탈환하고 신왕국에 빚을 지우려고 할 가능성도 있다.

“그렇다면 저도 정정당당하게 그들을 이용할 수밖에 없겠네요.”

라피는 빙긋 웃으며 타국에 보낼 서한을 썼다.

에이릴을 빼앗겼다는 사실을 밝히고 세계에 닥친 위기를 해결하기 위해 도움을 요청하는 내용이었다.

나르프 재상이 살해당한 것도, 『구제국파』가 암살당한 것도, 에이릴을 빼앗겼다는 사실도— 모조리 역적에게 뒤집어씌우고 처리한다.

그렇다면 우선은 국내 최대 전력인 성채 도시의 『기사단』에 협력을 요청해야만 한다.

“겸사겸사 그녀들도 강화해둘까요. 모처럼이니 『대성역』에서 꺼내 온 도구를 써서 『세례』를 내려야겠군요. 그 아이들이라면 견뎌내겠죠.”

라피의 침실에는 거대한 포드가 있다.

그것은 유적의 유산 중에서도 『창조주』만이 관리할 수 있는 특별한 물건— 『관』이라고 불리는 수술용 장치다.

인체가 엘릭시르에 적응할 수 있게 하는 수술. 일찍이 요루카나 『창조주』들이 받은 육체 강화— 『세례』를 내리기 위한.

†

“……『관』?”

“응. 나는 이제 무리지만, 룩스 군에게는 꼭 필요하다는 생각이 들어서.”

왕도 시내에 있는 킬조레이크의 은신처.

대외적인 모습은 귀족의 호화 저택인 그곳에서 룩스는 에이릴과 함께 휴식을 취하고 있었다.

지하에 마련된 넓은 거실에는 룩스와 에이릴, 마기알카가 앉아 있다.

구출한 뒤로 하루가 지나 에이릴도 다소 안정을 찾은 것 같았다. 장갑기룡을 장착할 수 있는 정도는 아니어도 문제는 없는 듯했다.

이런 은신처는 성채 도시에도 있어서 돌아가면 그쪽에서 계획을 세울 것 같았다.

방방곡곡에 별장이나 은신처를 갖춘 마기알카를 보고 솔직히 어처구니가 없었지만, 이번에는 덕분에 살았다.

이제부터는 마기알카도 『칠용기성』이 아니라 『킬조레이크 패밀리』의 보스로서 룩스를 지원하겠다고 했다.

그들은 『성식』의 사악한 측면의 진실을 밝혀내고, 다시 『대성역』을 공략해서 정지시킬 것을 결의했다.

이번에 『모형 정원』에서 획득한 것은 『그랑 포스』, 각종 장갑기룡과 희귀 무장 외에는 기록매체인 『카드 칩』이 있다.

안에 무엇이 들어 있는지는 불명이지만, 『대성역』의 약점을 찾아낼 열쇠가 될지도 모른다.

『성식』과 융합한 라피 본인도 성가시긴 하지만, 무엇보다도 후길이 최고의 난제다.

룩스 일행이 라피를 직접 해치거나 구속하려고 들지 않는 한 현시점에서 후길이 대대적으로 개입할 일은 없겠지만, 결국 라피가 직접 움직인다면 얘기는 달라진다.

그리 머지않은 미래. 언젠가 돌파해야만 하는 벽이다.

"룩스 군은 『세례』의 힘을 자기 것으로 만들기 시작했지만, 그것만으로는 아직 부족해. 내가 유적의 힘과 연동해서 간단한 인식 조작 능력을 쓸 수 있는 것처럼, 키리히메 요루카 씨가 기척을 읽는 마안의 힘을 얻은 것처럼— 룩스 군도 힘을 얻어야 한다고 봐."

그러기 위해서 『창조주』의 권한으로 『관』을 회수해왔지만, 사실 그렇게 간단한 얘기는 아니었다.

육체를 강화해서 특수한 능력을 부여하는 『세례』는 상당한 부담을 동반할뿐더러, 무엇보다도 그 정도로는 후길을 뛰어넘을 수 없다.

에이릴이 말하길 후길의 『세례』는 심장을 포함한 전신을 강화했다고 한다.

그것은 후길 본인의 이상할 정도로 타고난 체질을 이용한 것이며, 룩스가 따라 하면 확실한 죽음이 기다린다고 한다.

따라서 룩스는 요루카처럼 신체 한 부분을 『세례』로 강화해서 파고들 수밖에 없다고 판단했다.

"성채 도시로 돌아가는 대로 『세례』를 받고 싶어. 돌아가는 길에 생각해둘 테니까."

"응……."

에이릴은 약간 복잡한 감정을 표정에 드러내며 고개를 끄덕였다.

후길에게 다시 도전하는 것도, 라피 여왕을 구하기 위해 신왕국의 적이 되는 것도 룩스 자신이 선택한 일이다.

그러나 그런데도 여전히 승산이 희박한 치열한 전장에 뛰어드는 모습이 불안한 것이리라.

"그런 표정 짓지 마, 에이릴. 나는 기뻤으니까. 네가 무사해서, 구할 수 있어서, 정말로—."

기쁨이 느껴지는 룩스의 미소를 본 에이릴의 뺨이 발갛게 달아올랐다.

"그런가……."

그리고 흠뻑 취한 듯한 표정으로 룩스를 바라보다가 슬쩍 시선을 돌렸다.

어쨌거나 룩스는 당분간 컨디션 불량을 명분 삼아 『기사단』 활동을 피하고, 뒤에서는 에이릴과 아르마를 지휘해서 킬조레이크의 두목으로 싸우게 되리라.

가능하다면 그 밖에도 동료가 많으면 좋겠지만, 라피 여왕을 쓰러뜨린 다음을 생각하면 리샤 일행에게도 얘기할 수는 없었다.

만약 룩스의 반역이 공공연한 사실이 되었을 때 그녀들이 말려드는 것을 방지하기 위해서다.

그때는 아이리를 데리고 다른 나라로 망명해야 할지도 모른다.

'다들…… 미안해.'

그녀들에게 사랑받고, 룩스 자신도 그녀들을 좋아하건만, 그 마음에 대답해줄 수 없을지도 모른다.

설령 성식과 후길을 무찌른다 해도, 룩스가 아무도 모르게 이 나라를 떠나게 된다면.

그런 미래를 생각하면 가슴이 아팠다.

"남몰래 신왕국을 구하는 싸움이라. 왕으로서의 자질을 다시 시험받는 게로구먼."

"그런 거창한 게 아니라고요."

그저 조용히 넘어갈 수 없었을 뿐이다.

자신의 나약함에 저항하지 않아 『성식』이 달라붙은 라피도.

그녀에게 속아버린 사람들도.

그 무엇보다도 리샤를.

"뭐, 복잡한 문제는 나중에 생각하세나. 여왕과 영웅의 동향도 지켜봐야 할 테니. 그러니 돌아가기 전에 목욕이나 좀 하고 가게. 기분 전환과 휴식은 중요하니까."

"알겠습니다. 그럼 목욕탕 좀 빌릴게요."

룩스는 짧게 숨을 내쉬고 마기알카가 권유한 대로 지하실 계단을 올라가 위층에 있는 숙소로 향했다.

"생각난 김에 물어보는 건데, 그대는 아직 눈치 못 챈 겐가? 그 아르마라는 녀석 말이네만, 사실은— 현재 신왕국 왕가의 피가 흐른다네."

"네……?"

"뭐, 모른다면 되었네. 어차피 곧 알게 될 터이니."

의미심장한 마기알카의 말에 고개를 갸웃하며 룩스는 대욕탕으로 갔다.

지금은 아르마가 목욕 중이라고 들었지만, 같은 남자니까 문제없겠거니 생각해서 들어가기로 했다.

비좁은 탈의실을 지나 룩스는 유리문을 열었다.

그러자―.

"들어갈게, 아르마…… 헉?!"

"꺄아아아아앗……?!"

그렇게 말하며 욕조에 발을 집어넣은 순간 룩스는 돌처럼 굳어버렸다.

유백색 수증기 속에서 드러난 것은 소년의 신체가 아니라 매끈하게 굴곡진 살색.

쉽게 말하자면, 나름대로 성숙한 소녀의 몸이었다.

"아니, 잠깐만― 어어어어어?!"

그 얼굴은 아르마 킬조레이크가 틀림없었다.

"룩―스 군―. 뭐― 하는 거야―?"

대욕탕 구석에 있던 에이릴이 원망 섞인 도끼눈으로 룩스를 째려보았다.

당연하게도 그녀 역시 실오라기 하나 걸치지 않았고, 중성적인 이미지와 다르게 여성스러운 라인을 자랑하는 알몸이 눈부셨다.

생각지도 못한 상황에 놀란 룩스는 허둥대는 와중에 퍼뜩 떠올렸다.

마기알카라는 여성이 렐리 못지않게 장난을 좋아하는 괴짜라는 것을.

그리고 무엇보다도 아르마에게 비밀이 있다는 것을.

"저, 그, 저기……. 그러니까……. 『검은 영웅』, 님?! 아으으……?!"

매끄러운 금발 세미롱. 새빨갛게 달아오른 그 표정에서 룩스는 왠지 모를 기시감을 느꼈다.

동시에 머릿속에서 퍼즐 조각이 맞춰졌다.

이번 퍼레이드에서 리샤가 한 말이 머릿속에 떠올랐다.

『요즘, 나도 그런 꿈을 꾼다……. 5년 전, 구제국의 혁명 전후의 꿈을.』

『예전에 내가 여동생 얘기를 한 걸 기억하느냐? 그 녀석의 모습이, 어째서인지 이제 와서 자꾸 떠오르는구나.』

아르마티.

아티스마타 백작이 살해당하고, 저택과 은신처까지 습격받았을 때 행방불명된 소녀—.

『지금 내 모습을 본다면 그 아이는 분명 용서하지 않겠지. 제 목숨이 아까워 아버지를 배신한 주제에 신왕국의 공주라는 자리를 꿰어 찬, 이런 나를—.』

5년 전 혁명 당시. 라피 여왕은 웨이블러에게 정보를 유출했다.

그 탓에 리샤의 여동생 아르마의 은신처가 습격받아 그녀는 붙잡히고 말았다.

다른 나라로 팔려 간 그녀는 각지를 전전하다가 마르카팔 왕국에 도착했다.

그리고 『모형 정원』을 조사하던 때 아르마가 한 말—.

『……그래. 하지만 내게 가장 깊은 상처를 남긴 건 그게 아냐. 고모는 그렇다 쳐도 언니는— 누나만큼은 배신하고 구제국에 붙을 리 없을 거라고, 굳게 믿었는데…….』

'그래. 리샤 님이 구제국 측에 붙었다는 이야기를, 습격한 부하에게서 들은 거야!'

그녀의 복수.

자신의 은신처를 밀고한 고모(라피)와 약속을 깨고 적에게 붙은 언니(리샤)에 대한 복수.

그녀는 이번 『킬조레이크 패밀리』의 임무를 마친 후에 신왕국 붕괴라는 형태로 그것을 실현하려고 한 것이다.

"—그런, 가. 그랬던 거구나."

그런 그녀는 구제국을 멸망시킨 『검은 영웅』을 동경하여 룩스의 부하가 되길 원하고 있다.

너무나도 기구한 운명.

그러나 그것을 이해한 순간, 룩스의 머릿속에서 어떤 시나리오가 떠올랐다.

"아르마, 자세히 얘기해줄 수 있을까? 네 복수와 신왕국에 대해서—."

룩스가 진지한 표정으로 입을 여는 찰나 에이릴이 물을 끼얹었다.

"그런 얘기는 나중에 해! 정말!"

"미안……."

여기가 욕탕이었다는 사실을 룩스는 순식간에 떠올렸다.

†

"『킬조레이크 패밀리』……?"

한나절 뒤, 아이리 일행이 묵고 있는 숙소에 신왕국 사자가 찾아와 서한을 전달했다.

내용은 『기사단』과 렐리에게 맡길 극비임무의 지시였다.

『모형 정원』에서 『그랑 포스』를 훔쳐간 마르카팔 왕국의 마피아— 『킬조레이크 패밀리』가 거느린 기룡사 부대 『창궁사단』을 특정, 섬멸할 것.

그리고 『세례』를 통해 부분 강화 수술을 받으라는 권유가 적혀 있었다.

납치당한 에이릴 뷔 아카디아를 구출하기 위해 칙명을 내린 것이다.

그리고 같은 방에 있던 리샤는 그 주모자로 추정되는 인물의 이름을 보고 경악했다.

『아르마티 아티스마타』.

신왕국의 근간을 다시 뒤흔들려 하는 자의 이름이 거기에 적혀 있었다.

이렇게 신왕국 진영 대 『창궁사단』의 탐색전 및 전면전쟁이 새롭게 막을 열었다.

■작가 후기

오랜만에 뵙습니다. 작가 아카츠키 센리입니다.

갑작스럽지만 작가라는 직업은 취재에 드는 비용을 경비로 처리할 수 있어서 비교적 여행하기 쉬운 직업이라고 생각합니다.

그런데 저는 10년 전에 GA 문고에서 입상하여 작가가 된 이후(랄까, 그 이전에도), 제대로 여행이란 걸 해본 적이 없습니다.

어느 날 동료 작가와 얘기하던 중에 무언가에 지쳤는지 문득 「여행 가고 싶다」라는 한마디가 튀어나왔고, 그 자리의 분위기에 따라 오키나와 여행이 결정됐습니다.

시기는 딱 6월 말로 장마가 끝날 때쯤을 노렸는데, 올해 이상하다 싶을 정도로 더운 것을 보니 정답이었네요.

6월의 나하에 내리쬐는 햇살조차 지옥 같더군요. 역까지 15분쯤 걷는데 죽는 줄 알았습니다.

하여간 주목적은 둘째 날, 자마미 섬에서 하는 스노클링이었습니다.

바다에 둥실둥실 떠다니면서 얼굴을 물속에 집어넣고 바닷속 물고기나 산호나 거북이나 상어를 보는 그거요(상어도 있었습니다).

첫째 날은 느닷없이 폭우가 쏟아지는 바람에 잽싸게 나하시(市)에 잡아둔 호텔로 돌아가서 틀어박힌 채 평소와 전혀 다를 게 없는 시간을 보냈습니다. 하지만 둘째 날에 페리를 타고 간 자마미 섬은 화창하게 개서 선명한 바다 풍경을 만끽할 수 있었죠.

끝없이 펼쳐진 푸른 바다와 속이 뻥 뚫리는 듯한 하늘과 눈부신 햇살과 바람이 꾸며주는 남국 풍경 속에 있으니, 어쩐지 현실을 잊어버릴 것만 같은 기분이었습니다.

그때 스노클링 강사님과 얘기를 좀 나눠봤는데, 웬걸 원래는 도쿄 출신인데 마음에 들어서 섬에 정착했다더군요.

그런 삶도 다 있구나— 하고, 살짝 다른 세계를 들여다본 기분이었습니다.

오키나와 여행은 정말 즐거웠기 때문에 또 어디든 가보고 싶네요.

뭐, 역시 집에 제일 편하지만요…….

그럼 17권에서 또 만나 뵙기를 기다리겠습니다.

2018년 8월 모일 아카츠키 센리

최약무패의 신장기룡 16

초판 1쇄 발행 2021년 10월 10일

지은이_ Senri Akatsuki
일러스트_ Ayumu Kasuga
옮긴이_ 원성민

발행인_ 신현호
편집부장_ 윤영천
편집진행_ 김기준 · 김승신 · 원현선 · 권세라
편집디자인_ 양우연
관리 · 영업_ 김민원 · 조인희

펴낸곳_ (주)디앤씨미디어
등록_ 2002년 4월 25일 제20-260호
주소_ 서울시 구로구 디지털로 26길 111 JnK디지털타워 503호
전화_ 02-333-2513(대표)
팩시밀리_ 02-333-2514
이메일_ lnovelpiya@naver.com
L노벨 공식 카페_ http://cafe.naver.com/lnovel11

ISBN 979-11-278-6234-3 04830
ISBN 979-11-278-4266-6 (세트)

값 7,800원